INDIVIDUTOPIE

JOSS SHELDON

ÜBERSETZT VON STEPHAN REMBERG

Copyright ©Joss Sheldon 2019 & 2024

TASCHENBUCH AUFLAGE 2.0
ISBN: 979-8869181688

Alle Rechte vorbehalten.

Dieses Buch darf ohne vorherige Genehmigung von Joss Sheldon, weder über den Handel noch anderweitig verkauft, reproduziert, in einem Datenspeichersystem gespeichert oder gleich in welcher Form und mit welchen Mitteln übermittelt werden.

In Übereinstimmung mit dem „Copyright, Design and Patents Act 1988" versichert Joss Sheldon, der Autor dieses Buches zu sein.

Erstveröffentlichung im Vereinigten Königreich im Jahre 2016.

Umschlagdesign von Marijana Ivanova.

Übersetzt von Stephan Remberg.

DIES IST KEINE PROPHEZEIUNG

DIES IST EINE WARNUNG

WILLKOMMEN IN DER INDIVIDUTOPIE

Vielleicht sollte ich am Anfang beginnen.

Nein, das wird nicht funktionieren. Ich muss mit dieser Geschichte eine sehr, sehr lange Zeit bevor sie beginnt anfangen.

Sie müssen wissen die Welt hat sich zwischen Ihrer Ära und meiner, hier im Jahre 2084, so stark verändert, dass es äußerst nachlässig von mir wäre, wenn ich Sie nicht auf den neuesten Stand bringen würde. Ich fürchte, lieber Freund, dass die Abenteuer unserer Heldin, Renee Ann Blanca, nicht viel Sinn ergeben würden, wenn ich nicht für etwas Kontext sorge.

Es dürfte Sie nicht überraschen, dass sich die Welt in den nächsten Jahrzehnten, die Ihnen bevorstehen, dramatisch verändern wird. Sie selbst leben in Zeiten noch nie da gewesenen Wandels. Um aber die Welt verstehen zu können, in der Sie morgen leben werden, müssen Sie nicht nach vorne, sondern zurückblicken. In das Jahr 1979 und zur Wahl von Margaret Thatcher.

Thatchers Ideologie lässt sich mit einem einzelnen prophetischem Zitat zusammenfassen. Dieser kurze Satz, nicht mehr als sieben Worte lang, würde die Welt für immer verändern.

Es ist für uns schwer, sich Margaret Thatcher vorzustellen, als sie diese acht Worte sprach. Nur wenige meiner Zeitgenossen haben jemals ein Bild der *Eisernen Lady* gesehen. Die Leute sind heutzutage viel zu sehr mit sich selbst beschäftigt, als dass sie jemand anderem ihre Aufmerksamkeit schenken könnten. Ich habe ein Bild der ehemaligen Premierministerin vor Augen, aber ich kann mir nicht sicher sein, ob es der Wahrheit entspricht. Für mich ist sie ein Koloss: Halb Maschine und halb Mensch, mit einem Helm aus metallenem Haar, Schulterpolstern aus Stahl und einer Zunge, die Kugeln verschießen konnte.

Ich schweife ab. Wie Thatcher ausgesehen hat, ist nicht von Bedeutung. Wir sollten unsere Aufmerksamkeit auf diese acht prophetischen Worte lenken. Diese acht, klitzekleinen Wörter, die nicht im Geringsten der Wahrheit entsprachen, die niemals wahr gewesen waren, aber die zur einzigen Wahrheit werden würden, die es gibt:

„So etwas"

Thatcher Stimme war durchdringend. Sie hatte ein säuerliches Kreischen. Sie war ein autokratisches Schreien. Poesie ohne Farbe. Ein Schatten ohne Licht.

„Wie"

Eine von Statik erfüllte Stille knistert zwischen den Worten.

„Die"

Ein entfernter Schritt, der kein Echo ergibt.

„Gesellschaft"

Ein nach Luft schnappen, wurde hinunter geschluckt.

„Gibt"

Eine Kamera blitzte.

„Es"

Eine Wimper fiel.

„Nicht"

„So etwas wie die Gesellschaft gibt es nicht. Es gibt individuelle Männer und Frauen und es gibt Familien. Und eine Regierung kann nur etwas durch die Menschen erreichen. Und die Menschen müssen sich um sich selbst kümmern. Es ist unsere Pflicht, sich um uns selbst zu kümmern."

Mit diesen acht Worten wurde der *Kult des Individuums* geboren.

In den darauffolgenden Jahrzehnten wurde jeder gezwungen, sich ihm anzuschließen.

Zu dem Zeitpunkt, zu dem unsere Heldin geboren wurde, im Jahre 2060, war Thatchers Behauptung eine Realität geworden. So etwas wie eine Gesellschaft gab es wirklich nicht. Unsere Renee war vollkommen alleine.

***

Ich habe mir noch einmal den Rest dieses Kapitels durchgelesen und ich fürchte, dass es überaus politisch wird. Lieber Freund: Bitte nehmen Sie meine aus tiefstem Herzen kommende Entschuldigung an. Dieses Buch ist kein radikales

Manifest. Um genau zu sein, mag ich unsere Individutopie sogar sehr. Es ist die einzige Welt, die ich je gekannt habe, und wenn ich die Wahrheit sagen soll, hänge ich sehr an ihr. Nein. Dies ist eine mitreißende Geschichte: Die Geschichte einer Frau auf dem Pfad der Selbstentdeckung.

Falls Sie mir nicht glauben, blättern Sie doch vor und sehen Sie selbst. Ich werde es verstehen. Wirklich, das werde ich. Vielleicht ist Politikgeschichte einfach nicht Ihre Sache. Das ist in Ordnung. Völlig in Ordnung. Man muss sich selbst treu sein. Sie müssen das einzigartige Individuum sein, das Sie sind!

Aber nehmen Sie sich zuerst einen Moment Zeit, um die vier gewaltigen Veränderungen zu begutachten, die der Individualismus hervorgebracht hat. Sie bilden den Rahmen unserer Geschichte:

PRIVATISIERUNG. Die Aktivposten der Gesellschaft wurden an Einzelpersonen verkauft, die für alles Gebühren genommen haben. Und ich meine alles.

WETTBEWERB ERSETZTE KOOPERATION. Jeder konkurrierte vierundzwanzig Stunden am Tag und sieben Tage die Woche mit allen anderen, in einem vergeblichen Versuch der Beste zu sein.

PERSÖNLICHE BEZIEHUNGEN VERSCHWANDEN. Die Menschen konzentrierten sich so sehr auf sich selbst, dass sie alle anderen ignorierten.

PSYCHISCHE ERKRANKUNGEN GRIFFEN UM SICH. Die Unfähigkeit soziale Bedürfnisse zu befriedigen, ließen Depressionen und Dysphorie zur Norm werden.

***

Sind Sie immer noch da?

Gut! Ich werde Ihnen alles erklären.

Fangen wir mit der Privatisierung an...

Da es so etwas wie eine Gesellschaft nicht gab, folgte daraus, dass man der Gesellschaft auch nichts schulden konnte. Alles, was im Kollektivbesitz gewesen war, musste an Individuen übergehen.

Hunderte von staatlichen Industrien, wie beispielsweise die britischen Gas- und Eisenbahngesellschaften, wurden an individuelle Aktionäre abgetreten, die die Preise anhoben, um ihre

Investitionen wieder reinzuholen.

Der Nationale Gesundheitsdienst wurde um interne Märkte erweitert, durch die die Arbeit an private Unternehmen ausgelagert wurde. Aus Schulen wurden Akademien, die auch veräußert wurden.

Große Teile des Landes wurden zu *Privatgrund im Öffentlichen Besitz:* Land, das in öffentlicher Hand schien, aber tatsächlich von Individuen besessen wurde. Sozialwohnungen, einst im Besitz der Allgemeinheit, wurden verkauft und niemals ersetzt. Es wurde illegal, ein leer stehendes Haus zu besetzen.

Als die *Demokratie Reformen* von 2041 einen Markt für Wählerstimmen einführten, kauften einige wenige reiche Individuen so viele, wie sie brauchten, wählten sich selbst, schafften sämtliche Arbeitsgesetze und die Wettbewerbskommission ab und lösten das Parlament auf. Nun frei von Regulierungen durch die Regierung monopolisierten sie den Reichtum der Nation, privatisierten die Polizei und benutzten sie, um sich selbst zu schützen.

Eine Klasse aus Oligarchen war geboren.

Es wurden Gebühren für Bildung und Gesundheitsfürsorge eingeführt und dann erhöht, bis sie sich niemand mehr leisten konnte. Land im Allgemeinbesitz verschwand, Nationalparks wurden zu privaten Gärten und jeder Strand wurde umzäunt. Um die Straße hinunterzugehen, die Luft zu atmen oder mit einem anderen Menschen zu sprechen, wurden Gebühren fällig.

Oxfam fand 2016 heraus, dass zweiundsechzig Individuen zusammen so viel Reichtum besaßen, wie die Hälfte der Menschen auf dem Planeten. 2040 besaßen diese Leute so viel wie alle anderen Menschen zusammen. 2060, dem Jahr in dem unsere Renee geboren wurde, gehörte ihnen buchstäblich die Welt.

***

Wenden wir uns also nun dem Wettbewerb zu…

Da es so etwas wie eine Gesellschaft nicht gab, konnte die Gesellschaft auch nicht für unsere Probleme zur Rechenschaft gezogen werden. Es lag alleine an uns, *Eigenverantwortung* zu zeigen und uns selber zu helfen. Wie es einer von Thatchers engsten Mitstreitern einmal ausdrückte: „Mein arbeitsloser Vater hat nicht randaliert. Er ist auf sein Fahrrad gestiegen und er hat nach Arbeit gesucht."

Das ist korrekt: Falls man keine Arbeit hatte, hatte man auf sein Fahrrad zu steigen und sich jemand anderes zu schnappen! Im Zeitalter des Individuums kooperieren wir nicht, wir liegen im Wettbewerb miteinander.

In der Schule, solange es sie gab, wurde eine Kultur des Testens etabliert. Schüler, die nicht älter als sieben waren, waren dazu gezwungen mit ihren Klassenkameraden zu konkurrieren, um die besten Noten zu bekommen. Verkäufer wetteiferten darum, wer am meisten absetzen konnte, Ärzte darum, wer die kürzeste Warteliste hatte und Bürokraten darum, wer am meisten Geld einsparen konnte. Ein komplettes System aus Testkäufern, Kundenbefragungen, Internetbewertungen, Pünktlichkeitsbeurteilungen und Sternbewertungen ließen Arbeiter gegen Arbeiter antreten. Alles was gemessen werden konnte, wurde gezählt und eingestuft. Alles andere wurde ignoriert.

In den 2050ern erschufen die Oligarchen eine Metatabelle, die jedes Individuum im Land einstufte, und eine unendliche Anzahl von Untertabellen, die alles maßen, was man sich nur vorstellen konnte. Es gibt heutzutage Tabellen, die Aussehen, Konsumniveau, Kalorienaufnahme, Computerspielergebnisse und auch die Fähigkeit der Leute zu essen, zu hüpfen und zu schlafen bewerten. Was immer einem auch einfallen mag, es gibt dafür eine Tabelle.

Es wird von Individuen erwartet, dass sie die ganze Zeit auf jegliche Art und Weise mit einander konkurrieren. Und falls sie Erfolg haben, erwarten sie, dass sie belohnt werden.

Ich glaube, dass diese Mentalität damals in der Zeit geboren wurde, in der Sie lebten...

Die frühen Individualisten vergaßen, dass die Gesellschaft ihnen geholfen hatte, dass Krankenschwestern sich um sie gekümmert und Lehrer sie unterrichtet hatten, und dass sie es durch eigene Kraft geschafft hatten. Sie hatten sich dem Wettbewerb gestellt, hatten gewonnen, und verdienten es, jeden

Penny zu behalten, den sie bekamen. Und sie setzten sich durch. Die Körperschaftssteuer wurde von zweiundfünfzig Prozent in 1979 auf bloße neunzehn in 2017 gesenkt. Der höchste Einkommenssteuersatz fiel von dreiundachtzig Prozent auf fünfundvierzig. Beide Steuern wurden 2039 mit dem *Großen Freiheitsakt* vollständig abgeschafft.

Derweil wurde den Armen die Schuld an ihrer Armut gegeben. Die Logik dahinter war, dass es ihre eigene Schuld sei, dass sie sich nicht auf ihr Fahrrad geschwungen hatten, umgezogen waren, um Arbeit zu finden, oder einen zweiten Job angenommen oder mehr Stunden gearbeitet hatten. Das *Ministerium für Arbeit und Rente* ließ Kampagnen laufen, die jeden dämonisierte, der Sozialhilfe in Anspruch nahm. Zeitungen riefen die Leute dazu auf „patriotisch zu sein und alle Sozialhilfeschwindler anzuzeigen, die Sie kennen". Nachbarn wandten sich gegeneinander, die Armen wandten sich gegen die Ärmsten und jeder wandte sich gegen die Arbeitslosen. In 2034 wurde der Sozialstaat aufgelöst, und die letzte Wohltätigkeitseinrichtung schloss 2042 ihre Türen. Die Behinderten, Älteren und Arbeitslosen wurden alle ihrem Schicksal überlassen.

Der Gehaltsunterschied wuchs mit jedem Jahr weiter an.

Als Thatcher an die Macht kam, verdienten die obersten zehn Prozent der britischen Angestellten viermal so viel wie die unteren zehn Prozent. In 2010 verdienten sie Einunddreißigmal so viel.

Die Reallöhne begannen zu sinken. In 2017 waren sie niedriger als in 2006.

In 2050 verdienten die reichsten zehn Prozent der Arbeitnehmer eintausend Mal so viel wie die ärmsten zehn Prozent. Aber selbst sie verdienten weniger als ein durchschnittlicher Angestellter 1980.

Aber dennoch beschwerte sich niemand. Die reichsten Arbeitnehmer waren zufrieden in dem Wissen, dass sie mehr verdienten als ihre Mitbürger. Die ärmsten Arbeitnehmer hingegen übernahmen persönliche Verantwortung, krempelten die Ärmel hoch und arbeiteten härter als jemals zuvor.

***

Gerüchtehalber soll es Menschen gegeben haben, die versucht haben aus dieser *Individutopie* auszubrechen.

Es ging Geflüster über eine Rebellengruppe um, die, *Schock und Horror*, in einer Gemeinschaft zusammenleben wollte! Diese Radikalen wurden verspottet und als Scharlatane und gefährliche Extremisten bezeichnet. Niemand weiß, was aus ihnen geworden ist, falls sie denn jemals existiert haben, aber eine Vielzahl von Einzelmeinungen ging um. Einige meinten, dass sie sich auf dem Land eines Oligarchen breitgemacht hatten. Andere behaupteten, dass sie an den Nordpol, nach Atlantis oder auf den Mars gezogen waren. Die meisten Leute waren der Meinung, dass sie gestorben waren. Es gab keine allgemein akzeptierte Meinung und als die Menschen sich immer mehr entfremdeten, verstummten solche Gerüchte.

Mit jedem Jahr entfernten sich die Menschen weiter voneinander.

Anstatt zusammen mit Anderen Sport zu treiben, spielten die Individualisten alleine Computerspiele. Sie tranken lieber zuhause, als im Pub. Sie kommunizierten über das Internet, statt von Angesicht zu Angesicht zu reden. Sie hörten auf den Menschen, die ihnen auf Straße begegneten, „Hallo" zu sagen, und wanden ihre Köpfe ab, um Augenkontakt zu vermeiden. Sie berührten öfter ihre Smartphones als andere Menschen.

Die Schulen sagten ihren Schülern: „Redet nicht mit Fremden". Die Versicherungen sagten ihren Kunden: „Schließen Sie immer Ihre Tür ab". Bekanntmachungen riefen: „Behalten Sie Ihren Besitz in Ihrer Nähe".

In 2030 hatte jeder einen einzigartigen Job, einzigartige Arbeitszeiten und nichts mehr mit seinen Kollegen gemein. In 2040 waren alle Gewerkschafen aufgelöst worden. In 2050 hatte man alle Arbeiterheime, Gemeindezentren, Büchereien, Schrebergärten und Spielfelder an die Oligarchenklasse verkauft.

Da man gezwungen war umzuziehen, um Arbeit zu finden, verstreuten sich die Generationen und die Familieneinheit zerbrach. Weniger Leute heirateten, mehr Leute ließen sich scheiden und weniger Babys kamen zur Welt. Die Menschen konzentrierten sich auf sich selbst. Sie liefen Ruhm, Reichtum und der Schönheit hinterher. Sie wurden Mitglieder in Fitnessstudios, kauften Unmengen an Makeup und wurden nach Schönheitsoperationen süchtig. Sie stellten bloß die schmeichelhaftesten Bilder von sich in den sozialen Medien online und editierten sie oft auch noch, um sich selber attraktiver erscheinen zu lassen.

In 2040 waren alle eine Mischung aus Fleisch und Plastik und jedermann verfügte über einen Filter, der ihr eigenes Bild in Echtzeit aufpolierte. Jeder hielt sich für den schönsten Menschen auf Erden.

Die Menschen hörten auf sich zu umarmen. Dann hörten sich vollkommen damit auf, sich zu berühren. Sie trugen spezielle Plastiklinsen oder *Plalinsen;* computerisierte Kontaktlinsen, die editierten, was die Menschen sahen, sodass sie niemand anderes sehen mussten. Statt mit echten Menschen sprachen sie mit elektronischen Geräten. Wörter wie „Du", „Wir", und „Sie" verschwanden aus dem Wortschatz. Es gab bloß „Es" und „Ich".

Thatchers Traum war Realität geworden. So etwas wie eine Gesellschaft gab es wirklich nicht mehr.

Die letzte Unterhaltung zwischen zwei Menschen fand zwischen den beiden Eltern unserer Heldin statt, wenige Augenblicke, bevor sie gezeugt wurde. Dieser Akt der Kopulation war das letzte Mal, dass zwei Erwachsene physischen Kontakt miteinander hatten.

Falls Sie sich fragen sollten, Renee Ann Blanca wurde nicht von ihren Eltern aufgezogen. Sie wurden von dem *Babytron* Roboter aufgezogen, der sie vor dem Nestlé-Turm gefunden hat. Renees Mutter war der Meinung, dass sie Selbstverantwortung übernehmen und sich selber erziehen sollte, weshalb sie sie dort zurückgelassen hatte, damit sie sich um einen Job bewerben konnte.

***

Puh! Wir sind fast so weit, dass wir beginnen können.

Aber bevor wir das tun, nehmen wir uns doch ein paar

Minuten, um uns Gedanken um die geistige Gesundheit der Nation zu machen.

Isoliert wie sie waren mit Jobs, die ihnen kaum Sinn boten, extrem aufmerksam gegenüber Firmenerwartungen und oft selber von den Dingen vereinnahmt, für die sie so hart arbeiteten, um sie zu besitzen, waren die Individualisten weit davon entfernt glücklich zu sein. Ein Viertel der britischen Bevölkerung litt 2016 unter Stress, Depressionen, Angstzuständen oder Paranoia.

Diese Geistesstörungen hatten körperliche Auswirkungen. Sie erhöhten den Blutdruck der Menschen, schwächten ihr Immunsystem und erhöhten die Wahrscheinlichkeit einer Virusinfektion, von Demenz, Diabetes, Herzerkrankungen, Schlaganfällen, Suchterkrankungen und Fettleibigkeit.

Über zwanzig Prozent der Briten litten in 2016 unter Selbstmordgedanken und über sechs Prozent hatten einen Selbstmordversuch unternommen. Selbstmord war die häufigste Todesursache für Männer unter fünfundvierzig. In 2052 war es die landesweit häufigste Todesursache.

Der Testosteronspiegel in Männern sank. Bei Frauen blieb die Menstruation aus.

Aber dennoch weigerten sich die Individualisten nach außen auf die Gesellschaft als Quelle ihrer psychischen Probleme zu blicken. So etwas wie eine Gesellschaft gab es nicht, also konnte die Gesellschaft auch nicht schuld sein!

Die Individualisten blickten nach innen und gaben sich selber die Schuld. Sie übernahmen Selbstverantwortungen und versuchten Psychotherapie, Neurochirurgie und Meditation. Sie nahmen Medikamente. In den zehn Jahren vor dem Jahr 2016 verdoppelte sich die Menge an genommenen Antidepressiva und stieg danach weiter an. Die Menschen wurden von Schlafpillen, Phasenprophylaktika, Beruhigungspillen und Antipsychotika abhängig.

Als die Atmosphäre zu verschmutzt zum Atmen wurde, waren die Menschen gezwungen sich ihren eigenen Vorrat an sauberer Luft zu kaufen. Vaporisierte Antidepressiva wurden dieser Mixtur hinzugefügt. Unsere Heldin kam daher umnebelt von

Medikamenten auf die Welt; sie war high von einer Mixtur aus Valium und chemischen Serotonin, so viel wie ihr Babytron zur Verfügung stellen konnte. Es war ein Nebel, aus dem sie niemals entkommen war.

Im Laufe ihres Lebens hatte Renee Ann Blanca ihre eigene individuelle Mixtur aus Medikamenten erstellte, voll mit ihrem individuellen Geschmack: Sauerkirsche und Toffee. Und auch wenn sie ihre Dosis in der Nacht reduzierte, verging doch keine Minute, in der sie nicht unter Medikamenteneinfluss stand. Dies war wahrscheinlich auch am besten so. Heutzutage bringen sich Einzelpersonen meist um, so bald ihnen ihr Gasvorrat ausgeht.

Hört sich alles recht morbide an, nicht wahr?

Bitte haben Sie Geduld mit mir. Es hat seinen Grund, warum ich mich entschlossen habe, die Geschichte von Renee Ann Blanca zu erzählen. Sie ist bei weitem nicht so trostlos wie sie vielleicht denken. Aber zu so einem frühen Augenblick schon zu erklären warum, würde ohne Zweifel die Geschichte verderben!

Wo wir gerade davon sprechen, ich schätze, wir sind fast so weit, zu beginnen.

Und hier ist Renee höchstselbst. Ja, ich kann sie beinahe sehen. Sie scheint gerade aufzuwachen und hustet von der medikamentendurchfluteten Luft, die in ihrer Kapsel um sie herum wabert.

UND SO LERNEN WIR NUN UNSERE HELDIN KENNEN

„(Sklaverei) ist zu arbeiten fürs täglich Brot?
– der Lohn ernährt nur eure Not."
PERCY SHELLEY

„Renee! Renee! Renee!"

Ich höre dem personalisierten Wecker unserer Heldin zu. Ihre eigene Stimme, aufgenommen vor vielen Jahren, ruft sie aus dem Schlaf.

Ich schaue zu, wie gebannt.

Renees Haar fällt auf ihr Kissen, als sie sich umdreht, goldenbraune Locken, die sich von pinker Baumwolle abheben. Etwas kristallisierter Schleim hängt von einem Auge, das durch zu viel selbst verabreichtes Botox entstellt wurde. Ihre linke Wange, diejenige, die sie nicht mit Plastik aufgebessert hatte, begann sich zu verändern; sie wandelte sich von lachsfarben zu rotbraun zu beige. Ihre krummen Beine kreuzen sich unter der Bettdecke wie die Teile einer Industrieschere.

Hier sehen wir ihr sternförmiges Muttermal auf ihrer Hüfte. Hier eine bohnenförmige Narbe. Hier eine Augenbraue, die zu viel gezupft und mit künstlichem Haar wieder aufgefüllt, der mit Gel Volumen gegeben und die mit pinkem Eyeliner akzentuiert wurde.

Vielleicht können Sie sie auch sehen. Vielleicht können Sie sehen, wie sie auf den Bildschirm schlägt, um den Wecker auszuschalten. Vielleicht können Sie sie husten hören, als ihr Rachen gegen die billige Luft ankämpft. Renee kann sich keine milde Bergluft aus den Alpen oder blumige Luft aus dem Neuen Wald leisten. Sie muss mit dieser harschen, recycelten Luft vorliebnehmen, die direkt aus Londons Atmosphäre gefiltert wurde.

Ein holografischer Bildschirm schwebt fünfzig Zentimeter vor Renees rechter Schulter. Es besteht aus durchsichtigem pinken Licht mit einem orangenen Rand, aber er hat keine Substanz oder Gewicht. Renee kann durch ihn hindurchsehen, aber sie kann den

Daten nicht entkommen, die zu jeder Zeit auf ihm angezeigt werden.

In der ersten Zeile blinkt Renees Schuldenstand in großer, roter Schrift: £ 113.410 und zwölf Pence. Und nun dreizehn Pence. Alle zwanzig Atemzüge wachsen ihre Schulden um einen Penny.

In der zweiten Zeile findet sich in kleinerer Schrift Renees Platz in der *Londoner Arbeitertabelle:*

GESAMTRANG: 87.382 (Gefallen um 36.261 Plätze)

In der dritten Zeile tauchen eine nach der anderen eine Reihe von Untertabellen in einer noch kleineren Schrift auf. Renee war gerade um zwanzigtausend Plätze in der Schlaftabelle aufgestiegen und hatte dabei Paul Podell weit hinter sich gelassen. Sie pflegte eine imaginäre Rivalität mit diesem Mann, auch wenn sie ihn noch nie getroffen hatte. Sie hatte noch nie jemanden persönlich getroffen, aber diese eingebildete Rivalität gab ihr einen Grund zu leben.

Sie fällt in der Aufwachentabelle hinter Podell zurück.

„Mist verdammt!"

Ihre Tabellen laufen weiter:

Schnarchrang: 1.527.361 (gefallen um 371.873 Plätze)
*** 231 Plätze hinter Jane Smith ***
Hin- und Herwälzenrang: 32.153 (aufgerückt um 716 Plätze)
*** 5.253 Plätze hinter Jane Smith ***
Speichelkontrollrang: 2.341568 (aufgerückt um 62.462 Plötze)
*** 17 Plätze vor Paul Podell ***

„Ja! Ich hab es geschafft!"

***

Der Lautsprecher brummte:

„Ich bin das einzige Ich, besser als alle Ich-Anderen."

Wenn Renee sich selber dabei zuhörte, wie sie dieses Mantra rezitierte, versetzte sie das immer in einen besonders guten Gemütszustand.

Natürlich war es eine dreiste Lüge. Renee war nicht „Besser als alle Ich-Anderen". Es standen über siebenundachtzigtausend Leute in der Londoner Arbeitertabelle über ihr. Renee aber war nicht die Art von Person, die zuließ, dass unangenehme Fakten ihrer lieb gewonnenen Fiktion in den Weg kamen.

Sie rechtfertigte ihren Glauben auf ihre eigene Art und Weise. Sie sagte sich, dass über achtzig Millionen Menschen in London lebten, und sie damit eindeutig im einstelligen Prozentbereich lag, was der beste Prozentbereich war, was hieß, dass sie die Beste war. Damals in 2072 hatte sie für ganze drei Sekunden die Gegen-den-Kopf-tippen-Tabelle angeführt: Sie würde für den Rest ihres Lebens ganz oben mitspielen. Und nichtsdestotrotz würde sie immer die „Große Renee Rangliste" anführen; eine Tabelle, die sie selber erschaffen hatte.

Ihre Mantras liefen weiterhin ab:

„Ich muss mich auf einzigartige Weise kleiden, handeln und denken."

„Ich kann nichts für umsonst haben."

„Ich bin, was ich besitze."

„Zu viel von etwas Gutem kann wunderbar sein."

„Ich werde stets glücklich sein."

Ich glaube, Renee muss in dieser speziellen Nacht einen ihrer Hypnopaediartikel gehört haben, denn sie schoss mit einem Mal nach oben und sagte:

„Ah genau, Gras ist blau."

Renee hatte eine Reihe von Aufnahmen angefertigt, die von Astrologie über Gartenbau, Musik und Tanz alles abdeckte. Ihr Inhalt entsprach für gewöhnlich ganz und gar nicht den Tatsachen. Gras ist nicht blau. Das war es noch nie und wird es wahrscheinlich auch nie sein. Renee aber glaubte felsenfest daran. Da sie noch nie mit jemand anderem gesprochen hatte, waren ihre Ansichten niemals infrage gestellt oder korrigiert worden.

Was nicht heißen soll, dass Renee keine Informationen aus außenstehenden Quellen bezog. Von dem Moment an, in dem sie erwachte, wurde sie von ihren Avataren ohne Pause mit Zahlen und Fakten bombardiert. Einige von ihnen stammten aus dem Internet. Einige entsprachen der Wahrheit. Aber es handelte sich um personalisierte Informationen; sie wurden aus Quellen gesammelt, die Renee ausgewählt und editiert hatte, um ihren persönlichen Vorlieben zu entsprechen, und die durch ihre persönliche Propaganda angereichert waren. Sie bestätigten alles, was sie bereits glaubte.

Ihr Lieblingsavatar, Ich-Grün, sprach in einer Stimme, die mit Renees identisch war; schamlos, mit einem Hauch von Selbstzufriedenheit und einer Spur mädchenhafter Frivolität:

„Die Große-Renee-Rangliste ist da, frisch von der Druckerpresse, und es scheint so, dass ich, Renee Ann Blanca, das großartigste Wesen auf der Welt bin. Hurra für mich! Ich bin ein Superstar."

Renee wischte sich den Schlaf aus dem Auge.

„Die heutige Jobprognose: starker Wettbewerb mit einer Chance auf stündliche Arbeit. Am frühen Nachmittag wird eine Tiefdruckfront von Westen über die Stadt ziehen, pack also lieber eine Jacke ein und behalte im Hinterkopf, dass es abends eine zehnprozentige Chance auf einen Entlassungssturm gibt."

Ein feiner Nebel aus Prozac zerstäubte sich über Renees Kopf. Sie sog ihn ein und lächelte. Zehn Pence wurden ihrem Schuldenstand hinzugefügt.

„Rabattaktion! Werden meine Avatare langsam alt, hässlich oder langweilig? Bin ich soweit, auf das neuste, allertollste Modell aufzurüsten? Nun, dann komm rüber und besuche www.AvatarefürRenee.ich, um mir noch heute einen neuen Avatar zu besorgen. Worauf warte ich noch?"

Renee blicke zu Ich-Grün hinüber und grinste. Ihre Mundwinkel gingen hoch, zogen ihr Kinn in Richtung ihrer Nase und legten Zähne frei, die gereinigt, gebleicht, poliert und geweißt worden waren.

Genau wie bei ihren anderen Avataren, handelte es sich bei Ich-Grün um eine digitale Kopie von Renee.

Renees Avatare waren aus *Solidlicht* gemacht. Man konnte zwar durch sie hindurchgehen, aber nicht hindurchsehen. Sie glühten auch nicht, wie normale Hologramme es taten. Sie waren vollkommen lebensecht, mit Konturen in der Haut und wallendem Haar.

Alle von Renees Avataren sahen aus wie Renee, handelten wie Renee, klangen wie Renee und sagten Dinge, die Renee sagen oder hören wollte. Zusammen befriedigten sie ihr Bedürfnis nach Gesellschaft; sie halfen ihr, persönliche Verantwortung für ihre sozialen Bedürfnisse zu übernehmen, ohne mit jemand anderem in Kontakt treten zu müssen.

Ich-Grün war ihr liebster Avatar. Er war an einem jener sonnigen Tage erschaffen worden, an denen alles einen goldenen Hauch zu haben schien. Ein guter Haartag, an dem Renee mehr verdiente als sie ausgab, sie drei volle Tage Arbeit versprochen bekam, sie die höchste Punktzahl in ihrem Lieblingscomputerspiel bekam und es Käsetoast zum Abendessen gab. Der bloße Anblick von Ich-Grün erinnerte Renee an diesen glücklichen Tag. Er sah genauso aus, wie Renee es damals getan hatte, und trug ein grünes Kleid, das mit Pailletten und Perlen besetzt war. Seine Wangen waren nicht von plastischer Chirurgie beschädigt und seine Augen nicht durch Botox.

„Sonderangebot! Wenn ich heute die Old Kent Road entlanglaufe, werden mir nur drei Pence pro hundert Schritte berechnet. Es gab nie eine bessere Gelegenheit, um die Statue meines verehrten Oligarchen zu besuchen, Sheikh Mansour der Vierte".

Da Renee etwas Platz in ihrer Kapsel schaffen wollte, tippte sie auf einen Knopf und Ich-Grün verschwand.

Fast alle leben in Kapseln. Um zu zeigen, dass ihre Mieter anders sind, sind sie alle etwas verschieden, aber sie haben alle etwas gemeinsam: Sie sind unglaublich klein. Die Häuserpreise sind in den letzten hundert Jahren so stark gestiegen, dass nachfolgende Generationen gezwungen waren in kleinere Häuser zu ziehen als die, in denen ihre Eltern gelebt hatten. Häuser wurden in Wohnungen unterteilt. Wohnungen wurden in Einzimmerdomizile unterteilt. Diese Domizile wurden geteilt, gegliedert und partitioniert.

Renees Kapsel war etwas über zwei Meter lang, einen Meter breit und einen Meter hoch. Sie war mit Metallimitat überzogen und wurde von hunderten von LED-Birnen erleuchtet. Eine Plastikmatratze bedeckte Dreiviertel des Bodens und bedeckte das Loch, das als Toilette, Abfluss und Spüle diente. An der Decke befand sich ein Wasseranschluss, der zum Duschen gebraucht werden konnte. Da Wasser aber so teuer war, benutzte Renee ihn nur sehr selten. Im Sitzen zu duschen schien ein größerer Aufwand zu sein als es wert war.

Ein digitaler Bildschirm bedeckte eine Seite der Kapsel. Ein Regal bedeckte die andere Seite, auf der Ich-Grün gelegen hatte. An einem Ende des Regals befanden sich Renees Kleidung, Schuhe und Haarspangen; ein kleines Gerät, das Daten sammelte, Fotos schoss und Renees Hologramme generierte; ihr Bildschirm, Avatare und ihre virtuellen Besitztümer. Renee definierte sich darüber, was sie besaß, aber sie konnte sich nicht viele reale Dinge leisten und sammelte stattdessen virtuelle Besitztümer. Die einzigen anderen physischen Gegenstände auf dem Regal waren eine kleine Menge Essen, eine große Menge Kosmetika, ein Toaster, ein Messer, ein Teekessel und eine Mikrowelle, die Renee mithilfe einer Sicherung aus ihrem Babytron repariert hatte.

Oh, nein! Bitte urteilen Sie nicht zu hart über Renee! Es stimmt, sofort als sie ohne ihn überleben konnte, hat sie diesen Roboter auseinandergebaut. Ich vermute, dass Sie das ein wenig undankbar finden. Aber Renee hatte keine Vorstellung davon, was Dankbarkeit war. Sie hatte sie niemals selbst erlebt. Ihr Roboter funktionierte nicht richtig. Es schien Renee in ihrem eigenen Interesse zu sein, die nützlichen Teile zu behalten und den Rest wegzuwerfen.

Renee tippte auf ihren Bildschirm.

Ich-Sex tauchte auf.

Ich-Sex sah wie eine jungenhafte Version von Renee aus. Um ihn zu erstellen, hatte Renee ihre Haare kurz geschnitten und Makeup benutzte, um ihre Wangenknochen, Augenbrauen und Nase zu schattieren.

Renee aktivierte ihren virtuellen Penis, Bart und ihre flache Brust. Sie brachte diese Hologramme mit einer nonchalanten Bewegung ihres Handgelenks in Position und befahl Ich-Sex sich hinzulegen.

Sie zog ihren Schlüpfer aus, legte ein Kissen zwischen Ich-Sexs Beine und legte los.

Ich-Sex spielte mit.

„Oh ja!", quietschte er. „Besorg es mir Renee. Oh ja! Genauso mag ich es. Ich kenne mich Mädchen. Oh ja. Ich die Beste! Wohoo!"

Ein stetig dichter werdender Nebel aus Sexhormonen füllte die Kapsel.

Renee atmete schwer und sog einen rauschhaften Atemzug voll mit chemischem Oxytocin ein, der sich direkt in ihrem Hypothalamus bemerkbar machte.

„Genau da. Ja, das ist die Stelle. Ja, Renee, ja!"

Das chemische Dopamin in der Luft vermischte sich mit dem natürlichen Dopamin in Renees Blut. Trillionen an berauschenden Molekülen rasten in ihr Gehirn. Eine Kaskade chemischer und elektrischer Reaktionen ließen Funken in ihrem Kopf umher sprühen und ordneten die innere Realität ihres Verstandes neu an.

£113.411,43

£113.411,73

£113.412,03

Renees Herzschlag wurde schneller. Ihre Atmung tiefer. Ihr Uterus zog sich zusammen, zuckte und wurde von Wellen orgasmischen Vergnügens durchströmt. Vaginalflüssigkeit rann ihr die Innenseite ihrer Schenkel hinunter.

Sie ließ sich durch Ich-Sex fallen und landete mit einem dumpfen Geräusch.

„Ein heimtückischer Virus hat es auf meine Avatare abgesehen. Es sind die Terroristen! Die Terroristen! Der Auslöschervirus bedroht meine schiere Existenz. Oh, wie könnte ich bloß ohne meine wundervollen Avatare leben? Was wäre dann noch der Sinn darin, weiterzuleben?"

Renee betätigte einen Knopf auf ihrem Bildschirm und Ich-Sex verschwand.

Sie hasste es, wenn Ich-Sex direkt nach dem Geschlechtsverkehr Informationen übertrug. Es ruinierte ihr Hoch, aber sie konnte sich kein werbefreies Modell leisten.

Sie betätigte ihren Bildschirm, steuerte den Amazonladen an und kaufte etwas Virusschutz. Fünf Pfund wurden ihrem Schuldenstand hinzugefügt.

Sie tippte erneut auf ihren Bildschirm.

Renees einzigartige, personalisierte Parfümmischung füllte die Kapsel. Es war eine vollkommen widerliche Mischung aus Zimt und Kampfer, gepanscht mit einem Hauch aus Dung mit einer Spur von verdorbenem Schinken. Niemand hatte Renee jemals gesagt, dass sie abstoßend roch, weshalb sie glaubt, dass sie himmlisch roch. Unwissenheit kann, wie man so schön sagt, ein Segen sein.

„Du riechst gut! Und jetzt noch Klamotten, die Eindruck hinterlassen."

Renees Garderobe war vollständig von Nike hergestellt worden. *Jedermanns* Kleidung wurde von Nike hergestellt, die die Konkurrenz aufgekauft hatten und damals in 2052 ein Monopol etabliert hatten. Sie müssen bitte verstehen, das ist die Sache mit dem Individualismus: Alle müssen anders sein, aber ihre Andersartigkeit muss angepasst sein. Um ein Individuum zu sein, müssen alle verschiedene Kleidung tragen und jeder muss seine Kleidung personalisieren, um alle anderen zu übertreffen. Aber diese Kleidung muss gänzlich von Nike hergestellt werden. Es gibt in der Sache schlicht keine Wahl und niemand kann sich eine Welt auch nur vorstellen, in der eine Alternative existieren könnte.

Renee besaß von allem zwei. Zwei Paar Unterhosen, zwei Kleider und zwei BHs. Sie hatte ihre Schuhe, die verschieden farbige Schuhbänder hatten, mit Glitzer versehen. Sie hatte ihre Röcke zerrissen, ihre Hosen mit Flicken versehen und ein Logo in Form einer Strichfrau erfunden, ihre eigene persönliche Marke, die sie auf alles malte, was sie besaß.

Sie blickte hinunter auf den Nike-Haken:

„Just do it. Das werde ich!"

Sie trug Nagellack, Makeup auf ihr Gesicht, Gloss auf ihre Lippen und Mascara auf ihre Augen auf. Sie band sich ihr Haar zu einem Zopf, brachte ihre Haarspange an und tippte auf den Bildschirm. Eine holografische Fliege, eine goldene Halskette und eine Blumenbrosche tauchten in der Luft auf. Renee brachte sie mit einem Wischen an Ort und Stelle:

„Nun, man muss jeden Tag einen neuen, individuellen Look kreieren. Ich werde niemals dieselben Accessoires zweimal tragen!"

Ein plötzlicher Schub aus Pflichtgefühl durchfuhr Renee:

„Ich muss arbeiten, arbeiten, arbeiten. Ich darf mich nicht drücken, drücken, drücken!"

Sie verließ das Haus beinahe mit nüchternem Magen, riss sich dann aber zusammen und schlang etwas vitaminisierten Toastersatz hinunter; eine eher pappartige Geschichte, die all das Gute von Toast enthielt, aber nur wenig von seinem Geschmack.

Sie aß einen Löffel voll Fötalmarmelade.

Dieses Essen war widerwärtig und Renee wusste es, aber sie musste es halt essen.

Als Nestlé in 2045 die Essensversorgung monopolisierte, begannen sie eine Form der Werbung einzusetzen, die als *Wahrnehmung ohne Bewusstsein* bekannt war. Lassen Sie mich erklären: Stellen Sie sich vor, dass Sie jemandem auf der Straße begegnen, der vor sich hin pfeift. Ihnen ist nicht *bewusst,* dass er pfeift, aber schon bald fangen Sie an dasselbe Lied zu pfeifen. Ihr Unterbewusstsein hat das Lied *wahrgenommen* und sie dazu veranlasst zu handeln.

Das Logo von Nestlés vitaminisierten Toastersatz bestand aus zwei purpurnen Schleifen. Den Tag zuvor hatte Renee mehrere purpurne Schleifen gesehen, während sie ein Spiel in der virtuellen Realität gespielt hatte. Sie hatte ein Kreuzworträtsel gelöst, in dem all die Buchstaben in den Wörtern „vitaminisierter Toastersatz" vorkamen. Ihre virtuellen Accessoires umfassten eine gelbe Schleife und eine purpurne Schärpe.

Renee war sich dieser Dinge nicht *bewusst,* aber ihr Unterbewusstsein hatte sie *wahrgenommen,* und nun fühlte sie den Drang diesen Toast zu essen. Auch wenn es ihr nur wenig Freude bereitete, fühlte es sich einfach richtig an.

Sie schaukelte vor und zurück, während sie aß. Renee schaukelte immer vor und zurück, während sie aß. Sie glaubte, das sei ihre eigene persönliche Marotte.

Ihr Magen knurrte.

Sie übernahm persönliche Verantwortung für ihren Hunger, tippte auf ihren Bildschirm, öffnete ihren Mund für das Luftventil und schluckte einen zerstäubten Appetitzügler herunter. Sie legte ihre Plalinsen und eine Gasmaske an; ein durchsichtiges Gerät, das ihren gesamten Kopf bedeckte. Sie enthielt ein Mikrofon, ein Lautsprecher-Set, eine Öffnung für Essen, die einer Schublade ähnelte, und zwei Schläuche. Einer der Schläuche filterte die giftige Luft, was aber kostete, und ermöglichte es draußen zu atmen. Der andere versorgte sie mit einem beständigen Strom an Antidepressiva.

Sie war startklar für den Tag.

**

Kaum war sie aus der Luke herausgekrochen, als vier Avatare an Renees Seite auftauchten.

Ich-Grün, Ich-Original, Ich-Speziell und Ich-Extra sprachen alle zusammen:

„Auslöschungsvirus erfolgreich abgewehrt. Ich bin gerade noch rechtzeitig gerettet worden."

„Vorwärts ich. Wohoo!"

„Die Terroristen wollen mich töten."

„Für die höchste Chance auf eine Anstellung sollte ich zum Oxford Circus gehen."

„Die Terroristen wollen meinen wertvollen Besitz stehlen."

„Die Terroristen wollen meinen Teekessel."

„Meine Luke wird aufgebrochen werden."

„Schließ die Luke ab!"

„Schließ die verflixte Luke ab!!!"

Ihre Avatare waren eine Reflexion von Renees eigenen Ängsten.

Sie geriet in Panik, sog etwas Antidepressiva ein, beruhigte sich, schloss ihre Luke, drehte sie, schloss sie doppelt mit einem Schlüssel ab, dreifach mit einem Sicherheitscode, brachte ein Vorhängeschloss an und fügte noch ein Fahrradschloss hinzu:

„Ah ja. Ich glaube, ich werde zum Oxford Circus gehen."

„Was für eine tolle Idee!"

„Ich hätte selbst keinen besseren Plan schmieden können."

„Meine Güte, Renee, ich bin wirklich toll."

Renee stand auf einem Vorsprung, der ausgefahren war, als sie nach draußen gekrochen war. Er bestand aus perforiertem Metall und war so lang wie ihre Kapsel, aber bloß sechzig Zentimeter breit. Zwei ihrer Avatare blieb nichts anderes übrig, als mitten in der Luft zu schweben.

Dies hielt sie aber keineswegs vom Reden ab. Renees Avatare redeten die ganze Zeit; sie machten ihr Komplimente, waren Echo ihrer Gedanken und versorgten sie mit neuen Informationen. Sie war stets von Stimmen umgeben, auch wenn diese Stimmen alle ihre eigene waren.

Der Lift näherte sich von der Seite, fügte fünf Pence zu Renees Schulden hinzu, und öffnete seine Türen. Renee ging hinein, fuhr achtzig Meter nach unten und trat hinaus in *Kapselstadt,* eine gewaltige Ansammlung von Kapseln, die sich von Euston nach Holborn nach Bank erstreckte. Kurz nachdem die Oligarchen alles Land in Großbritannien gekauft hatten, hatten sie alle in diese Siedlung verfrachtet.

Renees Avatare führten sie durch eine Gasse zwischen zwei Ansammlungen von Kapseln: Eine dunkle, zwielichtige Passage, in der alles in Richtung von einem weit entfernten Lichtstrahl gezogen zu werden schien. Die Wände selbst schienen aus Gottes eigener Begräbnishalle zu stammen; ein Gitter aus zerkratzten silbernen Quadraten, die sich erstreckten, so weit das Auge sehen konnte. Elektrisches Licht ließ den Boden glitzern. Er bestand aus altmodischen Gehwegplatten und fühlte sich fast zu sauber an. Der Himmel war unvorstellbar weit entfernt. Die Dunkelheit lag unglaublich nahe.

£113.418,01

£113.418,02

Renees Schulden wuchsen mit jedem zwanzigsten Schritt, den sie machte.

Sie machte daher weite, hüpfende Schritte, um das Meiste aus ihrem Geld herauszuholen.

„Wolle es jetzt, brauche es jetzt, verlange es jetzt, konsumiere es jetzt."

„Ich muss arbeiten, arbeiten, arbeiten. Ich darf mich nicht drücken, drücken, drücken!"

„Der schnellste Vogel fängt den Wurm."

Renee eilte weiter.

Härte antwortete auf Härte. Smog fiel vom Himmel. Das Licht schlief, komatös; es schien in einer anderen, weit entfernten Welt zu schlafen, just bis zu jenem Zeitpunkt, an dem es berstend zum Leben erwacht.

Es blendete unsere Renee und ließ sie schwindelig werden.

„Ich sollte nach links in Richtung Oxford Circus abbiegen."

Renee wandte sich nach links, stolperte um Ich-Original herum und fiel beinahe über eine tote Katze.

Ich-Extra tat so, als wäre er verletzt und Ich-Grün zuckte zusammen.

Renee stieß die Katze mit dem Zeh an:

„Verdammter, nutzloser Ich-Original. Es ist fast so, als ob er versucht mir im Weg zu sein. Ich hätte ihn schon vor Jahren loswerden sollen."

Renee hatte angefangen Ich-Original zu verachten. Es war der erste Avatar, den sie gekauft hatte, damals, als sie vier war. Zwar hatte sich seine Persönlichkeit weiter entwickelt, in dem er neue Daten basierend auf Renees Gedanken, Handlungen und Aussagen angesammelt hatte, sein Körper aber war gleich geblieben. Ich-Original war nicht mehr als neunundsiebzig Zentimeter groß und hatte Haarzöpfe und Sommersprossen. Er musste sich abmühen, um Schritt zu halten, und geriet oft zwischen Renees Beine. Auch wenn er unsere Renee unmöglich zu Fall bringen oder ihr wehtun konnte, fand sich Renee dennoch noch immer dazu gezwungen, Ich-Original Platz zu machen. Es war fast so, als ob Pflichtgefühl sie dazu antrieb, sich um ihr jüngeres Selbst zu kümmern.

Sie hasste das! Sie hasste Ich-Original. Er war eine stete Erinnerung dran, wie schwach und hilflos sie gewesen war.

Sie sog etwas Gas ein und murmelte ihr Lieblingsmantra:

„Ich bin das einzige Ich, besser als alle Ich-Anderen."

Und dann:

„Besser als meine Avatare. Besser als Ich-Original. Besser als ich es mit vier war. Besser als jemals zuvor!"

Renees Laune hob sich dadurch, aber sie konnte sich dennoch nicht davon abhalten Ich-Original noch einen mitzugeben.

„Oh, sieh zu, dass du mithältst! Ich habe nicht den ganzen Tag Zeit."

Ich-Original salutierte vor Renee und sprintete vor.

Sie eilten über den Russels Square, einer weiten Betonfläche, die unter dem Nestlé-Turm verborgen lag. Jene Fabrik stellte genug Nahrung her, um die gesamte Bevölkerung von Kapselstadt mit Nahrung zu versorgen, indem sie synthetisches Fleisch in gewaltigen Bottichen züchtete, bevor es mit Drohnen ausgeliefert wurde.

Wie die meisten anderen Gebäude in diesem Teil der Stadt bestand auch der Nestlé-Turm aus aquamarinfarbenem Glas. Die Paneele an seinem Fuß glänzten so hell, dass sie Renee Kopfschmerzen verursachten, verblassten aber je höher man kam. Auf Höhe des hundertsten Stockwerks war der Nestlé-Turm mehr schwarz als grün. Nach dem dreihundertsten Stockwerk verschwand er in dem Smog, der London wie eine Perücke bedeckte: ein giftiger und grauer Flaum.

£113.418,38

£113.418,39

Sie eilte den Montague Place entlang, kam an dem Stadthaus eines Oligarchen vorbei, es war einmal das British Museum gewesen, und verspottete die anderen Avatare auf der Straße. Renee schaute die anderen Avatare nicht an. Sie hörte, berührte oder roch sie nicht. Sie konnte sich nicht einmal sicher sein, dass es wirklich Avatare und nicht echte Menschen waren. Ihre Plalinsen filterten, was sie sah, und ließen Menschen wie Avatare aussehen und die Lautsprecher in ihrer Gasmaske filterten oft die Stimmen heraus. Auf eine vage Art und Weise war sie sich aber ihrer Anwesenheit bewusst und war sich sicher, dass sie sie alle hasste.

„Der da hat einen Bart!"

„Was für eine Frau lässt sich einen Bart wachsen?"

„Der da hat wabbelige Nüstern und klamme Haut."

„Mir ist noch nie so ein wabbelnasiger Schweißeimer untergekommen."

„Und der hier: Sein Sonnenbrand ist so schlimm, dass er wie eine Orange aussieht!"

„Eine fluoreszierende Hölle auf Erden! Wandelnder Orangensaft! Meine Güte."

Mit Beleidigungen um sich zu werfen, war Renees liebster Zeitvertreib und es war immer Ich-Speziell, der sie dazu antrieb, und die anderen Avatare beschrieb, die sie verspottete. Renee hatte Ich-Spezial erschaffen, als sie sich besonders selbstgerecht fühlte. Sie war am dem Tag gerade vom Balfour Beatty zum *Arbeiter des Tages* ernannt worden und die Spuren dieses Überlegenheitsgefühls fanden sich noch immer in seiner Programmierung. Selbst sein Aussehen war hochmütig. Seine Locken bestanden aus dichtem goldenem Licht, seine krummen Beine waren straff und sein Rücken durchgestreckt. Er blickte auf Renees andere Avatare hinab:

„Die Monobraue von dem hier sieht wie eine gigantische Nacktschnecke aus."

„Wie eine große, fette, schleimige Schnecke! Dämlicher Avatar."

„Nichts weiter als heißes Licht."

„Heißes, dämliches Licht."

„Mit einem Mund wie eine Made und einem Blick wie ein Mops."

„Mops! Ja, wie bei einem Mops!"

Oh, sie verurteilen unsere Renee, nicht wahr? Geliebter Freund, ich glaube, das tun Sie! Nun, ich werde sie nicht verteidigen. Ihre Spötteleien geziemten sich nicht für sie. Aber versuchen sie die Dinge durch ihre Augen zu sehen. Renee hatte noch nie einen anderen Menschen kennengelernt. Sie wusste nicht, ob sie Gefühle hatten, und hatte keine Vorstellung davon, wie sie mit ihnen reden sollte. Sie war sich nicht sicher, ob irgendjemand zuhörte. Da sie niemand anderen hören konnte, ging sie davon aus, dass sie still waren. Aus diesem Grund wollte Renee laut sein, um anders zu sein, wie ein echtes Individuum. Und wie dem auch sei, es war ihr egal. Sie fühlte sich gut, wenn sie Avatare verspottete, wodurch sie ein Vermögen an Antidepressiva sparte. Sie ging davon aus, dass alle es taten, wenn auch nicht so gut wie sie. Sie sprach bloß laut aus, was die Leute in Ihrer Zeit sich bloß gedacht hatten. Und einige Avatare verdienten es wirklich verspottet zu werden. Heutzutage sind alle Avatare entweder vollkommen seltsam oder seltsam vollkommen. Ich bin mir nicht sicher, welche die Schlimmeren sind.

Schauen wir uns diesen hier an. Können Sie ihn sehen? Ich kann ihn selber gerade so erkennen, mit seiner braunen Cordhose, die von einer Schnur gehalten wird, und mit Schuhen, die verkratzter sind als der Arbeitsplatz eines Tischlers; mit diesem engelshaften, glänzenden Gesicht, das nicht wirklich zu diesem Körper passen will, und einem Zopf, der mit jeder Bewegung hin und her schwingt.

Sein Oberkörper befand sich zwar in einer starren aufrechten Position, seine Hand aber befand sich in seiner Hose und bewegte sich vor und zurück. Brauner Cord gab dumpfe Geräusche von sich, wie das Schlagen eines panischen Herzens. Seine Augen waren mit lustvoller Inbrunst zusammengekniffen.

Der Wind schien ihren Namen zu flüstern: „Reh... Reh... Renee?"

Renee aber hörte nicht zu. Sie war zu sehr damit beschäftigt selber zu masturbieren.

„Er holt sich in aller Öffentlichkeit einen runter! Was ein Widerling!"

Sie schnalzte verächtlich mit der Zunge, schüttelte den Kopf und beschleunigte ihre Schritte. Sie hüpfte durch den Bedford Square, kam an dem *Monument der Unsichtbaren Hand* vorbei, eilte die Tottenham Court Road entlang und bog in die Oxford Street ab.

Einst war sie ein Einkaufsparadies gewesen, wo glitzernde Auslagen um die Aufmerksamkeit der Kunden buhlten. Die Oxford Street war aber schon vor langer Zeit vom *West End-Industriegebiet* verschluckt worden. Der letzte Laden hatte geschlossen, als Amazon sein Monopol als Einzelhändler etablierte, alles online verkaufte und per Drohne auslieferte. Heutzutage gibt es in London keine Läden mehr. Es gibt keine Pubs, Kinos oder Parks. Es gibt keine Bäume mehr. Sie wurden entfernt, weil sie nicht genug Profit abwarfen. Es gibt keine Vögel. Sie haben die Stadt verlassen, weil es keine Bäume mehr gab.

Stattdessen füllte eine schier unendliche Ansammlung von farbenfrohen Gestalten die Straßen, egal ob es Avatare oder Menschen waren. Wenn Sie mich fragen, ist es aber eine Schande, dass Renee sie allerdings nie bemerkte, denn sie sehen alle wirklich fabelhaft aus.

Dieser hier war wie ein Goth gekleidet. Dieser hier wie ein Hippy. Diese hier als Mods, Biker, Punks, Hipster, Nerds, Raver, Rude Boys, Surfer, Hip Hopper, Glam Rocker, Skater, Soulboys und Trekkies. Diese dort wie Clowns, Hexen, Nonnen, Vampire, Gecken, alte Schranzen, Sportler und Betrunkene. Sie trugen alle Farben, die sich unter der Sonne fanden. Sie hatten die verschiedensten Formen und Größen. Sie alle waren echte Individuen, mit ihrem eigenen einzigartigen Duft, Haarschnitt, Schönheitsoperationen, Gangarten, Manierismen und Charakteristiken.

Falls Sie die postmoderne Inkarnation der Oxford Street besuchen würden, würde Ihnen die schiere Pracht dieser Individuen sicher den Atem verschlagen. Hinter ihnen würden Sie die alten Ziegelfassaden sehen, die Ihnen vielleicht bekannt sind. Man hat sie für die Nachwelt oder aus Sentimentalität erhalten oder weil sich niemand die Mühe gemacht hat sie niederzureißen. Und über den ersten paar Stockwerken würden Sie sehen, wie sich Reihe um Reihe von aquamarinfarbenen Türmen erheben.

Jeder von diesen Türmen hatte seinen eigenen individuellen Klang.

Das Klappern von Matratzenmaschinen aus dem Ikea-Depot, das Pochen von rechnenden Computern im Visa-Turm und das Knattern aus der Samsung-Säule.

Der Krach war unablässig:

Klick-Klack

Tipp-Tap

Zip-Zap

„Renees Augen sind so grün."

„Dieses Gebäude wurde von Marsmenschen erbaut."

„Selena Frost hat mit Arbeit für Veolia dreiunddreißig Pfund verdient."

„Dildos! Dildos! Dildos! Besorg mir noch heute einen Zügellosen Rammler!"

£113.418,64

£113.418,65

Renee war am Oxford Circus angekommen.

***

Das Wesen der Arbeit hat sich im Laufe des letzten Jahrhunderts verändert. Arbeitsstellen wurden durch kurzzeitige Anstellungen ersetzt. Null-Stunden-Verträge wurden zur Norm. Von Jahr zu Jahr wurden die Verträge kürzer, bis sie im Jahre 2047 komplett abgeschafft wurden.

Ohne eine garantierte Anstellung bleibt Individuen nichts anderes übrig, als sich jeden Tag einen neuen Job zu suchen, und mit ihren Mitbürgern um die Akkordarbeit zu konkurrieren, die die Oligarchen ihnen zu geben bereit waren.

Aus diesem Grund fand sich Renee vor dem Podsicle-Interviewer wieder.

Dieser Avatar war ein Spiegelbild des Oligarchen, dem Podsicle Industries gehörtem. Sein Programm erlaubte ihm den Anweisungen des Mannes zu folgen, aber er legte nichts seiner Menschlichkeit an den Tag.

Bitte lassen Sie sich nicht in die Irre führen! Die Avatare können Daten von den Avataren anderer Personen sammeln, um *ihre* Persönlichkeit zu reflektieren. Sie dürfen gemäß der Firmenziele ihrer Unternehmen Instruktionen erteilen. Aber sie verfügen über keinen Charakter oder Emotionen. Sie handeln vollkommen rational, aber nicht im Geringsten vernünftig. Sich mit einem Avatar eines Oligarchen zu unterhalten, ist wie mit einem Computer zu sprechen. Es ist kein Ersatz für echten menschlichen Kontakt.

Eine Sache allerdings war sicher: Der Interviewer von Podsicle war gut aussehend, oh so gut aussehend. Ein prächtigeres Exemplar hatte die Menschheit noch nicht gesehen.

Er stellte einen Oligarchen dar, der aus Luxusmuskeln

erschaffen worden sein musste: Mit einem flachen Brustkorb, breiten Schultern und langen Gliedern. Es schien, als ob die härteren Kanten seines Gesichtes abgeschmirgelt, geglättet und sanfter gemacht worden wären. Seine Haut glänzte; sie war ganz Terrakotta, Seide und Emaille. Er war geradezu erschreckend sauber, fast so, als ob er beinahe stündlich verhätschelt, frisiert, maniküert und massiert werden würde.

Sein Auftreten legte auf eine selig unbewusste Art und Weise Überlegenheit an den Tag; er spiegelte damit einen Oligarchen wider, dessen Überlegenheit so natürlich für ihn war, dass er sie nicht im Geringsten für arrogant hielt. Er *war* einfach überlegen, genau wie eine Katze einfach katzenhaft *ist*, und ein Vogel einfach Flügel *hat*. Fakt.

Der Interviewer von Podsicle blickte in die Ferne und war Renee selbst gegenüber gleichgültig. Die Knöpfe an seinem maßgeschneiderten Anzug glitzerten. Sich bloß in seiner Gegenwart zu befinden, ließ den Geruch von Pfefferminze und Honig aufkommen.

Aber er war gut aussehend. Oh, so gut aussehend. Ich kann es nicht genug betonen.

Er nahm Renees Daten auf und benutzte dabei eine verstärkte Version von Renees eigener Stimme.

„Renee Ann Blanca. Arbeiter 2060-5446. Alter vierundzwanzig. Schulden. £113.418,65. Hat gestern für zwei Stunden gearbeitet. Hat um dreiundzwanzig nach sieben masturbiert. Hatte bloß eine Scheibe Toast zum Frühstück."

Renee antwortete, als ob sie das gute Aussehen des Avatars nicht bemerkt hätte:

„Anwesend."

Sie sagte nicht mehr. Für jedes Wort, das sie an den Avatar eines Oligarchen richtete, wurden ihr zwanzig Pence berechnet und sie wusste aus Erfahrung, dass überflüssige Worte ihre Chancen einen Job zu erhalten nicht erhöhen würden.

„Eine Scheibe Toast? Wie im Namen des Marktes soll das genug Energie liefern, um eine gute Stunde Arbeit abzuliefern?"

„Erfahrung."

„Hmm, lassen Sie mich einen Blick auf die Daten werfen. Ja, aus den Zahlen geht hervor, dass dieses Frühstück zweitausendsiebenundsechzig Mal konsumiert wurde. Im Schnitt wurden nach einem solchen Frühstück zwei Stunden und dreiunddreißig Minuten Arbeit bewerkstelligt, die einen durchschnittlichen Lohn von sechsundzwanzig Pfund ergaben."

„Bemerkenswert!"

„Ich kann so lange mit so wenig arbeiten."

„Ich bin die beste Angestellte der Welt."

Der Podsicle-Interviewer lächelte.

Renee runzelte die Stirn.

„Man muss wirklich hart arbeiten. Es ist wissenschaftlich bewiesen worden, dass für zehn Kalorien, die man verbrennt, man genug verdient, um sich mindestens Nahrung mit einem Wert von elf Kalorien zu kaufen."

„Der Avatar dort verdient es nicht vor mir Arbeit zu finden."

„Die Geburtenrate ist letzte Woche schon wieder gestiegen."

„Investieren Sie diese Kalorien. Sie werden den Antrieb für mehr Arbeit liefern, die wieder mehr Einkommen bringen wird."

„Bei keinem läuft das Geschäft so gut wie bei Babytron."

„Also, wie viele Kalorien kann Renee heute für Podsicle Industries verbrennen?"

„Ich sollte mich bei Babytron auf einen Job bewerben."

„Ich könnte meine Schulden mit 6500 Zahlungen an Visa Repay begleichen."

„Diese Gehwegplatte ist aus Jade."

Renee war mit dem Trommelfeuer aus Informationen überfordert und konnte bloß stotternd antworten:

„Viele... Äh... Äh... Sämtliche!"

Sie fuhr innerlich zusammen.

„Achtzig Pence", dachte sie. „So viel hat mich diese Bewerbung gekostet: Achtzig verdammte Pence! Warum habe ich bloß ´Viele` gesagt? Ich hab es versaut. ´Sämtliche` war die richtige Antwort. Ich wusste es. Ich wusste es einfach. Ich hätte gleich ´Sämtliche` sagen sollen."

Sie nahm einen tiefen Zug von ihrem Gas.

„Ich frage mich, ob er mir Arbeit geben wird."

„Er weiß nicht, wenn er an was Gutem dran ist."

„Ich wäre besser dran woanders zu arbeiten."

Der Podsicle Interviewer hielt inne, biss sich auf die Unterlippe und machte einen „Hmm" Laut:

„Ich fürchte, dass diese Bewerbung leider keinen Erfolg hatte. Aber seien Sie stolz! Renee war besser als dreiundneunzig Prozent aller Bewerber. Glückwunsch! Bravo!

Es wäre mir eine Ehre und ein Privileg Ihnen Verbesserungsvorschläge zu geben: Diese Brosche könnte etwas weiter rechts positioniert werden, diese Beine könnten etwas mehr durchgedrückt sein. Arbeiten Sie daran und tun Sie sich keinen Zwang an, sich in einer Stunde erneut zu bewerben. In einer Stunde. Nicht dreißig Minuten. Nicht zwei Stunden. Eine-Renee-Stunde."

„Für das Beste von Ich."

„Für das Beste von Ich."

„Ich bin die Beste."

„Pah! Ich-Original ist nicht die Beste, so wie sie einfach meine Gedanken verrät. Verdammtes Ich! Hat mich den Job und achtzig Pence gekostet."

Renees Lachen klang wie das beleidigende Lachen eines Schakals und sie inhalierte etwas Antidepressiva.

Sie tat dies immer, wenn sie es nicht schaffte, einen Job zu bekommen: Sie gab ihren Avataren die Schuld und inhalierte etwas Gas.

Ihren Avataren die Schuld zu geben, auch wenn sie den Fehler gemacht hatte, war Renees verquere Art und Weise, persönliche Verantwortung zu übernehmen. Da ihre Avatare digitale Kopien von Renee waren, war ihnen die Schuld zu geben dasselbe, wie sich selbst zu beschuldigen. Es war ein äußerst reinigender Prozess, der ihre Nerven beruhigte und ihre emotionale Anspannung linderte; er erlaubte ihr, ihre Fehler zu akzeptieren, und gleichzeitig weiter zu glauben, dass sie perfekt war.

Einen Zug von ihrem Gas zu nehmen, setzte einen Schub aus Antidepressiva in ihrem Blutkreislauf frei. Sie fühlte sich dadurch unglaublich gut und war in der passenden geistigen Verfassung, um sich auf eine neue Stelle zu bewerben.

Renee schrieb enthusiastisch auf ihren holografischen Notizblock: Die Beine etwas mehr durchdrücken. In einer Stunde wiederkommen. Ein Job bei Babytron hört sich nach einem Knaller an.

Sie verrückte ihre Brosche und machte sich auf in die Great Portland Street, wo sie von einem von Babytrons Avataren interviewt wurde; ein untersetztes Ding mit einer defekten Lichtplatte und einem hängenden Gesicht. Renee schenkte ihm keine Aufmerksamkeit. Sie sagte während des Interviews bloß zwei Worte, „Lern-tastisch" und „Perfekt", wodurch ihr nur vierzig Pence berechnet wurden. Ihre Bewerbung aber wurde abgelehnt, weil sie noch nie für Babytron gearbeitet hatte und deshalb nicht über die nötige Erfahrung verfügte.

Sie bewarb sich auf eine andere Stelle bei Microsoft. Allein zu ihrem Büro zu laufen kostete sie zweiundneunzig Pence in Schritten, aber es kam kein Job dabei herum.

Als sie zum Oxford Circus zurückkehrte, waren Renees Schulden um über vier Pfund gestiegen. Sie war aber dennoch nicht niedergeschlagen. Sie hatte so viel Serotonin im Blut, dass sie im Gegenteil ziemlich euphorisch war. Sie glaubte wirklich, dass sie kurz davor stand, den Job ihres Lebens an Land zu ziehen.

„Ah, geliebte Renee. Arbeiter 2060-5446. Schulden nun bei £113.422,93. Hat sich heute bereits auf drei Stellen beworben. Ist in einer Stunde acht-komma-drei Kilometer gelaufen. Bravo! Das *ist* beeindruckend."

Renee nickte. Sie wollte nicht für eine mündliche Antwort bezahlen, wenn man ihr keine Frage gestellt hatte.

„Es scheint, als ob ein Job dabei rumgekommen wäre. Meinen Glückwunsch! Das folgende kann Podsicle Industries für Renee tun: Wir können ihr ein unbezahltes Praktikum anbieten. Es gibt keine Garantie, aber falls das Ergebnis des Praktikanten in den obersten zwei Perzentil liegt, könnte dies zu fünf vollen Stunden Arbeit führen. Denken Sie darüber nach."

Renee musste nicht darüber nachdenken.

„Ich mache es!", schrie sie. „Ja, ich werde es machen!"

Ein Pfund und zwanzig Pence wurden zu ihren Schulden addiert.

Ihre Avatare jubelten.

Der Podsicle Interviewer fuhr in einem hochnäsigen Ton fort:

„Das Praktikum findet in der Dallington Street in Clerkenwell statt. Nicht in Dallington, Neuseeland. Und auch nicht in der Darlington Street mit einem „R", *Dallington* Street."

Renee kritzelte auf ihren holografischen Notizblock: Dallington Street. Nicht in Neuseeland. Nicht mit einem „R".

„Aber beeilen Sie sich. Das Praktikum ist nicht garantiert. Die Positionen werden nach dem Prinzip ´wer zuerst kommt, mahlt zuerst` vergeben."

Renee kritzelte: Wer zuerst kommt. Mahlt zuerst. Beeilung.

Sie unterstrich das Wort *„Beeilen"*.

„Oh", dachte sie.

„Beeilung!"

„Hopp-Hopp."

„Der Arbeiter dort wird vor mir da sein!"

Renee nahm die Verfolgung auf.

Mit ihren langen, hüpfenden Schritten eilte sie am Apple--Dome und der Bank von China Schuldenbearbeitungszentrale entlang, bog in die Tottenham Court Road ein, verlor den Avatar aus den Augen, den sie verfolgte, bog auf den Bedfore Square, kam am Monument der Unsichtbaren Hand vorbei, verspottete den masturbierenden Avatar, dachte sie würde ihren Namen hören, „Reh... Reh... Renee", überzeugte sich selber davon, dass sie sich verhört hatte, und betrat erneut Kapselstadt. Fast drei Stunden, nachdem sie sie verlassen hatte, kam sie an ihrer Kapsel vorbei.

Ihre Avatare leuchteten und erhellten ihren Weg durch die labyrinthartigen Gänge.

Sei verließ Kapselstadt, eilte die Kings Cross Road hinauf, kam am Johnson & Johnson Acre vorbei und kam in der Dallington Street an.

Gläserne Türme erhoben sich hier wie dämonische

Stalagmiten und hielten unsere Renee zwischen dem grauen Smog über ihr und dem grauen Beton unter ihr gefangen. Eine dreidimensionale Reklametafel drehte sich über ihrem Kopf, die sich von rot zu grün zu blau wandelte. Cola, Pensionen und Mascara wurden auf ihr angepriesen. Auf der einen Seite der Straße fand sich ein riesiges „I", das vom Alter gezeichnet war und Renees Gesicht zur Hälfte in Schatten tauchte. Auf der anderen Seite befand sich das Podsicle-Imperium; ein gewaltiges Gebäude, das mit Millionen von Aufklebern bedeckt war, auf denen alle „Menschenfreiezone" stand.

Rene rang nach Luft, hob ihre Arme hoch und ließ ihre Avatare jubeln:

„Ich habe es geschafft!"

„Hurra für mich!"

„Juchuu!"

Ihre Avatare leitete Renee in Richtung der Podsicle-Aufsicht; es war eine genaue Kopie des Podsicle-Interviewers, mit dem gleichen wohlgeformten Schultern und der strahlenden Haut.

Er blickte in die Ferne und redete mit einer Stimme, die sein Desinteresse nicht im Geringsten verbarg. Es war so, als ob er einem Computerprogramm folgen würde, was natürlich auch der Fall war:

„Renee Ann Blanca. Arbeiter 2060-5446. Schulden: £113.424,73. Puls: Siebenundneunzig. Atemfrequenz: Neununddreißig. Transpiration: Vier. Verfügbare Kalorien: Eintausendundsiebenundsechzig."

Renee wartete darauf, dass er mehr sagte, aber dieser Avatar hatte eine Macke. Er flackerte, stotterte, sagte etwas Unverständliches und fuhr dann doch endlich fort:

„Dieses Praktikum beinhaltet eine Reihe von Aufgaben, die dazu entworfen wurden, um kinetische Energie für Podsicle Industries zu generieren. Wir hier bei Podsicle nehmen das Generieren von kinetischer Energie wirklich sehr ernst."

Renee nickte.

„Das Praktikum beinhaltet das folgende: Dreitausend Hopser, zweitausend Hüpfer, eintausend Stützstrecker und dreizehn Mal auf den Kopf klatschen."

„Dreizehn?"

„Ja, dreizehn. Was für eine wundervolle Zahl für Kopfklatscher! Falls die Zahl der Kopfklatscher nicht genau dreizehn ist, wird Renee in ihrem Praktikum durchfallen und eine Erfüllungsbewertung von Null erhalten. Nicht zwölf Mal. Nicht vierzehn Mal. *Dreizehn Mal!* Was Insubordination angeht, verfolgt Podsicle Industries eine Null-Toleranz Politik."

Renee nickte enthusiastisch.

„Ah, Kopfnicken. Ja, das *ist* gut. Renees Punktestand werden zwei Bonuspunkte hinzugefügt. Gut gemacht. Bravo!"

Renee strahlte. Sie liebte diesen Job jetzt schon.

Natürlich leistete sie nichts Wertvolles, aber Renee leistete *nie* etwas Wertvolles. Das musste sie nicht. Heutzutage wird alles von Maschinen hergestellt, von Computern automatisiert und von Drohnen transportiert. Arbeit war dazu da, um die Menschen zu beschäftigen; um sicher zu stellen, dass sie zu viel zu tun hatten, um sich zu erheben, und die Oligarchen zu stürzen. Sie war dazu da, um eine Herausforderung zu sein. Die Leute wollen mehr arbeiten, damit sie mehr verdienen und dann mehr konsumieren können. Sie wollen besser als ihre Mitbürger sein, ganz oben in der Tabelle stehen und sich das Lob des Chefs verdienen. Arbeit soll süchtig machen: Getrieben von der Furcht zu versagen, und angetrieben vom Rausch des Erfolgs, ist es für die Leute etwas, um die Zeit totzuschlagen und ihrem Leben, ihren Gefühlen und ihren Gedanken zu entkommen. Aber sie ist nicht dazu da, um produktiv zu sein. Oh nein, geliebter Freund, oh nein!

Renee lächelte. Sie war erleichtert, einen Job gefunden zu haben, sie träumte von einer bezahlten Position und sorgte sich, dass ihre Schulden ihr ansonsten über den Kopf wachsen würden.

Ihre Avatare zählten ihre Hopser:

„Irgendwas mit siebzig."

„Dreihundert und ein paar."

„Sechshundert und eine ganze Menge. Juchu! Schau nur wie gut ich bin!"

Renee sprach mit sich selbst:

„Ohne Durchhaltevermögen erreicht man gar nichts."
„Eine verbrannte Kalorie ist zwei Kalorien verdient."
„Ich muss mich bei der Arbeit beweisen."

Schweiß durchnässte ihr Hemd, machte ihren Saum fleckig und verfärbte ihre holografische Fliege. Milchsäure raste durch ihre Venen. Ihre Muskeln zuckten.

Sie rief jubelnd:

„Ohne Fleiß, kein Preis."

Und dann:

„Je mehr Fleiß, desto größer der Preis."

„Eintausend."

Renee machte einen Sternensprung, atmete ein, atmete aus, und begann zwischen einem Laderoboter und dem Podsicle Imperium selbst hin und her zu springen.

£113.426,14

£113.426,15

Für jeden zwanzigsten Hüpfer wurde ihr ein Penny in Rechnung gestellt. Als sie damit fertig war, hatte sie alleine für diese Aufgabe einen Pfund ausgegeben. Seit sie aufgewacht war, hatte sie sechzehn Pfund ausgegeben, aber nicht einen einzigen Penny eingenommen. Ihr Körper stand kurz vor dem Kollaps, ihr Wille begann zu wanken, aber ihre Mantras halfen ihr weiterzumachen:

„Hart arbeiten ist tugendhaft."

„Ich bin so tugendhaft."

„Meine Güte."

„Meine königliche Ich-heit."

„Oh, ich hoch im Himmel über uns."

Ihre Avatare jubelten, während Renee ihre Stützstrecker und Kopfklatscher zu Ende machte.

Sie plauderten drauflos, als Renee sie zurück zum Podsicle-Aufseher führte:

„Ich war so gut."

„So einen guten Stützstrecker habe ich noch nie gemacht."

„Niemals. Und meine Hüpfer! Halleluja, gelobet sei ich selbst!"

„Oh, warum halte ich nicht die Klappe, okay? Meine Güte."

Die Erschöpfung hatte Renee reizbar werden lassen, aber ihre Ranglistenplätze spendete ihr Trost. Sie war über eine Millionen Plätze in der Stützstreckertabelle aufgerückt und war nun unter den Top Zehntausend in der Hüpftabelle. Allerdings waren durch ihren Sternensprung ihre Anweisungen-befolgen Werte in den Keller gegangen.

Als sie dies sah, geriet Renee in Panik, sog etwas mehr Antidepressiva ein, atmete aus und grinste.

Der Podsicle-Aufseher runzelte die Stirn.

„Dieses Praktikum war leider nicht von Erfolg gekrönt. Renee Ann Blanca, Arbeiter 2060-5446, war besser als neunundneunzig Prozent der Praktikanten, aber hat es nicht in die obersten zwei Perzentile geschafft. Allerdings ist Podsicle Industries die beste Firma, besser als der Rest. Sie ist so großartig, dass sie Renee eine weitere Chance geben wird. Falls Renee es innerhalb von dreißig Minuten zum Podsicle-Interviewer schafft, wird Renee dreieinhalb Stunden bezahlte Arbeit gewinnen. Für das Wohl von Ich!"

„Für das Wohl von Ich!"

„Ich bin die Beste."

Renee hatte bereits zu rennen begonnen.

Ihr Blickfeld begann zu verschwimmen und ihr wurde übel, aber sie stolperte weiter:

„Fall sieben Mal hin, steh acht Mal auf."

Sie holte eine halb leere Tube mit Kalorienersatzpaste aus ihrer Tasche, öffnete die Essensluke ihrer Gasmaske und begann zu saugen.

Einhundert Kalorien... Fünfhundert... Eintausende... Zweitausend...

Die Paste beinhaltete alle Nährstoffe, die Renee brauchte, aber nichts von dem Geschmack, den man sich wünschen würde. Sie war nicht nur reich an Kalorien, sondern auch eine reichhaltige Quelle an Proteinen, Vitaminen und Kohlenhydraten. Sie schmeckte nach Kreide und Salz.

Renee nahm sich eine Sekunde, um ihre Mahlzeit zu verdauen, trank etwas Wasser aus einer Pfütze, sammelte ihre Kräfte, erholte sich und eilte weiter.

***

„Renee Ann Blanca. Arbeiter 2060-5446. Alter vierundzwanzig. Schulden: £113.427,88. Praktikum vollendet. Ankunft in neunundzwanzig Minuten und zwölf Sekunden. Verfügbare Kalorien: Zweitausend und neunundfünfzig.

Ah! Wie überaus vorzüglich. Ja, Renee ist fantastisch. Bravo! Podsicle Industries freut sich Renee drei Stunden Arbeit mit einem überaus großzügigen Lohn von neunzehn Pfund und sechs Pence anbieten zu können."

Renee war so ekstatisch, dass sie nicht bemerkte, dass sie dreißig Minuten Arbeit verloren hatte. Sie hüpfte vor Freude, grinste entzückt, jauchzte, schrie und drehte sich um Kreis.

„Melden Sie sich beim Podsicle Palace, meinem Londoner Stadthaus, das sich an der Kreuzung The Mall und Constitution Hill befindet. ´The Mall`. Nicht ´The Hall`. Nicht ´The School`. ´The Mall`."

Renee kritzelte The Mall. Constituion Hill. Nicht Hall. Nicht School.

„Renees erste Aufgabe wird es sein das Mobiliar aus dem Gelben Salon in den Weißen Salon zu räumen. Von Gelb nach Weiß. Nicht Gelb nach Grün. Nicht Weiß nach Blau. Und seien Sie vorsichtig. Dies sind wertvolle Gegenstände. Dies ist keine Aufgabe, die einer Maschine anvertraut werden kann."

Dies war genau die Art von Aufgabe, die einer Maschine anvertraut werden konnte.

Gelber Salon. Weißer Salon. Traue den Maschinen nicht.

„Wenn diese Aufgabe beendet wurde, wird eine letzte Aufgabe erteilt werden."

Vollendet. Erteilt.

„Nun? Auf was im Namen des Marktes wartet Renee?"

Renee schaute hoch, erstarrte, sammelte sich wieder und drehte sich um. Sie eilte Saint George Street, Bruton Lane und die Berkley Street entlang, bis sie außerhalb des Podsicle Palace ankam. Es handelte sich um ein historisches Gebäude, dessen Front aus Bath Stone bestand und vor dem sich roter Asphalt befand. Es war der Sitz mehrerer britischer Monarchen gewesen.

Sie kennen es vielleicht als *Buckingham Palace*.

Das Tor öffnete sich und Renee trat hindurch. Sie nahm ihre Umgebung nicht im Geringsten war und konzentrierte sich auf ihre Avatare, die sie in die Große Halle führten.

Ein roter Teppich, der die Farbe innerer Organe hatte, war von einem bernsteinfarbenen Glanz umgeben. Hohe Spiegel reflektierten ihre eigenen goldenen Rahmen, die majestätischen Muster an der Decke und das Licht, das sich in hundert Lüstern fing. Selbst die Weißräume schienen leicht gelblich zu sein.

Ein moderiger Geruch, der nach Vergangenheit roch, vermischte sich mit dem Duft von Lavendelpotpourri. Ein Roboterstaubsauger glitt über den Boden. Ein humanoider Roboter staubte eine Marmorsäule ab.

Renee zwang sich weiterzugehen, bevor ihre Augen sich auf etwas fokussieren konnten:

„Faulheit ist eine Todsünde."

„Was du heute kannst besorgen, das verschiebe nicht auf morgen."

„Angebot! Matratzen kosten bloß einhundert Pfund pro Quadratmeter."

Renee wiederholte Ikeas Firmenslogan:

„Das Zuhause ist der wichtigste Ort auf der Welt."

Sie stieg die Große Treppe hinauf, bog in einen Korridor ab und betrat den Gelben Salon.

Blinkende Pfeile tauchten auf ihren Avataren auf, die sie zu einem Porträt führten. Sie sah jede Schnitzerei in seinem handvergoldeten Rahmen, aber sie konnte nicht das Porträt von Königin Victoria selbst sehen. Ihre Plalinsen hatte es in ein Bild von Renee verwandelt:

„Wie überaus entzückend!"

„Ich bin entzückend. Juchuu!"

Renee nahm das Bild eilig herunter, was etwas Putz von der Wand rieseln ließ.

„Oh ich, mein Sohn und mein Heiliger Geist! Verflixtes Ich-Original. Warum habe ich es nur so eilig gehabt?"

Sie warf Ich-Original einen finsteren Blick zu, verrieb den Putz im Teppich und sog noch etwas Gas ein. Sie nahm das Bild unter den Arm und eilte davon, ohne die nickenden Figuren in ihren Nischen oder auch die chinesischen Drachen zu bemerken, deren Hälse in ihre Richtung schnellten. Sie eilte den Gang entlang, ohne die verspiegelten Türen oder die Porzellanbögen zu bemerken. Sie bemerkte nicht, wie der Duft der Galerie sich von Jasmin zu Schwertlilie zu Moschus wechselte.

Sie konzentrierte sich auf ihre Aufgabe.

Die Türen des Weißen Salons öffneten sich von alleine. Renee eilte an einer Geheimtür, einem goldenen Piano und mehreren Sesseln vorbei. Sie folgte ihren Avataren zu einem Haken und hängte das Bild an die Wand:

„Nette Mädchen landen auf dem letzten Platz. In dieser Welt gewinnt man oder verliert man, Baby, und ich werde gewinnen. Ich werde in diesem Job so krass gewinnen, dass es keiner glaubt!"

Sie wirbelte wie eine Ballerina herum und ging den Weg wieder zurück. Dann kam sie zurück, ganze sechsunddreißig Mal insgesamt, und trug dabei Gemälde, Ornamente und Stühle.

Alles in allem brauchte sie dafür zwei Renee Stunden.

Sie müssen wissen, in dieser Individutopie hat jeder seine eigene Zeitrechnung. Renee Tag bestand aus fünfundzwanzig Stunden, eine mehr als normal, denn Renee hielt sich für so viel besser als normale Menschen. Um das zu kompensieren, waren Renees Stunden etwas kürzer als die meisten anderen. Dies barg das Potenzial für einige Verwirrung, aber Renee scherte das nicht. Sie ging davon aus, dass sie richtig und alle andern falsch lagen, und dass sie schon wirklich etwas Besonderes war, wenn sie sich dazu herabließ, sich mit ihnen abzugeben.

Ihre Beine begannen zu schmerzen.

Sie schlang den Rest der Kalorienpaste hinunter. Es war ein Risiko. Eine Pause zu machen, und sei es nur für eine Sekunde, war das Schlimmste aller Wirtschaftsverbrechen. Aber dieses Mädchen hatte etwas Rebellisches an sich. Sie dachte, dass sie damit durchkommen würde.

Sie stellte das letzte Ornamentstück auf einen Kamin, woraufhin es sich in den Podsicle Aufseher verwandelte. Er trug

Manschettenknöpfe aus Rubinen und eine seidene Krawatte, was ihm das Aussehen eines echten Mitgliedes der aristokratischen Klasse verlieh.

Renee fiel es nicht auf. Sie war zu sehr damit beschäftigt ihre eigenen Füße zu bewundern.

„Renee Ann Blanca. Arbeiter 2060-5446. Alter vierundzwanzig. Schulden: £113.430,31.

Der zweite Teil dieses Jobs ist wie folgt: Bringen sie die Möbel aus dem Weißen Salon zurück in den Gelben Salon und stellen Sie sie wieder an den gleichen Ort wie zuvor. Weiß zu gelb.

Nicht weiß zu grün. Nicht grün zu blau. In genau-die-gleiche-Position."

Renee kritzelte: Genau. Gleiche. Position.

Sie rannte los. Durch den Schub der neu zu sich genommenen Kalorien, und motiviert durch die neue Herausforderung, schaffte sie es, die Gegenstände in Dreiviertel der Zeit zurückzubringen, in der sie sie weggebracht hatte.

Der Podsicle Aufseher kehrte zurück:

„Dieser Job hat sechsundsiebzig Minuten zu lange gedauert. Zu Strafe werden drei Pfund und zwanzig Pence von Renees Lohn abgezogen werden. Des Weiteren werden zwei Pfund und siebenundzwanzig Pence für den Schaden an der Wand abgezogen.

Podsicle Industries ist von Renees Arbeit begeistert. Bravo! Renee ist großartig. Als eine Belohnung stellt Podsicle Renee einen Gutschein über achtundsechzig Pence aus. Ein Hoch auf Podsicle! Podsicle sind die Größten!"

Renee stieß vor Freude einen Faust in die Luft.

„Der Gutschein wird innerhalb von zehn Arbeitstagen ausgestellt. Für das Wohl von Ich!"

„Für das Wohl von Ich."

„Ich bin die Beste."

„Mars macht mobil, bei Arbeit, Spaß und Spiel."

***

Renee hatte keine Wahl, als nach Hause zu gehen. Es gab keine öffentlichen Orte, die sie aufsuchen konnte und sie war zu müde, um noch sehr weit zu laufen.

Die Straßenbeleuchtung ging automatisch an und berechnete ihr einen Penny für jeweils zwanzig Sekunden Licht. Sie war unnötig, da ihre Avatare ihren Weg erleuchteten, aber es gab nichts, was sie dagegen tun konnte.

Der Regen bildete einen nebeligen Schleier, der zu dünn war, um ihn zu sehen, aber durch zu allgegenwärtig, als das man ihn nicht bemerken würde. Er ließ die Straßenbeleuchtung als verschmierte Kleckse auf einem schwarzen Hintergrund erscheinen, verwandelte einzelne Glühbirnen zu undeutlichen Lichtshows und ließ selbst in der kleinsten Pfütze eine Galaxie aus sternengleichen flackernden Lichtern erscheinen.

Renee verspottete einen Avatar, von dem Ich-Speziell behauptete, dass er in die Gegend spucken würde:

„Was für ein abscheulicher Flegel!"

Dann spuckte sie selbst.

Renee verhielt sich oft so: Sie spuckte, warf Müll in die Gegend, die Spucke ran ihr herab oder sie nieste, ohne sich die Hand davor zu halten. Man könnte sie vielleicht „unsozial" nennen. Aber erinnern Sie sich daran, dass es keine Gesellschaft mehr gab. Sie war schon seit mehreren Jahrzehnten verschwunden. Jemanden „unsozial" zu nennen ist in etwa so wie jemanden „un-Dodo" oder „un-Aztekisch" zu nennen. Es macht einfach nicht viel Sinn.

Renee kam zu Hause an, kroch hinein, und wartete darauf, dass ihr Bildschirm anging. Sie brachte ihr Onlineprofil auf den neusten Stand, fügte ihre Arbeit bei Podsicle Industries hinzu, bewarb sich auf dreiundzwanzig verschiedene Stellen und gab ein Angebot für mehrere virtuelle Projekte ab.

Sie unterbot alle anderen Bewerber und ergatterte damit schließlich einen Job. Als Gegenleistung für zwei Pfund und fünfzehn Pence verbrachte sie die folgende Stunde damit einen Podcast über die Jagddrohnen des römischen Imperiums aufzunehmen, da sie glaubte, dass sie auf diesem fiktiven Feld eine Expertin war.

Ihr Kopf sackte ihr nach vorne. Vor ihrem Stolz gab es kein Entkommen.

Renee war niemand, der sich auf ihren Lorbeeren ausruhte, weshalb sie in ihre Zukunft investierte. Sie gab drei Pfund für einen Kurs in Hokuspokus aus, schaffte es aber kaum über die erste Zeile hinaus.

„Die imaginäre Kauderwelschparenthese sagt aus, dass alle Teelöffel größer oder kleiner als alle Visa sind, es sei denn, die Matratze ist eine Dusche."

Sie las den Satz, schüttelte ihren Kopf, versuchte es erneut, fuhr mit dem Finger über den Bildschirm, wurde frustriert, legte ihren Mund an das Ventil, atmete ein, atmete aus, machte einen neuen Versuch, scheiterte erneut, seufzte, überprüfte die Luke und inhalierte etwas mehr Gas. Das Ganze wiederholte sie ein Dutzend Mal, ohne es bis zur zweiten Zeile zu schaffen.

Sie brachte ihren Lebenslauf auf den neuesten Stand:

„Zertifizierte Expertin in Hokuspokus."

Sie schlang etwas Analogrind hinunter, das aus Rattenfleisch gemacht war, dazu etwas Analogerbsen aus eingefärbten Sojabohnen. Das Alles spülte sie mit einem Algen-Smoothie hinunter und gönnte sich dann einen Marsriegel.

Sie schaukelte vor und zurück, während sie aß:

„Mars macht mobil, bei Arbeit, Spaß und Spiel."

„Mars ist ein Planet."

„Planeten sind große Schokoladenklumpen."

„Die Terroristen! Ich-Andere sind hinter mir her!"

Renee inhalierte etwas Gas und öffnete Alexa, um ihre Einkäufe zu erledigen: Eine weitere Tube Kalorienpaste, die fünf Pfund kostete, ein im Labor konstruierter Apfel, etwas Proteinpastete und drei neue virtuelle Accessoires: eine Brosche mit einem Drachenmotiv, eine seidene Krawatte und ein Paar Rubinmanschettenknöpfe.

Drei Sekunden nachdem sie ihre Bestellung aufgegeben hatte, war sie auch schon angekommen:

„Drei Sekunden! Die Effizienz des Konsumkapitalismus erstaunt mich immer wieder. Als ich ein Kind war, hätte das ganze acht Sekunden gedauert. Und jetzt braucht es nur drei! Also wirklich, wow. Das nenne ich mal Fortschritt."

Renee schloss ihre Luke dreimal ab, legte sich hin, zweifelte an sich und überprüfte die Schlösser erneut.

Sie atmete aus, zog ein Pedalset unter ihrem Regal hervor und begann in die Pedale zu treten. Damit trieb sie UV-Lampen unter der Decke an, die sie knusprig bräunten.

Sie trug etwas Aufhellungscreme auf, damit sie nicht *zu* braun wurde, rollte sich auf die Seite, tippte auf ihren Bildschirm und erschaffte zwei Ich-Freunde; lebendige Kopien von ihr selbst, die einzig und alleine online existierten. Renee hatte tausende von Ich-Freunden, die alle ihre Tweets toll fanden, ihre Fotos teilten und auf ihre Facebook-Posts antworteten. Durch sie fühlte Renee sich wie das beliebteste Mädchen auf der Welt.

In der nächsten halben Stunde sprang sie von einer Aktivität zur nächsten, ohne mit jeder auch nur mehr als nur drei Minuten zu verbringen. Sie wusch ihr Gesicht, schaute auf Twitter, machte ihre Socken sauber, schaute auf Instagram, spielte ein Computerspiel, fluchte über sich selbst, als sie nicht die höchste Punktzahl erhielt, inhalierte etwas Gas, schickte sich selbst eine SMS, schickte sich selbst eine E-Mail, schaute zu, wie ihr E-Mail-Rang stieg, überprüfte ihre Luke und las ein E-Book, „Königin Renee die Große", das speziell für sie geschrieben worden war.

Jede ihrer Aktivitäten wurde ihr in Rechnung gestellt.

Sie gähnte, schickte Ich-Liebe eine virtuelle Umarmung, erhielt einen virtuellen Kuss, schoss die Augen und trieb in die Bewusstlosigkeit ab.

Sie war glücklich.

Mit Abzügen hatte sie £13,59 für ihre Arbeit bei Podsicle Industries verdient und weitere £2,50 für ihren Podcast. Ihr gesamtes Einkommen belief sich also auf £16,09. Ein wirklich guter Lohn!

Sie hatte £38,19 ausgegeben, was £8,23 für Luft und £9,71 für Schritte beinhaltete. Sie fand, das war sehr sparsam.

Renee schenkte ihren Schulden keine Beachtung, die um £24,60 gestiegen waren. Sie konzentrierte sich auf ihre gestiegenen Ränge, rollte sich in einer Fötusposition zusammen, umarmte ihren Toaster und dämmerte in den Schlaf davon; sie war sich sicher, dass sie ihre Schulden in wenigen Jahren abzahlen, eine Kapsel kaufen und sich mit sechzig zur Ruhe setzen würde.

AM ANFANG STAND EIN DRACHE

„Die Realität ist nur eine Illusion."
ALBERT EINSTEIN

Es war einmal ein Mädchen auf einer Pilgerfahrt zur Kathedrale von Canterbury. Als sie ein Pferd hörte, das den Pfad entlang trabte und dabei Staub aufwirbelte, rief sie dem Reiter in der Hoffnung zu, dass er sie mitnehmen würde.

„Hey da. Wohin reitet Ihr?"

Der Reiter blickte verwirrt drein.

„*Ich*? Wohin *ich* reite? *Ich* habe keine Ahnung, wohin ich reite. Ihr solltet das Pferd fragen!"

Das Mädchen öffnete den Mund, um zu antworten, aber das Pferd war bereits davon gestürmt.

***

So fühlte Renee sich, wenn sie mitten in der Nacht von einem Jobalarm geweckt wurde. Eine ihrer Bewerbungen war von Erfolg gekrönt gewesen, was ihr einen Moment des Nervenkitzels bescherte.

Das Gefühl hielt aber nicht lange an. Das Bild eines Pianos hatte sich bereits pochend in ihrem Verstand breitgemacht.

Für Renee, die noch nie ein Piano gesehen hatte, war dieses Bild so seltsam und so unerwartet, dass sie sich auf nichts anderes konzentrieren konnte. Genau wie der Reiter, der sich dem Willen des Pferdes beugen musste, war unsere Renee gefangen in den mysteriösen Mechanismen ihres Unterbewusstseins.

Das Piano war wunderschön.

Mit Ausnahme der Tasten war es komplett golden, mit Halterungen aus Messing, nach innen gebogenen Beinen und Löwenpranken. Was nicht mit Blumenschnitzereien bedeckt war, war mit monochromen Designs bedeckt; mit Affen in Abendkleidern, die auf Trommeln schlugen; Eidechsen in Westen, die aufrecht dastanden; frohlockenden Tänzern aus der alten Welt, geflügelten Cherubs und mit Blumen geschmückte Maiden.

„Was ist das, und warum sehe ich es gerade jetzt?"

Da Renee weder Eidechsen noch Affen kannte, schienen ihr selbst die Bilder seltsam zu sein.

„Was?... Wo?... Warum?... Warum bilde ich mir solche Dinge ein?"

Noch halb am Schlafen und mit verquollenen Augen tastete sie nach ihrer Haarspange, stieß mit dem Handgelenk gegen das Luftventil und stieß sich den Kopf am Wasserhahn.

Wasser begann in der Kapsel umher zu spritzen.

Renee drehte den Hahn zu, fand ihre Haarspange, ließ sie fallen, rieb sich ihren Kopf und aktivierte Ich-Grün:

„Was?... Warum?... Tische mit schwarzen und weißen Tasten. Goldene Mutter von Ich!"

Ich-Grün gab keine Antwort.

Ich-Grün folgte einem Computerprogramm, das Daten auf Grundlage von Renees vorherigem Verhalten sammelte, bevor es sie in der aktuellen Situation anwandte. Aber es hatte Renee noch nie in einem solchen Zustand erlebt oder das sie solche Bilder sah, weshalb es über keine Daten verfügte, auf deren Grundlage es reagieren könnte:

„Ich muss mir jeden Abend neue Fähigkeiten aneignen. Ich-Andere ruhen sich nicht auf ihren Lorbeeren aus."

„Alle Teelöffel sind größer oder kleiner als Visa."

„Meine Dopaminwerte sind niedrig."

Renee runzelte die Stirn:

„Wiederhol das noch mal."

„Meine Dopamin..."

„Ja. Ähm... Ja!"

Renee hatte ihr Luftventil während ihres Schlafes auf eine niedrigere Dosis Antidepressiva eingestellt, um Geld zu sparen. Sie war aber früher aufgewacht und die Luft war noch immer nur wenig angereichert:

„Das wird es sein. Ich brauche meine Medikamente."

Das Piano liebkoste seine eigenen Tasten.

Renee passte die Luft an und drückte ihre Lippen an das Ventil, um zu inhalieren.

Die Musik spielte weiter und mischte sanfte und anmutige Melodien. Das Bild des Pianos begann zu verblassen, die aufgemalten Bilder begannen zu verschwimmen und die Schnitzereien versanken. Alles wurde zu goldenem Licht. Aber noch immer erklang die Musik.

Eine mythische Bestie begann sich zu kristallisieren. Ihr langer Reptilienhals wankte auf eine Art hin und her, die gleichzeitig schnell und langsam war. Schuppen verwandelten sich in Stacheln, die sich in Klauen verwandelten, ohne dass es einen erkennbaren Anfang, Mittelteil oder ein Ende gab. Noch immer spielte die Musik. Aber jetzt erschienen Zähne. Und nun war eine Form zu erkennen.

Renee erkannte das Bild:

„Aber wo habe ich es schon einmal gesehen?"

„Was gesehen?"

„Eine goldene Bestie... Umm... Dreikantige Klauen."

„Meine neue Brosche."

„Oh ja."

Renee öffnete die virtuelle Brosche, die sie am vorherigen Abend gekauft hatte:

„Umm... Hmm... Nun, ja. Das erklärt das."

Das tat es nicht:

Aber warum habe ich das Bild einer virtuellen Brosche gesehen. Ich habe... Ich hab... Oh verfluchter Mist. Ich habe doch bisher nie Dinge gesehen.

Warum jetzt?... Warum hier?... Warum dieses?...

Warum habe ich überhaupt etwas in einem so sonderlichen Design gekauft? Warum? Das passt überhaupt nicht zu mir."

Das Bild des Drachen verschwand in einem goldenen Schleier und ein neues tauchte auf. Renees Blickfeld wurde von einer nickenden Figur ausgefüllt. Dann einem luxuriösen roten Teppich. Dann einem Kristalllüster. Dann eintausend Lüstern, die sich alle gegenseitig spiegelten.

Renee konnte Potpourri, Jasmin, Schwertlilie und Moschus riechen:

„Warum???"

Sie drückte ihren Mund gegen das Ventil und saugte so hart daran, wie sie konnte:

„Warum, warum, warum, warum, warum?"

Sie raufte sich die Haare, kratzte sich den Kopf und schaute zu, wie aus den Ornamenten Stühle wurden und dann Torbögen und dann Gemälde.

Dann traf es sie wie ein Schlag ins Gesicht. Endlich hatte sie etwas entdeckt, dass sie erkannte: ein Porträt von sich in einem goldenen Rahmen.

„Die Schnitzereien... Die Konturen... Es ist so... Umm... vertraut. Wo habe ich es schon einmal gesehen?... Ja! Umm... Ja! Ich habe es gestern im... im... im Podsicle Palast umgehängt!"

„Podsicle Palast!"

„Ja! Das ist es!"

„Das ist es!"

„Der Tisch mit den Musikknöpfen, das Biest mit dem langen Schwanz, die nickende Statue, der flauschige rote Teppich, die stacheligen weißen Lampen, die anderen Gemälde... Ich muss sie alle im Podsicle Palast gesehen haben."

Es lief alles auf diese alte Sache hinaus: Wahrnehmung ohne Bewusstsein. Renees wacher Verstand war sich ihrer Umgebung im Podsicle Palast nicht *bewusst*, aber ihr Unterbewusstsein hatte sie dennoch wahrgenommen. Wie es schien, war das genug.

Die Bilder begannen an Form zu gewinnen. Renee begutachtete die gesamte große Halle. Den Teppich, Spiegel und Lüster waren alle an Ort und Stelle. Der Roboterstaubsauger glitt über den Fußboden:

„Aber er ist so... so... so groß."

Renee konnte es nicht glauben.

Ich-grün aber schon.

„Der Podsicle Palast verfügt über achthundert Zimmer, zweitausend Türen und vierzigtausend Lampen. Seine Größe beträgt siebenundsiebzigtausend Quadratmeter."

Renee fiel die Kinnlade herunter:

„Sieben... siebzig... Aber... Wie viele Kapseln würde dort hinein passen?"

„Wenn man sie nebeneinanderstellen würde neunundzwanzigtausend. Über fünfundneunzigtausend gestapelt."

„Fünfundneunzigtausend?"

„Fünfundneunzigtausenddreihundertunddrei."

„Dreihundertunddrei?"

„Ja."

Renee zog an ihrer Unterlippe.

„Wie viel würde es kosten, so viele Kapseln zu kaufen?"

„Meine Kapsel wird für zweihunderttausend Pfund verkauft. Um fünfundneunzigtausend zu kaufen, würde ich neunzehn Milliarden Pfund benötigen."

„Und wie lange müsste ich arbeiten, um so viel zu verdienen?"

„Bei einem Verdienst von sechzehn Pfund und neun Pence pro Tag müsste ich mehr als zwei Millionen Jahre arbeiten."

„Zwei Millionen Renee Jahre?"

„Ja. Have a break. Have a Kit Kat."

"Ich kann keine Pause machen! Ich muss für zwei Millionen Jahre arbeiten. Ich bin Renee Ann Blanca: Das einzige Ich, besser als alle Ich-Anderen. Ich bin die Beste! Ich verdiene das Beste. Ich verdiene den Podsicle Palast. Ich muss ihn haben. Ich muss ihn jetzt gleich haben!"

Renee grinste verzückt:

„Ich werde es schaffen! Ich werde den Podsicle Palast kaufen!"

Sie wurde rot, packte ihren Teekessel und warf ihn in Richtung der Luke.

Krach!

„Ich kann ihn mir nicht kaufen! Ich kann es nicht!"

Teile des Deckels, des Bodens und der Hülle lagen verstreut auf Renees Bettdecke. Das Heizelement prallte von ihrem Bildschirm ab, der an der Aufprallstelle erst purpur, dann blau und dann schwarz wurde. Sie hielt das Kabel noch immer in der Hand.

Sie lallte, als sie sprach:

„Was habe ich sonst noch alles nicht bemerkt?"

Sie stellte sich die Große Treppe, den Langen Gang und den Gelben Salon vor:

„Was soll das nur bedeuten?"

Ich-Grün war außerstande ihr zu antworten.

Renee wurde von einer Reihe von Gedanken bestürmt, von denen sie einige aussprach, andere aber nicht. Sie war sich nicht mehr sicher, was sie sagte und was sie dachte:

„Wie kann irgendein Ich-Anderer sich solch einen Palast leisten? Wie soll ich für zwei Millionen Jahre arbeiten? Er kann unmöglich härter gearbeitet haben als ich, ich bin die Beste. Wie um Himmels willen hat er ihn dann gekauft? Warum kann ich ihn nicht kaufen? Ich will ihn. Ich will ihn. Oh, es ist einfach nicht fair."

Sie war schockiert, wie negativ ihre Stimmung war.

Sie schauderte, presste die Lippen gegen das Ventil und atmete tief ein. Sie schrie auf, beinahe schon hysterisch, so als ob eine göttliche Eingebung über sie gekommen wäre:

„Persönliche Verantwortung!"

„Harte Arbeit ist was zählt."

„Müßiggang ist falsch."

„Ich muss an mich selbst glauben."

„Ich werde es schaffen. Ich werde zwei Millionen Jahre arbeiten!"

Sie strahlte geradezu. Ihre Wange, die nicht aus Plastik, wandelte sich von beige zu pink zu magenta.

Sie biss die Zähne zusammen, fuhr mit ihren Nägeln über die Matratze und schrie:

„Aaaaahhh!!!"

Es war ihr klar geworden:

„Ich verdiene weniger als ich ausgebe. Ich werde meine Schulden niemals zurückzahlen. Der Podsicle Palast wird nie mir gehören."

Ihre Ahnungslosigkeit konnte sie nicht retten. Das Wissen fraß sie innerlich auf.

„Nein, nein, nein, nein, nein!"

Sie versuchte ihre Situation zu verstehen. Sie schrie, aber mit jedem Wort wurde sie leiser:

„Es gibt keinen anderen Weg. Die Geschichte gibt es nicht mehr. Ich lebe in der besten aller möglichen Welten. Ich habe absolut geniale Apparate. Ich finde fast jeden Tag Arbeit. Ich lebe in einem freien Land. Ich bin frei! Ich habe meine Freiheit, Gesundheit und Unabhängigkeit. Ich bin einzigartig. Ich bin ich. Ich, ich, ich!"

Ich-Grün nickte:

„So ist es. Hurra für mich, Mädel. Schau nur, wie ich abgehe!"

„Ich muss mich beruhigen. Komm schon, Renee, beruhige dich."

„Sorg dich nicht um die kleinen Dinge. Tu es einfach!"

„Ja, ich werde es tun. Ich werde tun, was auch immer nötig ist. Ich sollte etwas so offensichtlich Unwichtiges nicht überbewerten: Diese mickrigen Fakten, die mich schlecht machen und täuschen. Diese Gedanken! Diese Gedanken sind meine Feinde! Ich sollte nicht zulassen, dass diese seltsamen und fremden Gedanken Dinge in Zweifel ziehen, von denen ich weiß, dass sie wahr sind. Ich sollte diesen Bildern des Podsicle Palastes nicht trauen, die sich immer wieder verändern und verformen und bewegen, sodass man nicht sagen kann, was echt ist, falls überhaupt etwas davon echt ist. Es kann nicht echt sein! Die Wahrheit ist, was sie war, und nicht, was sie zu sein scheint. Die Wahrheit ist, was sie immer sein wird. Sie ist absolut! Ich bin die Wahrheit! Ich muss mir selbst treu bleiben. Mir, meinem glorreichen Ich. Ich bin der Weg, das Licht und die Wahrheit. Ich sollte mich auf die wichtigen Dinge konzentrieren. Auf mich. Darauf besser zu sein, als ich bin. Darauf besser als die Besten zu sein."

Renee sah den Weißen Salon in all seiner glitzernden Glorie. Sie trat den hohen, goldbedeckten Decken von Angesicht zu Angesicht gegenüber, den geschnitzten Cherubs, die über der Deckenleiste frohlockten, und dem Teppich, dessen Muster in Kreisen hin und her wanderte. Es sah alles so echt aus! Sie war sich sicher, dass sie in dem Raum stehen würde, und fuhr mit der Hand über den Kaminsims, während sie die parfümierte Luft einatmete.

„Und meine Schulden!", rief sie aus, als sie einer schockierenden Neuigkeit das erste Mal gewahr wurde.

„£113.438,49."

"Oh."

"Meine Schulden könnten mit 6501 täglichen Rückzahlungen von zwanzig Pfund getilgt werden."

Renee wiederholte Visas Slogan:

„Einfach schnell mit Visa."

Dann schüttelte sie ihren Kopf:

„Sechstausend... Sechstausendund... Aber... Aber das werde ich nie..."

„Ich werde. Ich kann es schaffen!"

„Nein, das kann ich nicht! Ich verdiene weniger, als ich ausgebe. Ich kann nicht eine einzelne Rückzahlung leisten. Dieses Leben hat kein Ende. Es geht für immer weiter und weiter. Weiter und weiter und weiter. Ich werde meine Schulden nie zurückzahlen, ich werde mich nie zur Ruhe setzen, ich werde nie... Nie... Oh, es hat keinen Sinn."

Renee rollte sich hin und her. Sie ballte die Fäuste und öffnete sie wieder, wackelte mit den Zehen und strampelte mit den Beinen.

Sie raffte sich auf, hielt ihren Mund an das Ventil und atmete so fest ein, wie sie nur konnte.

Ein. Aus. Ein.

Ein tiefer Atemzug folgte dem nächsten, aber die Antidepressiva wollten nicht wirken:

„Warum habe ich überhaupt solche Gedanken? Ich habe noch nie zuvor an mir gezweifelt. Ich bin immer so glücklich gewesen."

„Ich werde immer glücklich sein."

„Ich breche meine eigene Regel! Aber warum? Ich breche meine Regeln nie. Meine Güte. Komm schon! Komm wieder klar. Sei stark!"

Sie konnte es nicht.

Die Bilder wirbelten in ihrem Kopf herum. Ihre Gedanken rasten. Sie kratzte über ihre Matratze und schlug gegen die Seiten ihrer Kapsel.

Es war, als ob vierundzwanzig Jahre unterdrückter negativer Gefühle auf einmal über sie hereingebrochen waren. Sie war außer Atem, die dünne Luft ließ sie würgen und sie konnte nicht atmen:

„Ich mache Schluss. Ich werde persönliche Verantwortung für mein Leben übernehmen. Ich werde persönliche Verantwortung für meinen Tod übernehmen. Ich werde es beenden. Ich werde es jetzt gleich beenden."

Alles war klar.

Sie stellte ihren Toaster an, stellte ihn aufrecht hin, griff sich ihr Messer und hob es über den offenen Schlund des Toasters.

Ihr Herz pochte hart und stark:

Bum-bum. Bum-bum. Bum-bum.

Die Zeit verlangsamte sich. Renee verengte die Augen. Das Licht dimmte sich:

„Ich bin jetzt frei. Zum Glück frei."

Ihr Messer bewegte sich langsam aber sicher immer weiter auf die Kontakte des Toasters zu.

Tausende Volt standen kurz davor durch Renees Messer zu jagen, durch ihre Finger einzudringen und auf jedes Elektron in ihrem Körper einzuwirken. Sie würden so viel Reibung erzeugen, dass ihr Herz verkrampfen würde, sie würde einen Herzinfarkt erleiden und ihr Leben vorzeitig beenden.

Das Messer kam näher. Renees Hand schien in der Luft zu schweben. Sie kniff die Augen zusammen. Ich-Grün kniff die Augen zusammen.

Das Messer war bloß noch vier Zentimeter entfernt. Noch drei. Noch zwei. Bloß noch einer...

Der Toaster glühte.

Es gab ein elektrisches Zischen. Ein Geschmack des Jenseits. Ein Ende für das Leid und die Zweifel.

Renees Wimpern berührten sich.

Sie schauderte.

Sie hielt inne.

Von einem sechsten Sinn überkommen, riss sie sich von dem Toaster los, warf das Messer über ihre Schulter weg und betrachtete die Szene vor sich.

Dort, in der Ecke, fand sich der Schlauch, aus dem Renees Antidepressiva kamen. Er war geknickt. Er sah verschlissen aus, als ob bei mehreren Gelegenheiten geknickt oder mit großer Kraft verbogen worden war.

Renee bemerkte das Blut, das zwischen ihren Knöcheln

hervorquoll:

„Ich muss gegen das Ventil geschlagen haben, als ich nach meiner Haarspange gesucht habe."

Sie krabbelte durch ihre Kapsel, packte sich ihr Messer, rammte es in die Düse und hebelte sie auf. Sie saugte für zehn ganze Sekunden an der Düse, atmete aus und inhalierte wieder.

Sie hörte nicht auf.

Ihre Muskeln entspannten sich, zuckten und entspannten sich wieder. Ihre Hände kribbelten. Sie schmeckte Zucker auf ihrer Zunge. Sie fühlte sich leicht, leer, glücklich und frei.

Zitternd schlossen sich ihre Lider.

Sie begann stark zu schwitzen.

Sie trieb in die Bewusstlosigkeit ab, aber vorher erinnerte sie sich noch an eine Geschichte, die sie sich selbst vor vielen Jahren erzählt hatte:

„Halte durch... Wenn ein Ich-Anderer aufhört, sein Gas zu nehmen, *bringt er sich immer um*. Immer! Das passiert, wenn er keine Arbeit findet und sich deshalb seine Medikamente nicht leisten kann. *Immer*. Immer!"

Ein letzter Gedanke wurde hieraus geboren:

„Ich habe ein schreckliches Erlebnis. Mein Verstand war nicht mein eigener. Aber ich bin nicht zerbrochen. Wo Ich-Andere ins Straucheln geraten wären, habe ich durchgehalten. Ich habe das Problem erkannt, eine Lösung gefunden und überlebt. Ich bin so viel besser als Ich-Andere. Ich bin eine echte Heldin!"

Renee konzentrierte sich auf diesen Gedanken, als alle Bilder aus dem Podsicle Palast, jeder Lüster, Spiegel und Teppich, in einem Strudel aus Licht aus ihrem Verstand getilgt wurde.

Alles war durchgehende Schwärze.

Alles war still.

Alles war still.

***

GESAMTRANG: 87.382 (GEFALLEN UM 36.261)

Renee wachte mit dröhnenden Kopfschmerzen auf. Ihr Gehirn pulsierte und schlug gegen die Innenseite ihres Schädels. Sie musste würgen, hob ihre Matratze auf und übergab sich in das

Abflussloch.

Ihre heile Wange zuckte krampfhaft ohne ein erkennbares Muster. Sie zuckte dreimal, ruhte, hob sich langsam, fiel schnell, ruhte, zuckte ruckartig und zitterte unregelmäßig.

Sie zitterte und Gänsehaut bedeckte ihre Arme.

Sie konnte sich noch vage daran erinnern, wie sie mit seltsamen Gedanken aufwachte, Gas inhalierte und wieder einschlief. Sie konnte sich aber nicht daran erinnern, warum sie so früh aufgewacht war oder was für Gedanken es gewesen waren. Was sie erlebt hatte, war so ungewöhnlich, so traumatisch gewesen, dass ihr Gehirn es blockiert hatte:

„Kopfschmerzen."

„Serotoninsyndrom."

„Sera was?"

„Ich habe zu viel Gas in zu kurzer Zeit inhaliert."

„Oh. Ich glaube, das habe ich schon einmal getan."

„Fünfundsiebzig Mal. Ich bin die Beste. Ich kann so viel Gas auf einmal inhalieren!"

Renee wusch ihr Erbrochenes im Ausguss runter und legte ihre Matratze wieder an Ort und Stelle. Sie landete mit einem dumpfen Geräusch und ließ einige Splitter ihres zerbrochenen Teekessels umherspringen.

„Das ist seltsam... Ich frage mich... Hmm... Es müssen Ich-Andere sein."

„Ich-Andere wollen meinen kostbaren Besitz."

„Ja... Das ist es... Ich-Andere wollen meinen Teekessel!"

Renee machte einen Satz zu ihrer Luke und zog heftig am Schloss, bloß um festzustellen, dass es verriegelt war. Sie konnte es kaum glauben. Sie schloss es viermal auf und zu, um anschließend den Kopf in ihre Hände zu legen.

Sie bemerkte das Jobangebot auf ihrem Bildschirm.

Je weiter die Uhr hochtickte, desto weiter fiel die Bezahlung. Im Moment brachte der Job einen Pfund und neunzehn Pence, aber alle zehn Minuten fiel er um einen Penny.

Trotz des schlechten Lohns sah Renee sich genötigt, ihn anzunehmen. Sie war eine Verpflichtung eingegangen, als sie sich auf den Job beworben hatte, und ihr Pflichtgefühl sagte ihr, sie müsste ihn machen.

Sie ließ ihr Frühstück aus und begann einen Bericht für das Podsicle Gut zu schreiben. Sie tippte, während Ich-Grün diktierte:

„Der Tisch mit den Tasten wurde von Königin Victoria in 1856 in Auftrag gegeben. Getragen von sich wirr windenen Beinen, wurde er mit Bildern von pelzigen Biestern verziert. Er wurde sowohl von Prinz Albert als auch von Scooby Doo benutzt, um Concertos zu komponieren. Das Podsicle Gut hat ihn für sechzehn Millionen Pfund erstanden."

Bei dem Gedanken, dass ein einfacher Gegenstand so viel wert sein konnte, wurde Renee kurz unwohl. Sie verstand dieses flüchtige Gefühl nicht, das verschwand, sobald sie einen Atemzug tat, und widmete ihm keine weiteren Gedanken.

Sie schickte Ich-Forschung eine E-Mail, einem Ich-Freund, den sie benutzt, um das Internet nach Informationen zu durchforsten. Sie simste Ich-Daten, Ich-Analyse und Ich-Clever und wartete auf ihre Antworten. Sie ignorierte sie, dachte sich ein paar neue Informationen aus und nickte freudig.

Sie war stolz auf ihre Arbeit.

Sie schloss Ich-Grün, öffnete Ich-Sex und beendete ihre morgendliche Routine.

Sie war bereit, sich dem Tag zu stellen.

***

Während Renee auf den Aufzug wartete, war sie überrascht, wie tief die Sonne stand. Ihr Licht schien den Himmel über ihr zu teilen und eine horizontale Ebene zu schaffen, die über ihrem Block schwebte, ohne Kapselstadt selbst zu betreten.

„Der Bericht wurde erfolgreich vervollständigt. Ich habe einen Pfund und acht Pence als Lohn erhalten. Hurra für mich!"

„Ohh, ich liebe meine Brosche. Was für ein bizarres Design."

„Um einen Job an Land zu ziehen, sollte ich mich zum Russel Square aufmachen."

„Die Immigranten wollen meinen wertvollen Besitz."

„Schließ die verflixte Luke ab!!!"

Renee nahm einen tiefen Atemzug, schloss die Luke, drehte

sie, schloss sie doppelt mit einem Schlüssel ab, dreifach mit einem Sicherheitscode und fügte ein Vorhänge- und ein Fahrradschloss hinzu.

„Ah ja. Ich glaube, ich werde mich zum Nestlé-Turm aufmachen."

„Was für ein verdammt guter Plan."

„Zum Finger abschlecken gut."

Sie nahm den Aufzug, hüpfte durch Kapselstadt, wiederholte einige Mantras, trat die tote Katze, hörte sich einige Werbungen an und erreichte den Russel Square.

Es gelang ihren Avataren nicht, den Nestlé-Personaler zu finden:

„Die Bewerbungsgespräche gehen in einer Stunde los."

„Ich sollte die Zeit nutzen und mich nach einem anderen Job umsehen."

„Ich werde meinen Platz in der Schlange verlieren."

„Ich sollte bleiben."

„Was für eine wundervolle Idee!"

„Nun, ja, ich schätze, ich *bin* ziemlich wundervoll."

Renee nahm ihre Haarspange ab und machte mit ihr ein Selfie. Sie legte den Kopf schief, spitzte die Lippen und machte noch eins. Sie legte sich hin, machte einen Buckel, schaute weg und machte ein drittes. Sie stand auf, lehnte sich nach vorne, hielt sich den Fuß hinter den Rücken und machte ein viertes.

Nachdem sie zehn solcher Selfies geschossen hatte, editierte sie sie, fügte Filter hinzu und stellte sie auf Facebook, Instagram und Twitter online.

Sie las sich die Antworten ihrer Ich-Freunde durch:

„Meine Güte Renee. M.G.R! Ich muss schon sagen, heiß!!!"

„Mein lieber Schwan. Zu dem Arsch würde ich nicht nein sagen."

„Lecker! x"

Renee bekam tausende Likes, hunderte von Herzen und mehrere Smiley-Gesichter. Sie spreizte ihre Beine, machte noch ein Foto und machte dann noch hundert weitere.

***

Als der Nestlé-Personaler endlich auftauchte, war die Nacht schon hereingebrochen. Der Smog hatte sich mit der kosmischen Dunkelheit vermischt und eine Melange aus schwarzen und grauen Wirbeln gebildet. Der Boden glänzte.

Der Nestlé-Personaler trug einen Bart, der zu einer steifen Kuppel getrimmt und geformt worden war. Fast so, als ob es kein Bart, sondern ein Gesichtsaccessoire wäre. Dieser Avatar hatte breite Schultern, kräftige Arme, war aufgedunsen, stämmig und leicht purpurn.

Er warf bloß einen Blick auf Renee, sagte sieben Worte und verschwand:

„Mir gefällt nicht, wie diese Bewerberin aussieht."

Renee brachte nicht mehr als ein Quieken hervor:

„Nicht... Gefallen..."

Sie krümmte sich vorn über. Ihr blieb fast die Luft weg und sie verschluckte beinahe etwas Schleim. Sie inhalierte etwas Gas und fühlte sich gleich besser. Sie las ein paar Kommentare auf Instagram und fühlte sich gleich großartig.

Sie machte sich ein paar Notizen: Muss mein Aussehen verändern, wenn ich mich bei Nestlé um Jobs bewerbe. Ich werde einen Job bekommen!

Der plötzliche Schub an Positivität hatte sie in ein Hoch versetzt und sie hüpfte nach Hause; sie war sich sicher, dass sie ihre Schulden zurückzahlen, eine Kapsel kaufen und sich mit sechzig zur Ruhe setzten würde.

£113.451,59

£113.451,60

Ihre Schulden waren um sechzehn Pfund und achtundachtzig Pence gewachsen.

UNWISSENHEIT WAR EIN SEGEN

„Falls Sie glauben Abenteuer seien gefährlich, versuchen Sie mal Routine. Die ist tödlich."
PAULO COELHO

Fühlen Sie sich jemals, als ob Sie eine Maschine wären, die Tag aus, Tag ein, immer dieselbe Routine durchläuft, ohne innezuhalten und zu fragen, warum?

Ich finde so ist Renee.

Ich schaue zu, wie sie aufwacht. Etwas kristallisierter Schleim hängt an ihrem Auge. Den einen Tag hat er die Farbe von fahlem Bernstein. Dann wieder ist er orangerot.

Ich schaue zu, wie ihre goldbraunen Locken umher wirbeln, wenn sie sich umdreht.

Ich höre ihren Mantras zu.

Sie fährt hoch und ruft.

„Ah ja, Bananen sind rot."

„Ah ja, Frösche haben Flügel."

„Ah ja, BODMAS!"

Ich kann sie beinahe riechen. Können Sie es? Sicherlich, das Aroma von verfaulendem Schinken und Dung ist nur schwerlich dazu geeignet, eine Verbindung aufzubauen, aber der Duft von Zimt erinnert mich immer an sie. Es ist schließlich *ihr* Duft. Immer wenn ich eine Tasse Zimt Latte trinke, denke ich sofort an Renee. Vielleicht geht es Ihnen ähnlich. Ich hoffe doch, dass es Ihnen so geht. Bitte! Wenn Sie das nächste Mal Zimt riechen, denken Sie für einen Moment an unsere Heldin.

Ich ziehe es vor, ihr nicht beim Masturbieren zuzusehen. Mein geliebter Freund: Ein Mann muss ein Mindestmaß an Anstand haben! Und dennoch habe ich das Gefühl, dass ich es muss. Ich fühle, dass ich weiter hinsehen muss, wie gebannt, wenn sie sich anzieht, Makeup aufträgt, isst, sich vor und zurück wiegt, hinausgeht, die Luke abschließt, durch die Stadt hüpft, Selfies von sich schießt, einen Job an Land zieht, diesen Job erledigt, Avatare verspottet, Ich-Original anblafft, nach Hause kommt, isst, einkauft und schläft.

Das soll nicht heißen, dass jeder Tag derselbe ist. Nein! Oh nein! Jeder Tag ist einzigartig. *Ein Jeder* und *Alles* ist vollkommen und absolut einzigartig.

Renee legt jeden Tag anders Makeup auf verschiedene Arten auf. Ihre Accessoires sind niemals dieselben. Sie bewirbt sich immer um andere Jobs und arbeitet an verschiedenen Orten.

An diesem Tag bekommt sie drei Jobs. An jenem nicht einen Einzigen. Sie taucht an Arbeitsplätzen auf, wo sich Jobs finden lassen, wo Stellen beworben werden oder wo sie bereits früher Arbeit gefunden hat. Man sagt ihr, dass sie warten oder weggehen oder ein Formular ausfüllen solle. Sie führt Bewerbungsgespräche oder wird abgelehnt oder angestellt.

Nachdem sie das fünfte Mal bei Nestlé nachgefragt und ihr Aussehen auf verschiedene Arten verändert hat, bietet man ihr einen Job an. Sie verbringt acht Stunden damit Lebensmittel zu vernichten, die sie liebend gerne essen würde, die sie sich aber niemals wird leisten können, während ihr das Wasser im Mund zusammenlief und sie anschließend Antidepressiva inhaliert.

Sie nimmt einen Job in einem Call Center an, bei dem sie mit unzufriedenen Computern spricht. Sie lächelt so lange und so stark, dass ihre Kiefer zu schmerzen beginnen. Sie konnte ihn für die nächsten zwei Tage nicht öffnen.

Sie verbringt einen Tag damit Papier zu falten, mehrere Stunden damit nach Bigfoot zu suchen und eine besonders zähe Schicht als Aufseher in einer verlassenen Toilette. Sie sortiert die verschiedenen Steinsorten in einer Kieselmischung auseinander, um sie anschließend wieder zu mischen. Sie beaufsichtigt einige Roboter, die sich weigern, auf ihre bloße Existenz zu reagieren. Sie verbringt eine Stunde damit Daten zwischen verschiedenen Tabellen hin und her zu bewegen. Sie verbringt einen Morgen auf ihrem Rücken liegend, damit ihr Bauch als Startplatz für Drohnen benutzt werden kann. Sie verbringt einen Nachmittag damit den Satz „Haben Sie es schon mal mit aus- und anschalten versucht" zuwiederholen. Sie steht mit einem Schild an einer

Straßenecke, auf dem „Gold Ausverkauf – Links abbiegen" steht. Sie dreht Runden um einen Brunnen, um zu überprüfen, ob er in Flammen steht. Sie läuft eine Straße entlang, um zu überprüfen, ob sie existiert.

Sie erstellt Werbeanzeigen, die Konsumenten davon überzeugen sollen Accessoires zu kaufen, die sie nicht brauchen, Kleidung, die sie sich nicht leisten können, und Kosmetika, die niemand bemerken wird. Dann kauft sie sich einige Accessoires, Kleidung und Kosmetika und gibt bei Weitem mehr aus, als sie einnimmt.

An diesen beiden Tagen nimmt sie mehr ein, als sie ausgibt. An jenem Tag nimmt sie fünfunddreißig Pfund ein. Ihre Schulden steigen, aber langsamer. Es ist fast so, als ob sie dafür belohnt werden würde, dass sie das System nicht wieder infrage gestellt hat; dass sie schlau genug ist, um zu arbeiten, aber nicht schlau genug, um in Frage zu stellen, warum. Oder vielleicht auch nicht. Ich sollte keine unbegründeten Vermutungen anstellen. Geliebter Freund: Ich entschuldige mich. Man darf sich nicht von Verschwörungstheorien in die Irre führen lassen.

***

Jedes Mal, wenn Renee einschlief, stieg ihre Neuralaktivität. Sie wachte früh auf, steif und ruhelos, wenn die Luft noch leicht gesättigt war.

Nur mangelhaft mit Medikamenten versorgt, spürte sie, dass etwas fehlt. Sie war sich aber nicht sicher was.

Es war ein seltsames Gefühl:

Einerseits physisch verursachte es ein Gefühl der Leichtigkeit in den Händen und einen dumpfen Schmerz in den Ohren. Sie war geräuschempfindlich und litt unter Kopfschmerzen.

Andererseits was es auch mental und rief in ihr das Bedürfnis hervor, Fragen zu stellen, die sie nicht verstand. Es war fast so, als ob etwas in ihrem Inneren verborgen lag, von dem sie nicht wusste, was es war, wo es war oder was sie tun musste, um es loszuwerden.

Sie wandte sich dann an das Ventil, inhalierte und ihre Sorgen schwebten davon.

Das soll aber nicht heißen, dass sie glücklich war, bloß betäubt. Sie brauchte ihre Antidepressiva genau wie Luft und Wasser, aber sie brachten ihr keine Freude.

Mit diesem Gedanken im Hinterkopf kehren wir an diesem umnebelten, aprikotfarbenen Morgen, diesem blütenreichen, himmlischen Apriltag zu Renee zurück.

***

£113.518,03
£113.518,04
GESAMTRANG: 87.382 (GEFALLEN UM 36.261)
SCHLAFRANG: 26.152.467 (GEFALLEN UM 7.251.461)
*** 25.161.829 Plätze hinter Paul Podell ***
„Um meinen Willen!"

Renee schüttelte ihre Beine, rieb sich die Stirn und drehte sich zu dem Ventil.

Sie wollte gerade einen Zug nehmen, als ihr ein Stück eines kaputten Teekessels auffiel:

„Aber... Nein... Das kann nicht sein... Ich habe meinen Teekessel in eine Gasse geworfen..."

Sie hob das Stück auf, ließ es durch ihre Finger gleiten und nahm es in Augenschein:

„Warum? Warum ist mein Kessel zerbrochen? Warum? *Irgendetwas* muss passiert sein."

Sie legte es hin und wandte sich dem Ventil zu.

„Nein! Ich werde es nie herausfinden, wenn ich unter Medikamenteneinfluss stehe. Ich muss einen klaren Kopf bewahren. Ich muss stark sein."

Sie kniff sich in das Bein:

„Ohne Fleiß, kein Preis. Je mehr Fleiß, desto größer der Preis!"

Ihr wurde schlecht, weshalb sie sich an ihrem Regal festhielt und sich wieder in Richtung des Ventils drehte:

„Nein! Bleib stark, Renee, bleib stark."

Sie setzte sich auf und legte ihren Kopf zwischen ihre Knie, legte ihre Finger auf die Schläfen und versuchte nachzudenken:

„Was ist passiert? Warum kann ich mich nicht erinnern? Was hat das zu bedeuten?"

Es half nichts.

Sie aktivierte Ich-Grün.

„Ich weiß heute wird ein großartiger Tag. Ich werde einen grandiosen Tag haben!"

Renee erschauderte:

„Nein... Einfach... Nein... Etwas stimmt nicht."

„Mach dir um die kleinen Dinge keinen Kopf."

„Die kleinen Dinge? Die könnten das größte Problem sein, dem ich mich je gegenüber gesehen habe."

„Beruhige dich und mache es einfach!"

„Beruhigen? Es einfach machen? Beruhigen?"

Das man ihr sagte, sie solle sich beruhigen, beunruhigte Renee nur noch mehr:

„Warum bin ich nicht ruhig? Werde ich mich jemals beruhigen? Verdiene ich es ruhig zu sein? Ist es wichtig ruhig zu sein? Was ist wichtig? Ist irgendetwas wichtig? Hat irgendetwas eine Bedeutung? Bin ich von Bedeutung? Ist der Teekessel von Bedeutung? Warum ist der Teekessel zerbrochen? Warum kann ich mich nicht erinnern? Warum bin ich so nutzlos? Warum bin ich voller Zweifel? Warum verstoße ich gegen mein Mantra: ´Ich werde immer glücklich sein`? Warum, oh warum, oh warum?"

Renee blickte Ich-Grün zum ersten Mal in ihrem Leben finster an:

„Mich beruhigen? Wie kann ich mir nur sagen ich solle mich ´beruhigen`?"

Sie erinnerte sich an den Tag, an dem Ich-Grün erschaffen worden war; dieser gute Tag mit einer tollen Frisur, an dem sie mehr verdient als ausgegeben hatte und es Käsetoast zum Abendessen gab.

Ihre Angst war deutlicher als Worte:

„Oh, was für kindische Hoffnungen!"

Sie hatte an dem Tag gedacht, dass er der Anfang von etwas Besonderem sein würde. Sie hatte geglaubt, dass sie losziehen und mehr Arbeit bekommen und mehr Geld verdienen würde, dass sie ihre Schulden zurückzahlen, eine Kapsel kaufen und jeden Tag Käsetoast essen würde:

„Und schau mich jetzt an. Ich habe seit Jahren keinen Käsetoast gehabt!"

Sie schaute Ich-Grün finster an, schaute sich selbst finster an und realisierte, wie alt sie geworden war und wie wenig sie erreicht hatte.

„Sonderangebot! Wenn ich zehn Matratzen kaufe, bekomme ich die elfte zum halben Preis. Los Renee! Los ich!"

Sie wurde rot:

„Ich habe nichts erreicht! Ich will meine eigene Kapsel. Ich will elf Matratzen. Ich will Käsetoast zum Abendessen!"

Sie stürzte sich auf das Ventil:

„Nein, Renee, nein! Es muss noch mehr als das dahinterstehen. Diese Gedanken... Ich habe niemals... Es muss etwas bedeuten. Mein Teekessel... Dieses Plastik... Es... Es gibt etwas, was ich wissen... herausfinden muss."

„Die Universität von Wikipedia hat Kurse zu allem, was ich wissen muss. Schließe noch heute ein Abo für £49.925 im Jahr ab."

"Nein, das ist es nicht."

„´Es` ist ein Roman von Stephen King."

„Nein, nein, nein! Es ist eines meiner Mantras. Ich habe an eines meiner Mantras gedacht."

„Ich bin, was ich besitze."

„Nein."

„Zu viel des Guten kann etwas Wunderbares sein."

„Nein."

„Ich werde immer glücklich sein."

„Nein. Oh... Moment... Ja! Ich breche meine eigene Regel. Das habe ich vorher noch nie gemacht. Oder etwa doch? Der Teekessel? Nein. Ja. Hmm. Der Teekessel!"

Renee sprang zur Luke, überprüfte das Schloss, schloss auf, schloss wieder zu und knotete ein Hemd um den Griff.

Sie schmierte sich Makeup ins Gesicht, hastig, schmierte sich Mascara die Wangen entlang und platzierte eine virtuelle Wimper auf halbem Weg ihre Stirn hinauf:

„Ich glaube mir nicht, oder?"

„Ich glaube alles, was ich sage. Ich bin so perfekt."

„Aber ich bin nicht ´perfekt`, oder?"

Renee konnte nicht glauben, was sie da sagte. Ein stechender Schmerz fuhr ihr über die Rippen, ihr Kopf sackte ihr nach vorne und ihr Mund hing schlaff auf.

Ich-Grün stürzte ab. Er war nicht in der Lage die Information zu verarbeiten, die er gesammelt hatte. Er nahm eine blaue Farbe an, komprimierte sich in eine zweidimensionale Form, stieß ein Zischen aus und stellte sich ab.

„Nun, ich *bin* perfekt, seien wir doch nicht so melodramatisch. Aber *so* perfekt bin ich nun auch nicht. Ich bin viel zu bescheiden, um das zu glauben."

Renee zählte bis zehn, tippte auf den Bildschirm und wartete darauf, dass Ich-Grün sich wieder hochfuhr:

„Wo war ich?"

„Meine Kapsel befindet sich auf Ebene..."

„Nein, nein, nein. Was sagte ich gerade?"

„Ich breche meine eigene Regel. Das habe ich vorher noch nie gemacht. Oder etwa doch?"

„Das habe ich! Das muss es sein. Ich muss unglücklich gewesen sein. Warum sollte ich sonst meinen Teekessel zerbrechen? Ich muss einen Blick auf Ich-Grün geworfen und realisiert haben, wie wenig ich erreicht habe und dann bin ich wütend geworden."

„Das muss ich wohl gemacht haben."

„In der Tat, das muss ich gemacht haben. Und deshalb muss ich härter arbeiten. Ich muss mehr arbeiten. Ich muss meine eigene Kapsel kaufen. Ich muss Käsetoast zum Abend essen."

„Ich muss persönliche Verantwortung übernehmen."

„Ich muss auf mich selbst vertrauen."

„Tu es einfach!"

„Das werde ich!"

***

Als Renee nach draußen kroch, herrschte noch immer Dunkelheit. Öliges Wasser rann die hochaufragenden Wände von Kapselstadt hinunter. Kaki, bläulich und bronzen. Frost lag glitzernd in der Luft. Umweltverschmutzung ließ die Sterne undeutlich erscheinen.

Renees Gasmaske versorgte sie mit einer höheren Dosis Antidepressiva als das Ventil in ihrer Kapsel. Ihre Atmung war aber weiterhin nicht sehr tief, weshalb sie keine direkten Auswirkungen spürte.

„Die Arbeitslosen schmarotzen von meiner harten Arbeit."

„Verdammte Faulenzer!"

Die bloße Idee brachte Renee zum Kochen. Stresshormone fluteten ihre Venen und sie nahm beinahe einen tiefen Zug Gas.

Ihre Avatare wiederholten ihre Worte:

„Nein! Ich muss einen klaren Kopf bewahren."

„Je mehr Fleiß, desto höher der Preis."

„Um Arbeit zu finden, sollte ich mich zum Apple Dome aufmachen."

„Die Arbeitslosen wollen meinen wertvollen Besitz."

„Schließ die verflixte Luke ab!!!"

„Nein, Renee, nein! Einfach nein!"

Ihre Muskeln wurden wie Stein. Sie hielt den Atem an, griff sich das Geländer, zählte bis drei und atmete aus:

„Okay, okay. Alles wird gut werden."

So zittrig wie sie war und mit Tränen in den Augen brauchte sie mehrere Versuche, um die Luke zu schließen und zu verriegeln:

„Der Apple Dome... Ich glaube... Ja... Vielleicht... Der Apple Dome!"

Renees Beine waren zu Pudding geworden. Als der Lift nach unten fuhr, packte sie das Geländer fest und ließ ihre Hand über die Wände gleiten, während sie durch Kapselstadt lief.

Paranoia übermannte sie:

„Starren mich die Avatare an? Starren mich *Ich-Andere* an? Was ist, wenn meine Knie weich werden? Was ist, wenn ich keine Arbeit finde? Was ist, wenn meine Matratze gestohlen wird? Was ist, wenn ich mir keinen Käsetoast leisten kann? Warum mache ich mir so viele Sorgen? Das ist nicht normal. Das ist nicht richtig!"

Sie kam aus Kapselstadt heraus und trat die tote Katze, die inzwischen ein aufgedunsenes Aussehen angenommen hatte.

Etwas Schaum tropfte auf Renees Schuh.

„Verfluchtes Vieh."

„Was für ein Wüstling lässt so ein Vieh in der Straße liegen?"
„Ein Narr."
„Ein Kretin."
„Eine Kröte."
Renee stieß sich ihren Zeh an den unebenen Pflastersteinen:
„Welcher Idiot war das?"
„Ich würde so etwas niemals machen."
„Ich bin die Beste."
Für zwei volle Sekunden fühlte Renee sich gut. Dann kehrten ihre Zweifel zurück:
„Bin ich die Beste? Bin ich perfekt? ´So` perfekt? Könnte ich einen besseren Weg einschlagen? Könnte ich überhaupt einen Weg einschlagen? Warum habe ich keinen Weg eingeschlagen? Warum tue ich nichts? Hat das, was ich tue, überhaupt einen Sinn? Warum bin ich überhaupt am Leben? Warum, oh warum nur, warum?"

Sie vergaß jede der Fragen wieder, sobald sie sie gestellt hatte. Aber dennoch blieben die dumpfen Zweifel bestehen. Sie fühlte sich wie zerbrochen, so als ob sie in hundert kleine Teile zerschmettert worden wäre und nie mehr ganz sein würde. Jede Szene schien ihr akzentuierter zu sein. Der graue Beton hier im Russel Square schien strahlend hell. Diese schwarze Wand hier beim alten British Museum schien ihr eigenes Schwerkraftfeld zu haben. Das industrielle Grollen der Boeing Triebwerksfabrik schien ihr wie ein Überschallknall. Ihr geflüsterter Name, „Reh... Reh... Renee", drang beinahe bis in ihr Bewusstsein vor. Dieser Zaun hier fühlte sich rau wie Schmirgelpapier an. Diese Fenster rochen nach Chlorgas.

Aber trotz ihrer Hyperempfindlichkeit fühlte Renee sich seltsam abgekoppelt:
„Bin ich überhaupt hier? Bin ich irgendwo? Existiert überhaupt irgendetwas?"

Der Himmel schien unglaublich groß zu sein. Diese Straße unglaublich schmal. Ihre Avatare schienen zu leer, um real zu sein.

Von mentalen Problemen gepeinigt und körperlich ausgelaugt wie sie war, krümmte sie sich vorne über und begann mit den

Händen auf den Knien um Atem zu ringen. Ohne zu realisieren, was sie tat, inhalierte sie eine hohe Dosis Gas.

Es passierte schneller als der Schall: Die Antidepressiva zeigten Wirkung. Renees Zweifel verschwanden und ihre Gedanken richteten sich auf sie selbst:

„Warum sind Ich-Andere nicht so gut wie ich? Sind Ich-Andere so gut wie ich? Bin ich so gut wie Ich-Andere? Ja! Ich bin die Beste! Bin ich die Beste? Ja! Ich bin fantastisch. Ich-Andere sind nutzlos. Ich bin die Beste. Ich bin schon immer die Beste gewesen. Ich werde immer die Beste sein. Oh, ich im Himmel über uns!"

Renee lächelte.

Ich-Spezial fluchte:

„Der Avatar hier hat ein knochiges Gesicht und schiefe Wangen."

„Ist er bescheuert? Ich wette, er ist bescheuert. Ich wette, er hat krumme Beine."

„Ja! Und der hier hat einen blauen Schnäuzer. Er schimmelt!"

„Schimmel? Oh, Renee! Der muss stinken! Wenn er doch nur wie ich riechen würde."

KANN ES ECHT SEIN?

„Wenn es etwas gibt, das schlimmer ist als zu viel zu wissen, dann ist es zu wenig zu wissen."
GEORGE HORACE LORIMER

Mitte der 1950er wurde den Mitgliedern des Kultes *Die Sucher* gesagt, sie sollten ihre Häuser verkaufen, sich von ihren Partnern scheiden lassen und ihre Jobs kündigen, wenn sie vor einer apokalyptischen Flut gerettet werden wollten.

Sie trafen sich um Mitternacht auf einem Hügel.

Als es nach zehn Minuten noch nicht zu regnen begonnen hatte, begannen Die Sucher nervös dreinzublicken. Nach zwei Stunden fingen sie zu schluchzen an. Nach fünf Stunden aber erhielten sie großartige Neuigkeiten: Sie hatten so viel Licht verbreitet, dass Gott es sich anders überlegt hatte und die Flut abgesagt hatte!

Die Sucher mussten nun eine Wahl treffen: Die unangenehme Wahrheit zu akzeptieren, dass es ein Fehler gewesen war, ihre Häuser zu verkaufen, oder eine bequeme Lüge zu glauben, dass sie den gesamten Planeten gerettet hatten.

Sie entschieden sich für die zweite Option.

Die Sonne war kaum aufgegangen, da starteten sie eine Medienkampagne und erzählten ihre Geschichte jedem, der zuhörte.

***

Auch Renee musste sich zwischen einer unangenehmen Wahrheit und einer bequemen Lüge entscheiden....

Es war mitten in der Nacht.

Sie schüttelte ihre Beine, rieb sich die Stirn, schniefte, würgte und hob ihren Kopf an das Ventil.

Als sie einen Blick auf ein Stück des kaputten Teekessels erhaschte, hielt sie inne:

„Nein, Renee, nein! Ich muss einen klaren Kopf behalten. Ich kann auf Gestern aufbauen. Ich kann ein besseres Ich werden."

Sie aktivierte Ich-Grün:

„Guten Morgen, Renee Ann. Heute wird einzigartig werden."

Renee tippte mit dem Finger an die Lippen:

„Gestern war einzigartig. Ich hatte eine Art von, wie soll ich es bloß ausdrücken, ´Offenbarung`. Ich bin mir etwas Neuem bewusst geworden."

„Ich weiß alles, was zu wissen wert ist."

„Aber was weiß ich?"

„Gras ist blau."

„Natürlich."

„Ich bin perfekt."

„Bin ich das? Ja... Nein... Moment... Sag mir etwas anderes."

„Ich hatte seit Jahren keinen Käsetoast."

„Ja! Das ist es! Ich hatte schon seit Jahren keinen Käsetoast."

Wie Tropfen aus einem undichten Wasserhahn begannen ihre Offenbarungen eine nach der anderen wieder an die Oberfläche zu kommen:

„Ich habe nichts erreicht."

Tropf.

„Ich breche meine eigene Regel."

Tropf.

„Ich muss unglücklich gewesen sein."

Tropf.

„Ich muss härter arbeiten."

„Der Markt wird mir nur helfen, wenn ich mir selber helfe."

„Ich werde Arbeit finden!"

„Das werde ich! Aber... Moment... Was, wenn ich keine finde?"

„Was ist, wenn meine Knie nachgeben?"

„Was ist, wenn meine Matratze gestohlen wird?"

„Ist das denn von Bedeutung?"

„Ist irgendetwas von Bedeutung?"

„Warum bin ich überhaupt am Leben?"

Renee setzte sich kerzengerade hin:

„Ich muss es herausfinden! Ich muss es wissen!"

Sie zog sich überstürzt an, schmierte sich Rouge über ihr Gesicht, vergaß ihre Accessoires zu öffnen, übersprang das Frühstück und klebte sich etwas Kaugummi in ihre Gasmaske, um die Zufuhr für Antidepressiva zu blockieren.

Sie war bereit sich dem Tag zu stellen.

***

Es war noch immer dunkel, als Renee nach draußen krabbelte. Aufsteigender Rauch, oder vielleicht war es Nebel, verlieh der Luft einen Hauch wunderlicher Magie. Ein einzelner Stern wartete auf ein opernhaftes Zwielicht. Der Boden fühlte sich weich und flauschig an.

„Die Muslime haben es auf mich abgesehen!"

„Verdammte Heiden!"

„Schließ die verdammte Luke ab!"

Renee schloss die Luke ab, trat in den Aufzug hinein und betrat Kapselstadt.

Zweifel überkamen sie:

„Habe ich meine Luke wirklich abgeschlossen? Ich erinnere mich daran, wie ich sie abgeschlossen habe. Aber ich habe sie Gestern abgeschlossen. Vielleicht erinnere ich mich daran. Vielleicht. Ja! Ich muss zurückgehen und auf Nummer sicher gehen."

Sie drehte um, wartete auf den Aufzug und trat hinein. Ihre Schulden stiegen um fünf Pence.

Sie war überrascht, als sie ihre Kapsel erreichte, dass zwei ihrer Avatare schneller als sie gewesen waren. Ich-Speziell und Ich-Extra kämpften miteinander und versuchten die Schlösser zu überprüfen, schafften es aber nicht physischen Kontakt herzustellen. Sie fielen mit einem gehetzten Gesichtsausdruck in einem Knäuel zu Boden, die Augen grau und das Haar zerzaust.

Renee stolperte vorwärts, schloss jedes Schloss auf und schloss es wieder ab. Anschließend seufzte sie und kehrte zum Aufzug zurück.

Sie stolperte durch Kapselstadt, stützte sich an den Wänden ab und ließ die Füße schleifen. Sie gähnte. Ich-Grün wackelte. Ich-Original fiel hin und begann sie kriechen. Ich-Speziell trommelte sich auf die Brust:

„Ich bin das einzige Ich, besser als alle Ich-Anderen. Ich werde glücklich sein. Oh, ich im Himmel über mir!"

Renee schenkte ihnen keine Aufmerksamkeit.

Sie hockte sich hin, da ihr schwindelig war, und sie bemerkte einen Ausschlag, der ihre Handfläche bedeckte:

„Was ist, wenn er sich ausbreitet? Was wenn er meinen Körper bedeckt? Was wenn ich es nicht zur Arbeit schaffen kann? Was ist mit meinem Appetit geschehen? Warum ist mein Mund so trocken? Oh, warum mache ich mir bloß so viele Sorgen?"

Sie stolperte beinahe über die tote Katze.

Die Haut der Katze war aufgeplatzt, zusammengefallen und begann zu verwesen. Sie sah kleiner aus. *Alles* sah kleiner oder größer, heller oder dunkler aus als vorher.

Die unebenen Gehwegplatten sahen aus wie der Rand einer Klippe. Der Nestlé-Turm glich einer kleinen Figur. Die Wände fühlten sich weich und nachgiebig an. Der masturbierende Avatar schien zu schreien: „Reh… Reh… Renee". Das West End-Industriegebiet machte keinen Laut.

Renee hätte schreien können:

„Neeeiiin!!!"

„Nein! Ich muss stark sein."

„Bleib stark, Renee, bleib stark."

£113.542,16

£113.542,17

Sie war am Oxford Circus angekommen.

***

Renee wurde vom Podsicle-Personaler bewertet.

Ohne Medikamente kam ihr die Sache vage vertraut vor. Sie erinnerte sich daran, wie der Avatar Zahlen zitierte, und wie er so penibel auf ihre Ernährung geachtet hatte. Die kleinen Details waren ihr entfallen, aber es schien ihr egal zu sein. Sie erhielt einen Job, humpelte durch die Stadt, und kam vor dem Mansion House an; einem braun-weißen Gebäude, zwanzig Meter breit, dass einmal die Zentrale der North Eastern-Eisenbahngesellschaft gewesen war.

Sie folgte ihren Avataren ins Innere, wo sie zwischen den sieben Schlafzimmern, einer Dachterrasse, einem Weinkeller, einem Swimming Pool und einer Sauna hin und her wanderte. Sie blickte voller Wunder auf die hellweißen Lüster, handgefertigten

Oberlichter und prächtigen Mosaike. Sie betrachtete die Muster, die jede Tür und jedes Paneel bedeckten.

Die Avatare wiederholten die Anweisungen des Oligarchen:

„Reiß es nieder!"

„Zerstöre es!"

„Räucher es aus."

„Sterilisiere die Erde."

„Vernichte jedes Atom."

„Bau es auf."

„Reiß es nieder."

„Bau es auf."

„Reiß es nieder."

„Wiederholen. Wiederholen. Wiederholen."

Sie griff sich einen Cricketschläger und schlug die Fenster ein.

Glas fiel wie diamantener Regen.

Renee hielt inne:

„Ist das... Richtig?... Okay?... Produktiv?..."

„Jede Arbeit ist produktiv."

„Untätigkeit ist Sünde."

„Wenn ich zehn Prozent schneller arbeite, könnte ich mich an die Spitze der Intensitätstabelle setzen."

Diese Worte gaben Renees Geist einen Fokus.

Sie schleifte ein mit Rubinen besetztes Sofa hinüber zu dem zerbrochenen Fenster, wuchtete es hoch und stieß es hinaus. Endorphine durchströmten sie. Sie griff sich ein Fabergé-Ei und warf es gegen die Wand. Sie war euphorisch. Sie zertrümmerte einen Couchtisch. Sie fühlte sich göttlich. Sie sprang auf einem Satinsofa auf und ab. Sie schaffte es in die Top-Zweihundert in der Arbeiter Londons Tabelle.

Auf Ich-Grün erschien ein blinkender Pfeil, der sie zu einem Porträt führte.

Sie betrachtete jede einzelne Schnitzerei auf dem von Hand vergoldetem Rahmen. Das Gemälde selber aber konnte sie nicht sehen. Ihre Plalinsen hatten es in ein Bild von Renee verwandelt:

„Wie überaus entzückend!"

„Ich bin entzückend. Juchu!"

Ein Déjà-vu ließ ihr einen Schauer über den Rücken laufen.

Als sie das Gemälde von der Wand riss, fiel etwas Putz zu Boden.

Ihr Déjà-vu wurde stärker.

Sie zerschlug einen chinesischen Drachen und eine nickende Figur.

Ihr Déjà-vu nahm epische Ausmaße an.

Sie erblickte ein Piano, das sich zu verändern begann. Seine Beine bogen sich nach innen, seine Oberfläche wurde golden und monochrome Muster tauchten an seinen Seiten auf.

Renee blinzelte. Das Piano wurde schwarz.

Renee blinzelte. Das Piano wurde golden.

Schwarz. Gold. Schwarz. Gold. Schwarz.

Renee schauderte:

„Was ist das? Wo habe ich es schon mal gesehen? Warum sehe ich es gerade jetzt?"

Sie sah ein mythisches Biest, dessen reptilienartiger Hals auf eine Art und Weise hin und her schwenkte, die gleichzeitig schnell und langsam war. Sie sah einen üppigen roten Teppich, eintausend Lüster und eine Geheimtür:

„Ich habe all diese Dinge schon einmal gesehen. Ja! Aber... Aber wo?... Vielleicht... Nein... Vielleicht... Die *Nacht des Zerbrochenen Kessels.*"

Renees Erinnerungen begannen zurückzukehren:

„Der Podsicle Palast!"

„Wie könnte irgendein Ich-Anderer sich solch einen Palast leisten? Wie soll ich für zwei Millionen Jahre arbeiten?

Und meine Schulden!

Ich verdiene weniger, als ich ausgebe. Ich kann nicht eine einzige Rückzahlungsrate leisten. Ich werde meine Schulden niemals zurückzahlen, ich werde mich niemals zur Ruhe setzen, ich werde niemals... Niemals... Oh, es ist hoffnungslos."

Renee war bereits überarbeitet, litt unter innerer Unruhe und Nahrungs-- und Schlafmangel. Diese Gedanken zwangen sie nun auf ihre Knie. Sie drückte ihren Kopf gegen den Boden und vergrub ihre Hände im Teppich.

Ihre Avatare brachen zusammen:

„Gib mir ein ´R`. Gib mir ein ´E´. Gib mir ein ´Nee`.

„Was ergibt das?"

„Renee!"

„Los Renee, los Renee, los!"

Renee kroch hinter Ich-Grün, stand auf und hob eine Vase aus der Ming Dynastie über ihren Kopf:

„Nein! Auf keinen Fall! Ich will sie nicht zerbrechen. Ich will Käse auf Toast. Ich will den Podsicle Palast. Ich will diesen wunderschönen Eimer behalten!"

Ihr Zögerlichkeitsrang fiel um drei Millionen Plätze und sie fiel hinter Paul Podell in der Gehorsamstabelle zurück:

„Oh Renee. Oh ich!"

Eisige Kälte überkam sie. Sie konnte ihr Herz spüren, wie es ihr bis zum Halse schlug, und sie verlor ihren peripheren Blick. Sie konzentrierte sich auf die Vase. Sie hob sie so hoch, wie sie konnte, sprang hoch und schmetterte sie mit einem Krachen zu Boden.

Sie stieg um fünf Plätze auf der Gehorsamstabelle auf.

Sie rang keuchend um Atem und sammelte sich. Ich-Grün führte sie zu ein Paar Kerzenständern.

Ihre Zweifel kehrten zurück:

„Warum soll ich die hier zerstören? Es macht keinen Sinn, sie kaputtzumachen, um sie gleich darauf wieder zu reparieren. Wäre es nicht besser, wenn ich gar nichts mache?"

Sie keuchte:

„Nein! Untätigkeit ist eine Sünde!"

Sie hielt inne:

„Aber ist sie das wirklich?"

Ihr Bildschirm setzte Renee unter Druck, indem er ihren niedrigen Rang in mehreren Tabellen anzeigte. Sie unterdrückte daher ihre Zweifel, griff sich eine Kettensäge, startete sie und begann die Treppe zu zerstören. Sie entfernte eine der Balustraden, nagelte sie wieder an Ort und Stelle und entfernte sie erneut und reparierte sie wieder. Dies wiederholte sie hundert Mal, ging eine Treppenstufe hinauf und begann von Neuem:

„Ich muss es machen, um meine Schulden zurückzubezahlen!

Ja! Ich muss es wirklich machen! Das muss ich. Ich muss es wirklich!"

„Harte Arbeit ist tugendhaft."

„Ich bin tugendhaft."

„Ich bin göttlich!"

***

Renee nahm die Szene vor sich in Augenschein. Die Treppe sah schäbig aus und war unförmig und zersplittert. Aber die allgemeine Form einer Treppe war noch immer zu erkennen.

„Ich muss arbeiten, um meine Schulden zurückzuzahlen. Aber ich werde meine Schulden niemals zurückzahlen. Also muss ich auch nicht arbeiten. Und diese Arbeit muss auch nicht gemacht werden. Warum soll ich mir also die Mühe machen? Warum soll ich mir um Himmels die Mühe machen?"

Sie hielt inne und versuchte die Kontrolle über sich wieder zu gewinnen. Es gelang ihr aber nicht ihren Zweifeln zu entkommen:

„Der Wert der Dinge, die ich produziere, soll gleich groß sein wie der Wert der Dinge, die ich verbrauche. Das ist simple Gerechtigkeit des freien Marktes. Aber ich habe niemals etwas produziert und darum auch nicht das Recht erworben, etwas zu verbrauchen. Oh ich... Ich habe keine persönliche Verantwortung übernommen... Was habe ich bloß getan?... Was habe ich mit meinem Leben angefangen?"

Sie raufte sich die Haare:

„Maschinen stellen alles her, was ich brauche, egal ob ich arbeite oder nicht. Ich bin ihnen eher noch im Weg. Warum also soll ich mich darum scheren? Warum arbeiten? Für wen arbeite ich? Wer profitiert von meiner Arbeit? Oh Renee... Ich verstehe gar nichts mehr."

Sie schrie:

„Was rede ich da bloß? Ich arbeite für mich! Ich profitiere selbst! Ich und nur ich!"

Sie reckte ihre Hände in die Luft und lächelte:

„Oh, wundervolles ich! Diese Gedanken sind wirklich einzigartig. Kein Ich-Anderer hatte jemals solche Gedanken."

Sie zuckte zusammen:

„Aber ich kann nicht *nicht* arbeiten. Individuen müssen arbeiten! Individuen müssen in individuellen Jobs arbeiten, auf individuelle Art und Weise. Aber sie können nicht so individuell sein, dass sie gar nicht arbeiten. Alle Individuen müssen sich anpassen!"

Renee nahm einen tiefen Atemzug. Sie hatte vergessen, dass sie die Öffnung in ihrer Gasmaske verklebt hatte.

Sie würgte. Ihr Blutdruck stieg. Ihr Herz raste und ihre Hände wurden taub. Dennoch sah sie sich dazu genötigt, weiterzumachen und den Job zu beenden, den sie angefangen hatte:

„Persönliche Verantwortung!"

„Harte Arbeit ist, was zählt."

„Los Renee!"

„Los ich!"

Sie folgte Ich-Grün zu einer Taschenuhr, aber ihr fehlte die Kraft, um sie aufzuheben. Ihre Glieder waren schwer und ihre Gedanken waren umnebelt. Ihr wurde schmerzlich bewusst, wie viel Mühe sie jeder Atemzug kostete.

Sie kniff die Augen zusammen, bekam die Uhr beim zweiten Versuch zu fassen und warf sie die Treppe hinunter.

Sie eierte lethargisch durch die Luft, fast so, als ob es ihr peinlich wäre zu fallen, und kam auf, ohne auch nur einen Kratzer davonzutragen.

Sie ging auf einen Diamantring zu, hob ihre Hand und brach zusammen.

„Alles wird gut werden."

„Nein, das wird es nicht!"

Renee schämte sich, dass sie Ich-Grün anschrie.

„Ich bin so armselig", dachte sie. „Mit all diesen überempfindlichen Emotionen, Sorgen und Zweifeln."

Dann brach es aus ihr heraus:

„Ich-Original ist noch schlimmer als ich! Schau dir Ich doch an, mit seinen winzig kleinen Beinen. Ich könnte noch nicht einmal einen Ring aufheben!"

Sie war zwischen Gedanken und Worten gefangen und konnte einfach nicht weitermachen.

Der Podsicle-Aufseher tauchte über ihr auf:

„Renee Ann Blanca. Arbeiter 2060-5446. Alter vierundzwanzig. Schulden: £113.544,84. Verfügbare Kalorien: Sechsundsiebzig."

Renee schlug die Augen auf.

„Im Namen des Marktes. Renees Taten sind ein Verbrechen gegen die persönliche Verantwortung. Renee wird in der Arbeitertabelle von London um zwanzig Millionen Plätze herabgesetzt und zu einer Strafe von zehntausend Pfund verurteilt. Wiederholungen können dazu führen, dass Renees Kapsel beschlagnahmt wird und Renees Gas abgedreht wird. Für das Wohl von Ich!"

„Für das Wohl von Ich."

„Ich, ich, ich."

„Ich, ich, ich... Ja, ich! Wer ist er *mich* anzuklagen? Dieses Ding hier vor mich, das mir sagt, was ich tun soll, ist nichts mehr als Licht und Luft. Es hat in seinem gesamten Leben keinen Tag lang gearbeitet. Was gibt ihm das Recht mich herumzukommandieren? Über mich zu urteilen? Ich verlange eine Erklärung. Ich verlange Gerechtigkeit. Ich verlange... Ich verlange... Ich verlange weniger Gleichgültigkeit. Das treibt mich in den Wahnsinn. Weg! Weg mit ihm! Meine Schulden werden nicht erhöht. Mein Rang wird nicht gesenkt. Ich bin die Beste, besser als alle Ich-Anderen. Die Beste, sage ich euch, die Beste!"

Alle zwanzig Worte stiegen Renees Schulden. Zu Beginn machte ihr das Sorgen. Aber in ihr tobten so viele verschiedene Emotionen, so viele Zweifel und Ängste, dass diese Gefühle sich bald vermischten. Sie formten sich zu einem einzelnen unförmigen Knäuel aus Furcht und Scham.

Sie ignorierte den Podsicle-Aufseher.

„Ich kann meine Entscheidung nicht rückgängig machen. Meine Daten unterfüttern meine Analyse.

Es wäre mir aber eine Ehre und ein Privileg, Renee einen Rat zu geben:

Sei Renee treu! Denke an Renee! Drück dich nicht, arbeite und Renee wird nie wieder eine Strafe erhalten."

Ein Tsunami des Terrors kam über Renee.

Ihr Körper schaltete in den Kampf-oder-Flucht-Modus und schüttete so viel Adrenalin aus, dass ihr Herzschlag sporadisch zu werden begann. Es schlug in kurzen Schüben aus drei Schlägen, machte eine Pause, hämmerte wieder, stoppte und schlug wieder. Ihre Muskeln krampften und hielten sie am Boden fest. Ihr Verstand raste von einer Quelle der Furcht zur nächsten:

„Meine Schulden! Meine Kapsel! Mein Körper! Meine Arbeit! Meine Schulden! Meine Arme! Mein Rang! Meine Zukunft! Meine Kapsel! Meine Finger! Meine Arbeit! Mein Herz! Meine Schulden! Mein Gas! Meine Ich-Freunde! Meine Kleidung! Meine Jobs! Mein Leben! Meine Arbeit!"

Nichts schien real zu sein. Nichts schien einen Sinn zu ergeben.

Ihr Herz schaltete noch einen Gang höher und schlug mit dem Tempo einer automatischen Waffe. Sie zitterte am ganzen Körper. Ihre Augen traten aus den Höhlen. Ihre Ohren klingelten. Sie begann zu schwitzen, um Luft zu ringen, und alles schmerzte:

„Meine Kapsel! Mein Atem! Meine Schulden! Mein Rang! Meine Ohren! Mein Gas! Mein Kaugummi!"

Renee hielt inne:

„Mein Kaugummi! Ja, mein Kaugummi! Mein wundervoller, wundervoller Kaugummi."

Ihr Herz schlug gegen ihre Rippen.

Sie hob ihre Hand um einige Zentimeter, für mehr aber fehlte ihr die Kraft. Sie versuchte es erneut und schaffte es ihr Gesicht zu berühren. Sie schaffte es aber nicht ihre Maske abzunehmen.

Sie schloss ihre Augen, nahm all ihre Kraft zusammen, hob ihre Hand, nahm ihre Maske ab, entfernte das Kaugummi und atmete ein.

Sie nahm wesentlich weniger Gas zu sich als in der *Nacht des Zerbrochenen Kessels,* der Effekt aber war ein ähnlicher. Ihre Muskeln entspannten sich, zuckten und entspannten sich wieder. Ihre Hände kribbelten. Sie schmeckte Zucker auf ihrer Zunge. Sie fühlte sich leicht, leer, glücklich und frei.

Zitternd schlossen sich ihre Augen.

Alles war durchgehende Schwärze.

Alles war ruhig.

Alles war still.

SEHE. SPRECHE. RENNE.

„*Stelle alles infrage.*"
GEORGE CARLIN

Sie haben vielleicht von dem griechischen Intellektuellen Archimedes gehört.

Der Legende zufolge wurde ihm einmal eine Aufgabe gestellt: Er sollte das Volumen der Krone eines Königs berechnen. Dies stellte eine ziemliche Herausforderung dar, bis Archimedes das örtliche Bad aufsuchte. Während er sich abschrubbte und in dem warmen Wasser entspannte, sah er einen Mann, der in das Bad stieg. Als der Mann untertauchte, verdrängte er eine Wassermenge, die exakt dem Volumen seines Körpers entsprach.

„Heureka!", reif Archimedes. „Heureka! Ich habe es!"

Nackt wie er war, rannte er nach draußen und eilte die Straße hinunter, um den König zu sehen.

„Heureka!", jubelte er. „Heureka, heureka, heureka!"

***

Renee hatte ihren eigenen Heureka-Moment.

Sie fühlte sich groggy und leicht benebelt, als sie aufwachte und lag alle viere von sich gestreckt auf einem persischen Teppich. Es pulsierte in ihrem Gehirn und ihre heile Wange zuckte und verfärbte sich von purpur zu pflaumenfarben zu malvenfarben.

Sie sah ihre Tabellenränge, die in den Keller gegangen waren und ihre Schulden, die um Zehntausende von Pfund gestiegen waren. Dann bemerkte sie ihre Avatare. Ich-Grün sah blass und dünn aus. Ich-Original nuckelte am Daumen. Ich-Extra raufte sich die Haare:

„Mein Überzugslimit ist erreicht worden."

„Die Bank von China wird keine weiteren Käufe mehr autorisieren."

„Meine Gasversorgung wird mit sofortiger Wirkung eingestellt."

Renees Gasmaske stieß ein wimmerndes Geräusch aus. Dann stellte sie die Versorgung ein.

Sie erinnerte sich wieder an ihre vorherigen Gedanken:

„Ich werde meine Schulden niemals zurückzahlen. Ich werde mich niemals zur Ruhe setzen. Dieses Leben geht einfach immer weiter."

Sie schauderte:

„Ich habe nie etwas von Wert produziert, also habe ich nicht das Recht erworben, etwas zu konsumieren."

Sie zitterte am ganzen Körper:

„Alles was ich brauche, wird von Maschinen hergestellt. Ich bin ihnen höchstens im Weg. Warum soll es mich also kümmern? Warum soll ich arbeiten? Für wen arbeite ich? Wer profitiert von meiner Arbeit?"

Sie ließ sich jedes ihrer Worte einzeln durch den Kopf gehen:

„Für *wen* arbeite ich?"

„*Wer* profitiert von meiner Arbeit?"

Ihre ursprüngliche Antwort war so voller Nachdruck gewesen:

„Ich arbeite für mich! Ich profitiere selbst! Ich und nur ich!"

Nun war sie sich nicht mehr so sicher:

„Was ist dieses ´Wer`?"

Laut sagte sie:

„´Wer`? Aber... Nun... Was um Himmels willen ist ´Wer`?"

„´Wer hat an der Uhr gedreht` ist ein Lied aus einem Film."

„Der Rosarote Panther."

„Ich bin die Beste."

„Nein... Nein, nein, nein... Wo habe ich dieses Wort schon einmal gehört? Hmm... ´Wer`... Hat einer meiner Avatare es benutzt? Nein. War es auf Twitter? Nein. In der Stadt? Vielleicht. Nein, das ist es auch nicht. Im... Ja! Das ist es! Ich bin mir sicher. Ich habe die Lösung gefunden. Ich bin ein verdammtes Genie!"

Renee hatte sich an ein Foto aus ihrer Jugend erinnert, das sie weggeworfen hatte, als sie sieben wurde. Sie konnte sich noch gerade so an die Inschrift auf dem Rahmen erinnern:

Sei immer, wer ich bin.

„Wer!"

Das Bild, welches sie ohne ihre Plalinsen gesehen hatte, begann Form anzunehmen. Bäume tauchten im Hintergrund auf. Und dort, direkt in der Mitte, befand sich eine Frau. Es war nicht

Renee. Jemand anderes.

„Mum?", flüsterte Renee. Der bloße Klang des Wortes machte ihr Angst. Sie hatte keine Ahnung, was es bedeutete oder woher es kam, aber sie konnte es nicht einfach ignorieren.

Es klang wie das wispern des Windes:

„Mum." Rausch. „Mum." Zisch. „Mum."

Ihre Augen traten hervor:

„Ja! Ich habe es! ´Wer` bedeutet ein anderes ich, genau wie diese Statue. Reale, lebende, atmende Ich-Andere. Andere Renees. Andere Ichs!"

Nun, geliebter Freund, Sie meinen sicherlich eine solche Feststellung sei, wie soll ich es ausdrücken, „geistlos"? „prosaisch"? „offensichtlich"? Für Renee aber waren diese Worte jenseits von undenkbar. Sie waren Häresie. Sie hatte die Existenz anderer Menschen anerkannt! Nicht bloß als Avatare, als konkurrierende Arbeiter oder Plätze in einer Unternehmenstabelle, sondern als echte, empfindungsfähige Wesen, die ihr nicht unähnlich waren.

Es jagte ihr schreckliche Angst ein. Ihr Herz machte einen Satz. Aber sie hatte es getan. Es half kein Leugnen. Die Realität der Situation traf sie wie ein Schlag zwischen die Augen.

„Für wen arbeite ich?

Wer profitiert von meiner Arbeit?"

Diese Fragen zeugten von Sorge um andere Menschen. Renee wollte, dass ihre Arbeit jemand anderem half! Aber warum? Es machte keinen Sinn:

„Und was ist, wenn es nicht bloß Arbeit ist? Was ist, wenn ich meine Avatare und Ich-Freunde erschaffen habe, weil ich, tief in meinem Inneren, mit Ich-Anderen befreundet sein wollte? *Echten* Ich-Anderen? Was ist, wenn meine Selfies bloß ein Versuch waren, ein anderes Ich zu beeindrucken? Keinen Ich-Freund, sondern ein lebendes, atmendes Ich? Was ist, wenn ich Ich-Sex erschaffen habe, weil ich Sex mit einem anderen Ich haben wollte? Oder ein anderes Ich berühren? Oder ein anderes Ich halten?"

Es begann ihr zu dämmern:

„Meine Erfolge fühlen sich hohl an, weil ich niemand anderen habe, mit dem ich mich darüber freuen kann. Ich brauche ein anderes Ich! Ich brauche ein anderes Ich!!!"

Sie sprang auf, ohne auf den Schmerz zu achten, und machte einen Sternensprung und schrie „Heureka!".

„Das ist es! Ich will ein anderes Ich. Heureka! Ich will nicht bloß mich besitzen, ich will ein anders Ich besitzen. Heureka! Nicht mehr alleine sein, sondern... Ich weiß nicht. Ich weiß nicht, was ich dazu sagen soll. Es ist verrückt, aber ich muss es haben. Ein anderes Ich! Ja. Heureka! Ich kann zwar meine physischen Bedürfnisse befriedigen, aber nicht meine emotionalen. Ich brauche ein anderes Ich. Ich brauche Ich-Andere. Heureka! Heureka! Heureka!"

„So etwas wie Ich-Andere gibt es nicht."

„Ich brauche bloß mich selbst."

„Ich und nur ich."

Renee wollte ihnen widersprechen. Aber ihre Avatare sagten bloß die Dinge, die sie selbst immer geglaubt hatte. Sie mussten doch recht haben!

Sie schüttelte seufzend den Kopf:

„Oh, dieses Mal habe ich es echt versaut. Wie konnte ich bloß so unprofessionell sein? Wie konnte ich bloß meinem Boss widersprechen? Zehntausend Pfund! Eine Millionen Ränge! Was habe ich mir bloß dabei gedacht? Wenn ich doch nur härter gearbeitet hätte. Ich bin so ein verdammter Narr."

Sie schlang die Arme um ihre Knie:

„Ich bin ein Individuum. Die Beste der Besten! Wieso sollte ich um Himmels willen einen Ich-Anderen wollen? Er würde mich beeinflussen. Er würde mich davon abhalten ich zu sein. Nein! So etwas kann ich nicht zulassen."

Sie legte die Hand auf die Augen:

„Ich bin armselig. Ich bin nicht gut genug. Ich bin nutzlos. Ich habe versagt."

Sie erschauderte:

„Echte Individuen brauchen keine Ich-Anderen. Echte Individuen übernehmen Verantwortung für sich selbst."

Sie nickte mit dem Kopf, um sich selber zuzustimmen, hielt inne und schüttelte dann den Kopf:

„Nein! Nein, nein, nein! Warum soll *ich* persönliche

Verantwortung übernehmen? Meine Probleme sind nicht *meine* Schuld, sie wurden durch das System verursacht; dieses verfluchte System, das mich von Ich-Anderen isoliert. Das Druck auf mich ausübt, damit ich arbeite, konkurriere und konsumiere. Das System ist schuld. Das System sollte Verantwortung übernehmen!"

Sie runzelte die Stirn:

„Nein! Nein, nein, nein! Ich muss persönliche Verantwortung übernehmen. Ich muss ein anderes Ich finden. Ich muss ein anderes Ich berühren. Mum! Ich muss es selber schaffen. Ich muss es jetzt schaffen!"

Ihre Gewissheit begann sich mit ihren Zweifeln zu mischen:

„Ich kann es nicht... Ich kann es... Ich werde leiden... Ich werde erfolgreich sein... Nein! Ja! Ja!!! Das genau ist es: Dass ich mit Ich-Anderen leben will, macht mich wahrlich einzigartig. Das individuellste Ich, das jemals gelebt hat!"

Und laut sagte sie nun:

„Ich bin die Beste! Ein wahres Individuum!"

„Ich bin das einzige Ich, besser als alle Ich-Anderen."

„Alle Individuen müssen sich anpassen."

„Kaufe fünf Freunde, erhalte einen gratis."

***

Niedrig wie ihr Kalorienstand war, musste Renee sich abmühen, um nach Hause zu kommen.

Sie konzentrierte sich auf jeden ihrer Schritte, das Kinn hoch erhoben und stolperte vorwärts. Sie schaute durch ihren Schirm nach draußen und sah die Welt nun in einem vollkommen neuen Licht.

Hier fand sich eine Glasscheibe, geteilt durch Schatten und Licht, in deren Ecke sie ein dramatisch aussehender verschmierter Fleck befand. Hier sah sie eine Gehwegplatte, in der sich majestätisch aussehende Kiesel fanden. Hier ein glitzernder Regentropfen, ein sorglos umhertaumelnder Flusenball, ein im Wind wehendes Kabel, ein Roboter, ein Mann?

Es war fast zu viel für sie. Renee kratze in ihren Taschen umher, packte ihre Brüste, hüpfte, wimmerte und winselte:

„Ich bin! Mum! Individuum! Schloss der Freude. Herz der

Herzen. Kaufe fünf, erhalte einen gratis."

„Kaufe jetzt etwas Coca Cola."

Renees Avatare lehnte an der Wand und brachen zusammen. Sie schleppten sich über den Boden, rappelten sich wieder auf, stolperten und fielen. Sie hatten Ringe unter den Augen. Ihre Hände waren von Ausschlag bedeckt.

Es war Renee peinlich. Sie war sich sicher, dass ihre Avatare die Aufmerksamkeit auf sich zogen. Sie war sich sicher, dass zwei glänzende Augen sie aus der Ferne anknurrten. Die Augen fühlten sich wie Laserstrahlen an. Diese brannten rot. Jene dort schienen zu schreien.

„Verdammtes Ich-Original. Es verrät mich!"

„Ich bin die Beste", wimmerte Ich-Original zu seiner Verteidigung.

„Natürlich wollen Ich-Andere mich ansehen. Ich bin wunderschön!"

„Ein Engel."

„Eine Göttin."

„Göttlich."

Renee wollte gerade widersprechen, als es sie traf:

„Ich will, dass Ich-Andere mich ansehen! Ich will Ich-Andere ansehen. Nicht bloße Avatare: *echte* Ich-Andere. Lass es mich ansehen. Lass mich es ansehen!"

Sie fixierte ihren Blick auf die Gestalt vor ihr.

Renee wurde von der bloßen Intensität dieser Handlung schwindelig. So etwas hatte sie noch nie zuvor gemacht. Sicherlich, sie hatte mit anderen Arbeitern konkurriert und andere Avatare verspottet. Aber wirklich gesehen hatte sie sie noch nie:

„Tu es, Renee, tu es einfach: Werde dir Ich-Anderer gewahr."

Der Anblick des männlichen Wesens blendete Renee.

Sie blinzelte gegen die Helligkeit an, sammelte sich, atmete tief ein und blickte in sein Gesicht.

Die Gestalt hatte einen gebeugten Rücken und krumme Knie und war unfähig aufrecht zu stehen. Seine abstehenden Augenbrauen bogen sich in den unlogischsten Winkeln. Die Augen allerdings? Was für Augen! Was für schwarze Löcher! Seine Augen waren in den Schädel gesogen worden. Sie bewegten, fokussierten sich nicht oder passten sich an. Sie waren einfach bloß da, passiv, wie ein Paar schwarze Perlen. Gleichgültig der Welt gegenüber und gleichgültig gegenüber unserer Renee.

„Warum schaut es mich nicht an? Schau mich an, verdamm mich, ich bin real!"

Renee starrte ihn weiter an und das männliche Wesen ignorierte sie weiter.

Auch als sie sich immer näher kamen, zeigte er keine Regung.

Gehetzten Schritt um gehetzten Schritt kamen sie sich näher.

Näher und näher, bis ihrer Nasen sich fast berührten. Renee zuckte zusammen, atmete tief ein und breitete sich innerlich auf den Zusammenstoß vor. Sie hatte noch nie einen anderen Menschen berührt und der Gedanke war aufregend und gleichzeitig abstoßend.

Er lief direkt durch Renee hindurch.

„Verdammt!", fluchte sie. „Verfluchte Avatare, nichts weiter als hohles Licht. Sie sollten sich mal echte Haut wachsen lassen."

Renee fühlte sich leer. Gleichzeitig aber auch gut. Sie hatte etwas Unvorstellbares getan: Sie hatte anerkannt, dass andere Menschen existieren könnten und sie hatte versucht Augenkontakt herzustellen. Sie hatte gegen das größte Tabu verstoßen:

„Ich bin unglaublich!"

„Die Beste."

„Gillette! Das Beste, was eine Renee bekommen kann."

Renee wollte mehr. Wie bei einem Süchtigen, für den die erste Dosis nie genug war, wollte sie ein zweites Hoch, sobald sie das erste erlebt hatte. Sie wollte mit einem echten Menschen Augenkontakt herstellen. Sie wollte, dass sie ihre Existenz anerkannten und sie für großartig hielten.

Sie schaute sich um und konnte etwa fünfzig andere Wesen erkennen, ihre eigenen Avatare nicht mitgezählt. Aber keines von ihnen blickte sie an.

Sie schrie:

„Schaut mich an! Erkennt meine Existenz an! Lasst mich hier nicht alleine zurück!"

Sie rannte auf das nächste Wesen zu. Es war ein Teenager mit dem verhärmten Gesicht eines Greises. Sie starrte in seine Augen. Der Teenager aber erwiderte ihr Kompliment nicht. Er lief direkt durch unsere Renee hindurch.

Sie rannte über die Straße und ließ ihre Avatare hinter sich zurück. Sie kam vor einer älteren Frau zum Stehen, die bloß noch vereinzelte Zähne und rissige Haut hatte. Auch sie lief durch sie hindurch.

Renee rannte vor und zurück, hierhin und dorthin, über die Straße und wieder zurück. Sie versuchte mit jenem Mann dort mit dem Sonnenbrand an den Ellenbogen Augenkontakt herzustellen. Mit der Frau dort mit den hängenden Lidern und dem Kind dort mit dem dreieckigen Gesicht. Sie erhielt keine Reaktion:

„Ich will keine Avatare. Ich will Ich-Andere. Echte Ich-Andere. Wenigstens ein Ich-Anderer muss echt sein!"

Sie gab nicht auf. Sie ging Umwege, warf Blicke in Nebenstraßen, schaute erst dem einen Wesen in die Augen, dann einem anderen. Immer in der Hoffnung, dass sie auf sie reagieren, sie sehen oder berühren würden.

Sie begann ihrer Lieblingsdroge gegenüber resistent zu werden und jeder neue Versuch gab Renee etwas weniger Befriedigung.

Sie schrie:

„Ich kann nicht mehr alleine sein. Jemand muss auf mich reagieren. Ich brauche ein anderes Ich."

„Ich wäre glücklicher, wenn es Ich-Andere nicht gäbe."

„Ich-Andere sind das Letzte."

„Nein, nein, nein! Ich liege falsch. Seid still. Ich liege total falsch!"

Renees Avatare wussten nicht, wie sie darauf reagieren sollten. Sie suchten nach Daten, die nicht existierten, und ließen Algorithmen laufen, die kein Ende fanden. Dampf begann von Renees Haarspange aufzusteigen. Störungen ließen Ich-Spezial grau erscheinen, Ich-Original verlor seine Gesichtszüge, Ich-Grün stürzte ab und Ich-Extra löste sich in Luft auf.

Renee ließ sich nicht beirren.

Eine starrsinnige Ader brachte sie dazu mit jedem Augenkontakt zu suchen, der ihr entgegenkam. Erst mit einer knochigen Frau. Dann mit einem stämmigen Mann. Sie schaute flehend zu diesem Jugendlichen mit den geschwungenen Lippen hinüber und intensiv zu dem Baby mit den übergroßen Händen.

Sie alle liefen durch sie hindurch.

Renee dachte nach:

„Ich habe die Existenz von Ich-Anderen anerkannt. Das ist mutig. Ich bin auf mehrere von ihnen zugegangen. Das ist eine große Sache. Ich habe versucht Augenkontakt herzustellen. Heiliges Ich! Aber sie haben nicht reagiert. Ich muss mehr versuchen. Ich muss bemerkt werden."

Eine Frau mittleren Alters kam Renee im Schatten des Nestlé-Turms entgegen. Ihr Gesicht hatte die Form eines Schiffbugs. Ihre Schultern waren gebeugt und ihre Haut gerötet.

Renee schaute in ihre Augen und sagte „Hallo".

Sie war ob ihrer Unverfrorenheit mit sich selbst zufrieden und kümmerte sich nicht um ihre Schulden, die um zwanzig Pence gewachsen waren. Auch wenn gesagt werden muss, dass es sie überraschte, dass sie nicht noch *mehr* mit sich zufrieden war. Was sie getan hatte, war revolutionär. Sie hatte mit einem andern Menschen gesprochen. Natürlich hatte sie Beleidigungen umher geschleudert, wenn Ich-Spezial sie dazu ermuntert hatte, aber sie hatte noch nie einem anderen Menschen in die Augen geblickt, seine Existenz anerkannt und ein freundliches Wort an ihn gerichtet. Das hatte niemand. Ihre Taten wichen von den Naturgesetzen selbst ab.

„Hallo auch", sprach sie in einem nervösen Flüsterton weiter. „Hallo, ich bin Renee."

Ihre Schulden stiegen um ein Pfund.

Ihre Augen flehten um eine Antwort, die Stirn verzweifelt in Falten gelegt, aber die Frau zeigte keine Regung.

„Was für eine Närrin!", rief Renee. „Ist sie taub oder bloß ignorant? Ich habe versucht freundlich zu sein."

Ich-Original brachte ein Wimmern hervor:

„Ich-Andere sind Abschaum."

Ich-Spezial flackerte und blitzte.

Renee nahm einen tiefen Atemzug:

„Gut Ding will mich haben. Ich werde weitermachen!"

Sie lief zu einem Punk mit purpurnen Haaren:

„Hallo."

Sie lief zu einem Hippie mit lackierten Fingernägeln:

„Ich bin die Beste."

Sie lief zu einem Skater mit knallbunten Tattoos:

„Ich will mit dir befreundet sein."

Der Punk lief durch sie hindurch, der Hippie überquerte die Straße und der Skater bog in eine Gasse ab.

Sie lief zu dem grauhaarigen Reaktionär dort drüben, zu dem Rastafari mit Dreadlocks hier und zu dem aufgedunsenen Kind. Sie sagte „Hallo", „Lass uns reden", „Tun wir uns zusammen", „Respektiere mich" und „Sei mutig".

Keiner reagierte.

Sie lief zu dem Rentner mit den purpurnen Haaren, zu dem glattrasierten Riesen und dem Jugendlichen mit dem Pickel. Sie sagte „Hi", „Lass uns plaudern", „Ich existiere", „Reagiere auf mich" und „Antworte".

Es schien niemanden zu kümmern.

Ich-Originals Herzschlag begann unregelmäßig zu werden. Sein Herz schlug, setzte aus, hämmerte, stoppte und schlug wieder. Seine Muskeln verkrampften und hielten ihn am Boden fest. Seine Augen traten aus seinen Höhlen.

Renee kümmerte das nicht.

Ihre Schulden schossen nach oben.

Sie kümmerte es nicht.

Sie hatte vom süßen Hochgefühl der Rebellion gekostet und sie wollte eine neue Dröhnung.

Sie trat an den Jungspund mit den Sommersprossen und den eng gebundenen Haaren heran, den Mann mit der Warze auf der Nase und an die alte Frau mit dem feisten Gesicht.

Sie reagierten nicht.

Sie bog in die Kapselstadt ab.

Sie sagte „Seh mich", „Hör mir zu", „Berühre mich" und „Fühle mich".

Sie erhielt keine Antwort.

Sie hätte vielleicht ewig so weitergemacht, aber sie war vor ihrer Kapsel angekommen. Sie schüttelte den Kopf, schnaufte, öffnete die Luke, kroch hinein, schlang etwas Kalorienersatz hinunter, trank einen Proteinshake, wiegte sich etwas vor und zurück, wurde von Erschöpfung übermannt, schloss ihre Augen und schlief ein.

AN DER AMPEL RECHTS ABBIEGEN

„Vorstellung ist die Kunst Dinge zu sehen, die für andere unsichtbar sind."
JONATHAN SWIFT

Es war einmal ein Löwenjunges, dessen Mutter kurz nach seiner Geburt gestorben war. Das Junge wanderte ziellos und allein umher, bis es auf eine Schafherde traf. Die Meisten rannten fort. Eine tapfere Seele aber hatte Mitleid mit der jungen Löwin, bedeutete ihr herüberzukommen und zog sie wie ihr eigenes Kind auf.

Das Löwenjunge lernte von seiner Adoptivmutter. Es begann Gras zu fressen und wie ein echtes Schaf zu blöken. Es war glücklich, aber es war nicht zufrieden. Es fühlte sich als ob ein wichtiger Teil seines Lebens irgendwie fehlen würde.

Eines Tages, der Frühling begann gerade heraufzuziehen, machte seine Herde am Ufer eines Flusses halt, um zu trinken. Die junge Löwin beugte sich herunter und sah ihr Spiegelbild im Wasser. Sie geriet in Panik und stieß ein teuflisches Brüllen aus. Es war so laut und so furchteinflößend, dass sie alle ihre Gefährten damit verjagte.

***

Renee schrie:
„Aaaahh!!!"
Sie war in einer Mischung aus Hoffnung und Freude erwacht.
Sie erinnerte sich an ihre Offenbarung und daran, wie sie versucht hatte mit anderen Menschen zu interagieren. Es hatte sie mit Hoffnung erfüllt. Sie glaubte, dass sie an der Schwelle zu wahrer Größe stand.

Dann erinnerte sie sich wieder an ihre Schulden, ihren Rang und ihre Kreditbeurteilung. Furcht packte sie deswegen. Sie konnte sich nicht einmal die grundlegendsten Sachen leisten, um zu überleben,

Sie öffnete Alexa und bestellte eine Tube mit

Kalorienersatzpaste.

Achtzehn rote Buchstaben tauchten auf dem Hauptbildschirm ihrer Kapsel auf:

Nicht genug Guthaben.

Sie versuchte es erneut und erhielt dieselbe Botschaft. Sie bestellte einen im Labor hergestellten Apfel, der bloß achtzig Pence kostete, aber noch immer tauchten die Buchstaben auf. Sie versuchte das Billigste zu kaufen, was sie finden konnte, ein Krabbenstäbchen aus Analogfleisch, konnte den Kauf aber nicht abschließen.

Das Licht der Schrift pulsierte in ihrem Kopf: Rot. Weiß. Rot. Weiß. Rot.

Sie schloss die Augen, atmete tief ein, öffnete ihre Augen und machte von ihrem Essen eine Bestandsaufnahme: ungefähr fünfzig Gramm Kohlenhydratpulver, zwei Streifen genetischer modifizierter Trockenlachs, eine Portion vorgekochter künstlicher Reis und Reste von etwas Kalorienersatzpaste.

„Ich muss arbeiten, um Geld zu verdiene, damit ich mir mehr Essen kaufen kann. Aber ich kann nicht. Ich kann es einfach nicht tun! Ich habe genug von diesem Leben in der Tretmühle. Genug von diesem wiederkehrenden Albtraum aus eintönigen Tagen und sinnlosen Jobs. Meine Arbeit ist nicht produktiv. Sie hilft mir nicht. Sie hilft keinem Ich-Anderen. Sie – hilft – einfach – nicht."

Ihr Ausbruch ließ Renee redselig werden:

„Will ich denn nicht frei sein? Verstehe ich denn nicht, was Freiheit ist? Ich bin eine Sklavin! Ich habe mich selbst eingesperrt und muss entkommen."

Sie zog sich an, schmierte sich Grundierung auf die Wangen, hielt inne und warf den Topf mit der Grundierung weg. Sie griff sich ihren Beutel mit Makeup, schüttete ihn aus und wischte den Müll beiseite. Sie nahm ihre Haarspange, verbog sie und sah zu, wie ihr Bildschirm verschwand:

„Auf Wiedersehen ihr falschen Propheten. Auf Wiedersehen ihr unechten Freunde. Auf Wiedersehen falsche Realität. Hallo Welt!"

Sie legte sich wieder hin:

„Ich durfte jede Arbeit machen, die ich will, solange ich bloß arbeitete. Ich durfte konsumieren, was ich wollte, solange ich bloß konsumierte. Ich habe die Schlachten gewonnen, aber den Krieg verloren. Genug ist genug! Ich will keinen bedeutungslosen Job. Ich will nicht um des Konsumierens Willen konsumieren. Ich will frei sein. Ich will hier weg!"

Renee setzte sich mit großspurigem Gehabe auf, verzaubert wie sie von der berauschenden Erkenntnis war, wer ihr echtes Selbst war.

„Ich-Andere weigern sich nicht zu arbeiten! Ich-Andere gehen nicht fort! Ich werde es tun. Ich werde ein echtes Individuum sein. Ich – werde – das Leben – gewinnen!"

Sie griff sich ihr Ersatzhemd, verknotete es und füllte es mit Essen. Mit ihrer Ersatzhose band sie sich das Paket um ihre Schulter fest. Ihre Haarspange steckte sie sich als ein Andenken in die Tasche, griff sich ihre Gasmaske und ging hinaus, ohne abzuschließen.

***

Renee hatte kaum den Aufzug verlassen, als ihr ein Siebzigjähriger auffiel. Er war beige, hatte ein langes Gesicht und milchige Augen. Seine Lippen waren zerkaut und er hatte einen übermäßig großen Adamsapfel. Von seinen Versuchen, sich aufrecht zu halten, konnte man auf einen stählernen Willen schließen. Sein gebeugter Rücken zeugte von einem harten Leben.

Renee suchte Augenkontakt mit ihm und sagte „Hallo".

Der Siebzigjährige ignorierte sie.

Renee stand kurz davor etwas dazu zu sagen, als sie innehielt, und ihr klar wurde, dass *sie* Schuld haben könnte.

Es war ein radikaler Gedanke:

„Irgendetwas fehlt. Aber was... Es... Ich glaube... Warte mal eine verflixte Minute. Ich weiß nicht einmal, ob er real ist! Wenn er ein Avatar ist, sollte ich meine Zeit nicht mit ihm verschwenden. Aber ist er das? Ist er real? Ein Avatar oder... Ich muss es wissen. Ich muss es herausfinden!"

Renee nahm einen Atemzug, hob einen Finger an ihr Auge und nahm eine Plalinse heraus. Statt durch einen Filter *sah* sie die Welt, wie sie wirklich war.

Sie sah eine Ratte, die durch ihre Beine hindurch huschte.

Ein Schauer lief ihr den Rücken hinunter. Renee war noch nie eine Ratte untergekommen und der bloße Anblick ihres gewundenen Schwanzes erfüllte sie mit Angst. Angetrieben von einem urzeitlichen Selbsterhaltungstrieb, machte zuerst ihr Herz und dann sie selbst einen Satz und die Haare standen ihr zu Berge.

Zitternd schloss sie ihre Augen und konzentrierte sich auf ihren Atem. Sie zählte bis Zehn und öffnete langsam die Augen.

Es dauerte einen Moment, bevor sie die Szene vor sich einzuordnen wusste. Überall, wo sie zuvor einen Avatar gesehen hatte, sah sie nun eine Ratte.

Ab und an verwandelte ihre noch verbliebene Plalinse die Ratten in Avatare und ließ sie wie echte menschliche Wesen aussehen. Dann offenbarte ihr Auge ohne Plalinse wieder ihre Nagerform.

Ratte. Avatar. Ratte.

Der Jugendliche mit dem Schmerbauch verwandelte sich in eine dickliche Ratte, mit vampirartigen Zähnen und humanoiden Händen. Aus der zierlichen Brünetten dort drüben wurde eine dünne Ratte mit teuflischen Augen. Aus dem glatzköpfigen Mann wurde eine haarlose Ratte. Aus der Frau dort wurde eine flauschige.

Ratte. Avatar. Ratte.

Renee blinzelte, so schnell sie nur konnte:

„Das erklärt warum keiner der Ich-Anderen reagiert hat, als ich „Hallo" sagte. Aber... Moment mal... Was ist mit all den Ich-Anderen passiert? Sind sie gestorben? Haben sie überhaupt existiert? Bin ich schon immer alleine gewesen? Mit wem habe ich in den Tabellen konkurriert? Ich brauche Ich-Andere. Ich brauche ein anderes Ich!"

Sie nahm einen tiefen Atemzug, schrie und nahm ihre zweite Plalinse heraus.

Ein Schleier lichtete sich von ihren Augen und Renee erblickte die Straße in all ihrem schmutzigen Glanz. Sie befand sich nicht in einer schmalen Gasse zwischen zwei Wänden aus Kapseln, wie sie immer geglaubt hatte. Der Stapel aus Kapseln hinter ihr war bloß fünfzehn Einheiten hoch. In der Ferne konnte man gerade so die Spitze eines weiteren Stapels erkennen. Zwischen den beiden Blöcken war die Straße erfüllt von einem gewaltigen Müllhaufen. Er endete einen Meter von Renees Kapsel entfernt und bildete die vermeintliche „Gasse", die sie immer entlanggegangen war.

In dem Unrat fanden sich die Reste des Teekessels, den Renee weggeworfen hatte. Sie sah entsorgte Verpackung, leere Tuben und zerbrochene Flaschen. Dort lagen gerissene Bildschirme und kaputte Matratzen. Ein bisschen verrottendes Fleisch, das bald schon verschwunden sein würde, und etwas Plastik, das für immer an Ort und Stelle bleiben würde. Eine klebrige Mixtur aus Urin und Fäkalien hielt alles an Ort und Stelle fest.

Der Gestank! Es war so, als ob ihre Augen Renees Nase eine Botschaft zukommen ließen:

„Um meinetwillen!"

Es roch nach ranzigem Fisch, schlechtem Atem und nassem Hund. Nach eintausend toten Ratten. Der Geruch hatte eine Spur von Eiern an sich mit einem Hauch giftiger Süße. Der Geruch hatte etwas Feuchtes an sich mit Andeutungen von Moos.

Renee würgte. Der widerliche Gestank dieses Ortes war ihr in den Mund gekommen. Sie konnte Mist und Mehltau schmecken. Sie fühlte, wie die Jauche ihr in die Lungen hinab tropfte.

Sie schloss den Nahrungsschlauch an ihrer Gasmaske und versuchte den Gestank zu ignorieren.

***

Renees erster Schritt war langsam und behäbig. Ohne einen Bildschirm, der ihren Schuldenstand anzeigte, sah sie keinen Grund, warum sie hüpfende Schritte machen sollte. Da ihre Avatare sie nicht mehr leiteten, musste sie auf den Boden schauen und sich ihren Weg um Pfützen voller Modder, verfaulte Äpfel und leere Flaschen bahnen.

Renee bog links ab, um Kapselstadt zu verlassen, und stolperte beinahe über die tote Katze. Sie konnte bei dem Anblick, der sich ihr bot, kaum ihren Augen trauen. Sie sah einen von Maden befallenen Bauch, der offen unter freiem Himmel lag. Zwei vermodernde Beine. Aber dies war keine Katze. Es war ein Mann!

Seine Knochen waren rötlich verfärbt und er hatte eine ausgeprägte und verdrehte Nase. Seine Augenhöhlen waren leer und seine Haut sah aus wie zerkochtes Schweinefleisch.

„Ich bin nicht alleine!", jubelte Renee. „Ich habe endlich ein anderes Ich gefunden."

Sie machte einen Sternensprung und reckte die Faust in die Luft.

„Ich *bin* alleine. Vollkommen alleine. Oh, so alleine."

Sie gab der Leiche einen Tritt und überschüttete sie mit Schimpf und Schande:

„Wie kannst du es wagen, tot zu sein! Wie kannst du es wagen! Denk doch an mich. Ich brauche dich. Oh Renee. Oh ich."

Dann dämmerte es ihr:

„Ich-Original! Oh, wie konnte ich über Ich schimpfen? Ich hat nicht versucht mir ein Beinchen zu stellen, Ich hat versucht mir den Weg zu zeigen."

Sie nahm instinktiv einen tiefen Atemzug. Sie hatte vergessen, dass das Gas abgestellt worden war. Sie sammelte sich und machte sich daran den Russel Square zu durchqueren.

Dieser Teil der Stadt schien sich nicht verändert zu haben. Türme aus grünlichem Gras reckten sich noch immer wie Gitterstäbe in den Himmel, der sich immer noch grau über ihr erstreckte. Die Straßen aber waren nun mit Müll übersät, mehrere Fenster waren eingeschlagen oder fehlten ganz und überall, wo sich einmal Avatare gefunden hatten, huschten nun Ratten umher. Renee sah keinen einzigen Menschen, bis sie um eine Ecke bog und den masturbierenden Mann erblickte.

Er war normal gekleidet und trug eine braune Cordhose, die von einer Schnur gehalten wurde, und ein zerkratztes Paar Schuhe. Aber irgendetwas stimmte nicht.

Renee blieb stehen und starrte ihn an. Das erste Mal in ihrem Leben stand sie einem anderen lebenden Menschen gegenüber und es ließ sie erstarren. Sie bedeckte ihre Augen, nahm die Hand wieder fort und akzeptierte endlich was sie sah.

Ich-Spezial hatte falsch gelegen. Dieser Mann hatte kein engelsgleiches, glänzendes Gesicht. Das Leben hatte ihn gezeichnet, seine Haut mit Schmirgelpapier bearbeitet und seine Wangen mit dem Meißel bearbeitet. Er war gebeugt, runzelig, gebrechlich, grau und alt. Getrockneter Speichel ließ seine Lippen zusammenkleben. Ein Muttermal in Form eines Sterns befand sich auf seiner Unterlippe.

Aber da war noch etwas anderes...

Die Hand dieses Mannes bewegte sich tatsächlich hoch und runter, aber sie befand sich nicht in seiner Hose. Er masturbierte nicht. Er hielt seine Hand mit der Handfläche nach oben hoch, die dabei vor Schwäche zitterte. Ein Pappschild fand sich zu seinen Füßen:

Obdachlos und hungrig. Bitte geben Sie mir etwas zu essen.

Renee kratzte sich am Kopf:

„Warum sollte ich Essen abgeben? Ich esse es. Wenn ich es abgebe, könnte es verderben."

Sie starrte den Mann an, der versuchte seinen Mund zu öffnen.

Nach einigen Minuten begann sich an der Seite seines Mundes eine kleine Lücke zu bilden. Die Lücke wuchs weiter und seine Lippen öffneten sich Millimeter um Millimeter.

Verzweiflung zeichnete sich in seinen Augen ab. Renee konnte sich des Gefühls nicht erwehren, dass er sie nicht bloß *anstarrte*, sondern vielmehr in sie *hinein* starrte und jedes Atom ihres Wesens durchdrang.

Sie hielt ihre Tasche fest an sich gedrückt:

„Er kann mein Unwohlsein fühlen. Ich muss aussehen, als wäre ich an Ort und Stelle festgenagelt. Oh, was soll ich tun, wenn er mich zurückweist? Was ist, wenn ich ihn verärgere? Ich will ihn nicht stören. Ich will keine Nervensäge sein."

Sie wollte zu dem Mann hinüber gehen. Das war in der Tat die ganze Zeit ihr Plan gewesen. Sie wollte auf die erste Person zugehen, die sie fand, ihr in die Augen sehen und „Hallo" sagen. Aber hier, in der echten Welt, waren die Dinge bei Weitem nicht so einfach.

Ihre Muskeln spannten sich.

Sie hatte schreckliche Angst, dass der Mann antworten würde, und sie nicht wüsste, was sie tun sollte. Sie hatte Angst, dass er *nicht* antworten und ihre bloße Existenz ignorieren würde. Sie öffnete ihren Mund, um etwas zu sagen, brachte aber keinen Laut hervor.

Ihr Körper weigerte sich, ihre Gedanken in Taten umzusetzen.

Sie wurde unglaublich verlegen. Sie dachte, dass ihre Beine zu gerade waren und beugte deshalb ihre Knie. Sie schüttelte ihre Füße, fühlte sich dadurch unglaublich lächerlich, streckte daraufhin die Brust raus, um es auszugleichen. Sie hatte den Eindruck, dass sie zu weit gegangen war, und blickte wieder auf ihre Füße hinab.

Der Wind schien ihren Namen zu flüstern: „Reh... Reh... Renee?"

Es wurde alles zu viel.

Sie mache auf dem Fuß kehrt und rannte davon, ohne sich Gedanken über die Richtung zu machen. Statt nach links in Richtung Oxford Circus abzubiegen, bog sie nach rechts ab, überquerte die Euston Road, durchquerte Camden und folgte der Highgate Road.

***

Die Ratten und der Abfall nahmen ab.

Der Himmel schien heller.

Alles war schwarz oder grün...

Die Industrietürme wichen heruntergekommenen Gebäuden, die uralt waren, heruntergekommen und aschfarben. Häuser, die vor Schmutz starrten. Schaufenster ohne Glas. Strommasten, die schwarz vor Ruß waren, standen nackt ohne ihre Kabel da.

Und dennoch, inmitten all dieser Misere, war Mutter Natur dennoch dabei den Krieg zu gewinnen und eroberte das Land zurück, das einmal das ihre gewesen war. Efeuranken hatten viktorianische Stadthäuser übernommen. Bäume wuchsen durch Häuser empor. Gras brach durch den Asphalt hervor.

Renee richtete ihre Aufmerksamkeit auf das Gras. Sie konnte vage begreifen, dass es wirklich Gras war. Und trotzdem konnte sie es nicht glauben.

„Nein", dachte sie. „Gras ist blau. Was zur Hölle ist dieses grüne Zeug? Ich muss halluzinieren. Ich muss verrückt sein."

Sie versuchte das Gras mit Blinzeln blau werden zu lassen:

„Es kann kein Gras sein. Nein. Vielleicht ist es eine Mutation. Oder vielleicht wurde die blaue Schicht abgeschrubbt.

Und was sind das für Dinger? Diese braunen Poller mit den grünen Hüten. Ich habe so etwas schon einmal gesehen. Aber wo? In dem... Nein. Moment mal... Einen Moment... Ja! In dem Bild! Mum! Im Hintergrund waren einige braune Poller mit grünen Hüten. Diese ´Mum` Gestalt muss in der Nähe sein. Vielleicht... Ja!... Vielleicht... Vielleicht ist das das andere Ich, nach dem ich gesucht habe!"

Renees war so aufgeregt, wie wir es von Natur aus in der Kindheit gewohnt sind, aber was uns im Alter abhandenkommt. Ein kribbelndes Gefühl, das durch ihre Arme schoss und sie die Augen weit aufreißen ließ.

Sie blieb stehen und sah zu einem Baum hinauf. Dort sah sie etwas Sonderbares. Für Sie, geliebter Freund, mochte es wie ein gewöhnliches Rotkehlchen aussehen. Vielleicht würden Sie es keines zweiten Blickes würdigen. Renee aber hatte noch nie ein Rotkehlchen gesehen. Sie hatte noch nie einen Vogel gesehen.

„Was für ein süßes Ding!"

Sie stimmte in sein Lied mit ein:

„Tschirp, tschirpio, tschirp, tschirpooo."

Renee tanzte im Kreis umher, als das Rotkehlchen auf seinem Ast entlang hüpfte. Als es mit den Flügeln schlug, wedelte Renee mit den Armen:

„Tschirp, tschirpio, tschirp, tschirpooo."

Der Vogel flog davon.

Renee versuchte zu fliegen. Nicht gerade überraschend, scheiterte sie damit und landete mit einem dumpfen Geräusch:

„Meine Güte. Meine Güte. Er war so... So... Voller Freude! Ich will so eine Freude. Ich will singen und tanzen und fliegen. Ja. Aber da war noch etwas... Hmm... Was war es bloß... Ja! Seine Kleidung! Es war kein einziges Nike-Zeichen zu sehen. Es hatte nichts an Accessoires. Das muss es sein: Nacktheit. Nacktheit ist Freude!"

Renee riss sich ihre Kleidungsstücke eines nach dem anderen vom Leib. Ihr Hemd landete auf einer Bank, ihre Hose in einem Busch und ihre Unterhose wurde vom Wind gepackt, der sie die

Straße hinunter trug.

Sie lief weiter. Sie wedelte ihre Arme in Richtung einer Krähe, die knapp außerhalb ihrer Reichweite blieb:

„Schau mich an! Dies ist das Individuellste, was jemals jemand gemacht hat. Ich-Andere tragen vielleicht verschiedene Kleidung, die sie verändert und mit Accessoires versehen haben, aber sie alle tragen Kleidung. Ich nicht! Ich bin so individuell wie man bloß sein kann. Ich – gewinne – das Leben."

Renee schaute voller Staunen auf jeden einzelnen Baum, an dem sie vorbeikam: Auf den hochgewachsenen Ahornbaum dort, der die Aufmerksamkeit der Sonne einzufordern schien; auf jene Eiche, deren Wurzeln den kaputten Asphalt gepackt hatten; auf die Bäume, die von Weitem so klein wirkten; und auf die, die krumm dahockten, aufrecht standen oder deren Rinde tausend verschiedene Geschichten erzählen konnten.

Renee wurde beim Anblick dieser Bäume ganz euphorisch. Aber so viele Bäume auf einem Haufen zu sehen als sie in Hampstead Heath ankam, war fast zu viel für sie. Sie erstarrte, erinnerte sich an den obdachlosen Mann, schnitt eine Grimasse, fluchte und schaute hoch, um ihren Bildschirm zu finden.

Ihre Finger betätigten imaginäre Knöpfe in den Wolken.

Sie schloss ihre Augen, atmete tief ein und machte einen langsamen und zitterigen Schritt.

Sie mühte sich ab, selbstständig zu denken und wartete darauf, dass Ich-Grün einen Vorschlag machte oder Ich-Extra eine Warnung ausstieß.

Ihre Augen wurden von einem nostalgisch anmutenden Horizont angezogen, bei dem die Erde mit dem Himmel und der Himmel mit der Erde zu verschwimmen schien. Gelbe Flecken bedeckten das Tal, wo frische Gänseblümchen zu blühen begannen. Die Heide roch nach pochierten Birnen, Pollen und Mulch.

Ein niedrig hängender Dunst lag über allem, was sie sah.

Renees Avatare aber tauchten nicht auf. Keine Ich-Freunde kamen ihr zu Hilfe. Kein Bildschirm bot ihr Unterstützung an.

Renee blieb nichts anderes übrig, als sich Ich-Grün selber

vorzustellen. Und da war er, mit funkelnden Augen und tausend Pailletten auf seinem Kleid.

Und so begann Renee eine imaginäre Unterhaltung in ihrem Kopf:

„Das Wasser sieht göttlich aus."

„Ah ja, das Wasser. Was für eine großartige Idee."

„Ich bin schon ziemlich großartig."

„Das bin ich, ja, das bin ich!"

Renee marschierte durch das hohe Gras, wobei sie Samen aufwirbelte und schmatzend durch den Matsch stapfte. Sie machte einen Satz, als sie spürte, wie etwas an ihrem Knöchel vorbeistrich. Dann aber strahlte sie vor Freude. Sie lauschte einigen Nachtigallen, wie sie in den Büschen Selbstgespräche führten. Sie lauschte dem schiefen Gesang einer Heidelerche.

Sie ließ sich neben dem See nieder.

Seine Oberfläche glitzerte, so als ob er von einer Million türkiser Edelsteine bedeckt wäre. Lilien trieben auf dem Wasser umher, ohne sich wirklich fortzubewegen.

Renee lehnte sich hinab, um etwas zu trinken. Sie erblickte ihr Spiegelbild im Wasser, geriet in Panik und stieß ein höllisches Geschrei aus:

„Aaagh! Was ist das für ein hässliches Biest, das sich in diesem Teich versteckt? Weg mit dir! Geh weg! Hinfort, garstiger, verderbter Blob."

Es war das erste Mal, dass sie ihr Gesicht gesehen hatte, ohne dass es durch ihre Filter verändert worden war und sie konnte nicht glauben, dass es ihr eigenes war. Der Anblick ihrer Plastikwange füllte sie mit einer benebelnden Mischung aus Furcht und Abscheu. Ihr von Botox geschädigtes Auge ließ in ihr den Drang aufkommen zu schreien.

Sie rutschte rückwärts von dem See weg, schlang die Armee um ihre Knie. Sie wartete und wartete noch mehr und war enttäuscht, als das Monster nicht wieder auftauchte:

„Warum will es mich nicht anschauen? Bin ich zu schön? Bin ich zu gut?"

Sie nahm einen tiefen Atemzug, schob ihre Brust raus und

näherte sich dem See.

Als sie ihren Kopf über das Wasser reckte, tauchte das Monster von unten wieder auf. Sie wich zurück und das Monster wich zurück. Sie näherte sich wieder dem See und auch das Monster kehrte zurück. Sie bewegte sich zur Seite und das Monster folgte ihr:

„Es ist... Es ist kein Monster... Nein... Es ist... Ich bin es... Aber... Aber wie kann das sein? Wie kann ich so aussehen? Ich war vorher so schön. Nein! Ich will zurück! Ich will wieder perfekt sein. Ich bin wirklich nicht mehr perfekt."

Sie erinnerte sich an den obdachlosen Mann:

„Warum konnte ich nicht zu ihm gehen? Was stimmt nicht mit mir? Warum bin ich nicht mehr perfekt?"

Sie stellte sich ihren holografischen Bildschirm vor und sah zu, wie ihr Rank abstürzte, ihre Schulden wuchsen und lauschte einer schier unendlichen Zahl echoender Stimmen:

„Meine Schulden könnten mit 6500 einfachen Zahlungen beglichen werden."

„Ich würde garantiert einen Job bekommen, wenn ich zum Oxford Circus zurückkehren würde."

„Ich gehöre nach Kapselstadt."

„Kapselstadt ist sicher."

„Hier ist es gruselig."

„Hier ist zu viel Platz."

„Hier gibt es zu viel Freiheit."

„Ich muss dieser Freiheit entkommen!"

Sie kniff sich ins Bein:

„Nein, Renee, nein. Sei nicht so verdammt verrückt!"

Sie steckte sich die Finger in dem Versuch in die Ohren, den Stimmen zu entkommen, und blickte hinaus auf die Heide.

Alles, was sie sah, schien zufrieden zu sein. Die Blumen dort blühten unbewusst, ohne irgendwelche Gedanken oder Bedürfnisse. Die Gänse dort genossen die Brise. Nicht eine einzige Tabelle war in Sicht. Die Enten hielten keinen Wettbewerb ab, wer am tiefsten tauchen, am lautesten quaken oder am weitesten schwimmen konnte. Die Bäume versuchten nicht, die Luft zu monopolisieren.

Jede Kreatur war sich der Bedürfnisse der anderen bewusst. Wenn eine Ente einem Schwan zu nahe kam, blickte der Schwan auf, und die Ente wich zurück. Wenn der Strand überfüllt war, schwammen einige der Gänse eine Runde.

Renee schaute zwei schlafenden Hunden zu, die, eng umschlungen, sich gegenseitig als Kissen benutzten. Sie beobachtete zwei Katzen, die sich gegenseitig sauber leckten.

„Was machen sie da?", fragte sie ihre imaginäre Version von Ich-Grün.

Ich-Grün zuckte mit den Schultern.

„Warum sind die Miauer nicht wie ich? Warum bin ich nicht wie die Flatterer? Warum konkurrieren die Quaker nicht? Warum denken die Farbstöcke nicht? Was für Narren! Was für eine verdammte Harmonie! Meine Güte. Meine Güte."

Renee seufzte, lächelte und verbrachte die nächsten Stunden damit, die Szenerie zu betrachten.

***

Kaum hatte sie sich hingelegt, um sich auszuruhen, als ihr Körper zu jucken begann. Sie öffnete ihren improvisierten Beutel und zog ihre Ersatzhose und Hemd an. Sie kaute auf ihrem getrockneten Lachs herum, aß ihre Kalorienersatzpaste und ließ ihren Blick über das Gras schweifen.

Sie schaute einer Gruppe von Totengräberkäfern zu. Sie arbeiteten zusammen, um eine tote Maus zu einem offenen Stück Erde zu tragen, gruben ein Loch, warfen die Maus hinein und legten einer nach dem anderen ihre Eier darauf ab.

Renee glaubte den Verstand zu verlieren:

„Warum konkurrieren die Viecher nicht mit einander? Was ist bloß los mit ihnen? Jedes einzelne Viech hätte das tote Ding für sich alleine haben können."

Ihre Gedanken rasten:

„Aber bin ich denn wirklich so verschieden? Ich wollte mich mit dem Mann mit dem dummen Schild verbünden. Ich wollte wie die komischen Viecher sein."

Körperlich und geistig ausgelaugt, wie sie von ihrem Marsch und den Dingen, die sie gesehen hatte, war, konnte Renee ihre Gedanken nicht kontrollieren:

„Warum konnte ich dem blöden Mann nicht ´Hallo` sagen? Was stimmt nicht mit mir? Wenn die Viecher sich verbünden können, warum konnte ich es nicht?"

Die Begegnung spielte sich wieder und wieder in Renees Gedanken ab.

Hier stand sie, an Ort und Stelle festgefroren, und starrte auf das Gesicht des Bettlers. Dieses wettergegerbte Gesicht, das sich nicht der Eitelkeit der Individutopie unterworfen hatte. Hier stand sie, wie sie versuchte sich zu bewegen, „Hallo" zu sagen; aber sie konnte sich nicht bewegen, konnte nicht „Hallo" sagen. Sie wirbelte herum, sprintete davon, floh, versagte:

„Aber ich will ein anderes Ich! Ich brauche ein anderes Ich. Ich muss ein anderes Ich haben. Und ich werde ein anderes Ich haben. Ich weiß es, ich weiß es einfach. Es ist meine Mission, mein Ziel. Und ich erreiche immer mein Ziel. Ich bin Renee Ann Blanca. Ich bin die Beste!

Aber was, wenn ich wieder wie erstarrt bin? Was ist, wenn ich denselben Ich-Anderen treffe und er sich daran erinnert, wie ich versagt habe? Was ist, wenn ich einen neuen Ich-Anderen treffe und nicht sprechen kann oder stottere oder nur etwas vor mich hinmurmeln kann? Was ist, wenn ich einer Gruppe von Ich-Anderen begegne? Was ist, wenn sie mich anstarren und lachen und auf mich zeigen? Ist es das, was ich will? Ja! Ich brauche Ich-Andere. Aber kann ich damit fertig werden? Nein! Ich weiß es nicht. Ich weiß es einfach nicht."

Renee wandte sich hin und her. Sie stellte sich hunderte von verschiedenen Fragen, fand hunderte verschiedene Antworten, aber keine war zufriedenstellend. Die Dämmerung kroch ihr die Knöchel hinauf. Ihr Haar verhedderte sich und ihre Ärmel wetzten sich ab. Die heraufziehende Einöde des nächtlichen Himmels ängstigte sie. Dasselbe galt für die ölige Oberfläche des Sees, die zu leben schien, und für die hagere Gestalt des Mondes, der alles zu erleuchten aber nichts zu offenbaren schien.

Diese furchterregende, wilde Nacht hätte sie sicherlich um ihren Schlaf gebracht, wenn sie nicht vollkommen erschöpft gewesen wäre.

Sie schloss die Augen und fiel in einen katatonischen Schlaf.

NORDEN

„Ich denke, also bin ich."
RENÉ DESCARTES

Ich bin noch immer hier und beobachte unsere Renee. Sie ist aber nicht mehr so klar zu erkennen. Es fühlt sich für mich nicht mehr so an, als ob ich bei ihr wäre. Ich betrachte sie durch eine einzelne Linse und die Sicht ist eingeschränkt.

Wie bei einer Tochter, die ausgezogen ist und nur selten anruft, habe ich die Befürchtung, dass wir uns voneinander entfernen. Ich liebe sie immer noch sehr, aber ich kann mir nicht sicher sein, ob diese Liebe erwidert wird.

Sehen Sie sich sie bloß gerade an! Können Sie sie sehen, hier, mit ihrem dreckigen Gesicht und dem zerzausten Haar? Haben Sie jemals zuvor so etwas gesehen?

Meiner treu. Wachstumsschmerzen sind das Schlimmste.

Renee zieht sich die Knie vor ihre Brust. Wo sie auf dem harten unebenen Boden gelegen hat, ist sie wund. Insekten tummeln sich in ihrem verfilzen Haar. Es hängt ihr vorne und hinten in Strähnen herab. Ihre Plastikwange hat eine bräunliche Färbung und ihre gute Wange ist zerkratzt.

Sie isst ihr restliches Essen, macht sich Sorgen, wo die nächste Mahlzeit herkommen wird, steht auf, trinkt etwas Wasser aus dem See und macht sich auf in Richtung Norden.

***

Bei dem Anblick so vieler verlassener Häuser lief es Renee kalt den Rücken hinunter. Sie konnte beinahe die Leben sehen, die sich in ihnen abgespielt hatten. Das schiere Gewicht ihrer Abwesenheit überwältigte sie beinahe. Die Wände, die wie faltige Haut wirkten. Die schiefen Dächer, die ihre Ziegel verloren haben. Und die Fundamente, die im Boden versanken und sich selbst begruben. Ein Trauermarsch, der seit Jahrzehnten andauerte.

Sie entschied sich bewusst dafür, solche Stadtgebiete zu meiden, wann immer sie konnte. Sie stapfte durch eine Reihe von Parks, Golfklubs und versuchte dabei dieselbe Krähe zu fangen, wie am Tag zuvor.

Sie stellte sich vor, dass Ich-Grün an ihrer Seite wäre.

Zusammen blickten sie mit vor Verwunderung weit aufgerissenen Augen auf die natürliche Welt, hatten imaginäre Unterhaltungen und stellten Fragen, auf die keiner von Beiden eine Antwort hatte. Sie hatten das Gefühl, dass die Natur ihnen etwas beibringen konnte, aber sie verstanden die Sprache nicht.

Sie sahen einer Schar Vögel dabei zu, wie sie in Formation flogen, ohne zu ahnen, dass die stärksten Vögel sich dabei abwechselten, an der Spitze zu fliegen. Sie sahen einen Adler, der seine Freunde rief, ohne zu wissen, dass er sie einlud sich an den Resten eines toten Pferdes zu laben. Sie sahen einer Vielzahl von Tieren dabei zu, wie sie eine Reihe von Spielen spielten. Sie jagten sich, tobten miteinander und warfen kleine Happen zum Essen hoch und versuchten sie aufzufangen:

„Was tun die Viecher da?"

„Das ergibt keinen Sinn."

„Die Viecher sind verrückt."

„Komplett durch den Wind."

***

Renee hatte ein Reh nachgeahmt und einige Gänseblümchen zum Mittagessen gegessen, was allerdings nur wenig half, um ihren Hunger zu stillen. Sie hatte keinerlei Werbung gesehen und hatte kein Verlangen nach synthetischem Essen und war begierig darauf herauszufinden, was für Leckereien sich in dieser seltsamen neuen Welt finden ließen.

Sie fand sich nördlich von Barnet wieder:

„Wow!"

Eine gewaltige Wiese erstreckte sich vor ihr.

Der senfartige Duft von Rapssamen lag in der Luft. Flecken des gelben Gewächses fanden sich immer noch auf der Wiese, aber es war bei Weitem nicht das Einzige. Es fanden sich Gräser und Kräuter, die schon kurz nachdem dieses Feld aufgegeben worden war Fuß gefasst hatten. Hier einige Büsche, die ein paar Jahre später gewachsen waren. Und dort stand eine Baumreihe, die nach mehr als einem Jahrzehnt entstanden war, und eine Autobahn verdeckte, die in der Ferne stand.

„Diese ´Mum` Person lebt in der Nähe von diesen braunen Pollern mit den grünen Hüten."

„Das tut sie!"

„Ja, das tut sie."

„Ja! Darum geht es hier! Ich muss diese ´Mum` finden. Ich muss sie sofort finden!"

Renee eilte voller Aufregung und Enthusiasmus über die Wiese und stellte sich Ich-Grün vor, die an ihrer Seite war. Sie stolperte über etwas Gestrüpp, fiel hin, klopfte sich ab und lief weiter.

Sie streichelte die runzelige Rinde, als sie sie erreichte. Dann sah sie sie, zwischen einer Eiche und Ulme:

„Äpfel! Ich wusste doch, dass an diesen buschigen Pollern was dran war. Sie lieben mich. Sie sind die Antwort!"

Sie machten einen Sternensprung und lächelte ihr albernes Lächeln und schaute hoch, um nach ihren Bildschirmen zu suchen:

„Essen, wunderbares Essen!"

„Ich bin wahrscheinlich die Nummer eins auf der Essen-Finden Tabelle."

„Wahrscheinlich bin ich das."

Sie hielt inne:

„Aber warum um alles in der Welt würde Nestlé seine Äpfel an diesem buschigen Poller anbringen? Das ergibt keinen Sinn. Warum werden sie nicht per Drohne geliefert? Es ist so... So..."

„Unprofitabel?"

„Unproduktiv!"

Renee lief ein Schauer über den Rücken:

„Vielleicht ist es eine Falle. Oh, meine Renee! Nestlé will mich vergiften. Dann muss ich nach London zurückkehren und Medizin kaufen.

Oh, warum bin ich bloß von dort weggegangen? Warum konnte ich nicht mit dem Mann reden? Warum? Warum???"

„Verflucht sei Nestlé."

„Verflucht sei ich."

Renee zuckte zusammen, wich zurück und setzte sich neben der Ulme hin.

Sie hatte den plötzlichen Drang einen Apfel aufzuheben. Sie

hielt sich zurück und dachte an den obdachlosen Mann, dachte an die Äpfel, tippte mit der Hand gegen die Ulme, ließ ihre Knöchel knacken, wurde noch hungriger, stand auf und sagte sich, dass es eine Falle war.

„Eine Falle!"

„Ja, eine verdammte Falle."

***

Die Sonne bewegte sich im Schneckentempo durch den Himmel.

Renee hatte den Eindruck, dass alles vollkommen regungslos war, bis ein Grashüpfer vor ihrer Nase vorbei sprang. Er verschwand hüpfend in der Ferne und floh um sein Leben.

„Sollte ich auch fliehen? Werde *ich* angegriffen?"

„Angriff! Angriff! Weg hier!"

Renee sprang auf, stoppte sich dann aber selbst und beurteilte die Lage.

Das Einzige, was sie sehen konnte, war eine einzelne Ameise:

„Was? Warum? Das ergibt keinen Sinn. Warum sollte der große Käfer vor dem kleinen fliehen?"

„Er könnte ihn töten."

„Er hätte den kleinen Käfer zum Frühstück verspeisen können."

Renee dachte einige Minuten über diese Tatsache nach, bevor ihr eine zweite Ameise und dann eine dritte auffiel. Sie sammelte sich am Bau des Grashüpfers.

Ihr kam ein seltsamer Gedanke:

„Der große Käfer hatte keine Angst vor dem kleinen Käfer. Er hatte Angst vor tausenden von kleinen Käfern, die sich zusammentun."

„Zusammen sind sie stark."

„Aber nein! Das ergibt keinen Sinn. Nein, nein, nein! An was für einem Ort bin ich hier gelandet, an dem oben unten ist und schwarz weiß ist? Die kleinen Käfer sollten nicht zusammen arbeiten. Sie sollten darum konkurrieren, wer der Beste ist."

Eine Ader stand auf Renees Stirn vor.

Sie sah zu, wie zwei Ameisen sich mit ihren Antennen berührten. Die eine Ameise würgte eine Flüssigkeit hoch, die von der anderen verzehrt wurde.

Obwohl Renee all das gesehen hatte, ignorierte sie das Teilen von Nahrung. Stattdessen redete sie sich ein, dass die Ameisen ihre Antennen benutzt hatten, um zu kämpfen.

Zwei weitere Ameisen taten sich zusammen und hoben ein Blatt an, das das Vielfache ihrer Größe hatte, und trugen es fort.

Renee ging davon aus, dass sie beide das Blatt für sich haben wollten und die Zusammenarbeit jeden Moment einstellen würden. Sie schaute den Ameisen weiter zu, während die Sonne unterzugehen begann und den Himmel in phantasmagorische Farben tauchte: Gold, dann Aprikose, dann Rot. Als zwei Hasen durch das Gras heran gehoppelt kamen, einen Apfel fanden, ihn sich teilten und wieder wegsprangen, hatte er eine zinnoberrote Färbung angenommen.

Renee kratze sich am Kopf:

„Es scheint ihnen gut zu gehen."

„Nicht vergiftet."

„Nein. Absolut in Ordnung."

Sie stand auf, schlenderte zu dem Apfelbaum hinüber und bückte sich zu einem Apfel hinunter, der auf dem Boden lag. Ihr Herz hämmerte. Sie hob den Apfel an ihr Gesicht und nahm ihn von allen Seiten in Augenschein. Dann hob sie ihn an ihren Mund und knabberte an seiner Schale:

„Bei der heiligen Mutter von mir! Der ist so viel besser als andere Äpfel. Aber warum? Ist er süßer? Ist er knackiger? Er ist auf jeden Fall besser, aber es ist unmöglich zu sagen warum."

„Unmöglich."

„Absolut nicht möglich."

Sie reckte sich hoch, um einen Apfel vom Baum zu pflücken. Sie biss hinein und grinste bis über beide Ohren, bis ihre Wangen zu krampfen begannen. Dann grinste sie noch etwas mehr:

„Er ist sogar noch besser als der Letzte!"

Sie aß einen Dritten und dann einen Vierten:

„Ich wiege mich gar nicht vor und zurück. Aber ich wiege mich immer vor und zurück, wenn ich esse. Warum tue ich das nicht? Warum?"

Sie geriet beinahe in Panik. Dann wurde ihr aber klar, dass es keine Rolle spielte, griff sich einen fünften Apfel und dann einen sechsten.

Vollgefressen und zufrieden rollte sie sich zusammen und schloss ihre Augen.

***

Die Sonne befand sich noch über dem Horizont, als Renee durch den Klang ferner Schritte geweckte wurde.

Sie blickte in die Schatten hinein und sah zwei geisterhafte Figuren, die sich näherten.

Die Erste war eine Frau, weiß wie Milch. Sie sah aus wie ein Skelett, das in Nike Zeichen gekleidet war. Ihr Hemd war voller Löcher, zerrissen und verdreckt. Lose hing es ihr von ihren krummen Schultern. Einzelne Haarflecken hingen ihr matt vom Kopf herab.

Der Mann hingegen!

Renee hatte noch nie ein Gesicht gesehen, dass so von Angst und Schmerz gezeichnet war. Er war ein Alpha-Männchen: Groß, stark und rau aussehend. Aber das Flackern in seinen Augen zeugte von einer Angst, die seinen muskulösen Körper Lügen strafte. Er hatte seinen Kopf ganze zehn Zentimeter nach vorne gestreckt, fast so, als ob er nach Gefahren schnüffeln würde. Er wieherte und schnaubte wie ein Pferd, wobei er sich in schnellen Bewegungen von Seite zu Seite drehte, die Zähne gebleckt und die Hände zum Kampf bereit gehalten.

Sie nahmen sich weder gegenseitig, noch Renee, wahr und wedelten mit den Armen in Richtung der Krähen, die über ihnen flogen. Sie liefen wie Zombies daher, die Arme ausgestreckt, von links nach rechts, bis sie den Apfelbaum erreichten und ihn und sich gegenseitig umkreisten.

Renee konnte ihren Augen nicht glauben:

„Ich-Andere sind nicht echt. Sie können nicht entkommen sein. Das würde heißen, dass ich nicht einzigartig bin. Nein! Das wäre nicht akzeptabel."

Sie schlang die Arme um ihre Knie:

„Ich existiere. Das weiß ich, ich weiß es einfach. Aber wie? Weil ich denke! Ich denke, also bin ich. Ich kann meinen eigenen Augen oder Ohren nicht trauen, wenn es darum geht, was ich sehe oder höre. Der Mann ist bloß das Produkt meiner Fantasie. Die Frau ist nichts weiter als Licht und Luft. Sie existieren nicht, aber ich tue es. Ich denke, also bin ich! Ich *bin* die Einzige, die entkommen ist. Ich *bin* ein Individuum. Ich – gewinne – das Leben!"

Der Mann biss in einen Apfel.

„Nein!!! Was ist das für eine neue Teufelei?

Wenn ich sie mir bloß vorstellen würde, könnten sie keine Äpfel in Händen halten. Es sei denn, dass ich mir auch die Äpfel bloß einbilde. Aber nein, ich habe selber einen Apfel gepflückt. Der Apfel *ist* echt. Er isst wirklich einen Apfel. Er stiehlt *meinen* Apfel."

Renee schrie:

„Das ist *mein* Apfel! Meiner, alles meine! Wie kannst du es wagen, meinen Apfel zu nehmen? Der Schuft! Es ist *mein* Apfel. Gib ihn her. Gib mir sofort mein Nestlé!"

Renee machte einen Satz vorwärts und griff nach dem Apfel, aber der Mann stieß sie einfach mit der Handfläche zur Seite.

Sie fiel auf ihre Schulter, die sofort zu pochen begann.

Sie wollte Augenkontakt mit ihm herstellen und „Hallo" sagen, aber ihr Körper weigerte sich, ihre Gedanken in die Tat umzusetzen. Ihre Muskeln waren angespannt und sie wurde sich extrem ihrer selbst und des Mannes bewusst. Sie machte sich Sorgen, dass er antworten könnte, und sie machte sich sorgen, dass er es nicht tun würde.

Ihr kam ein Gedanke:

„Einen verdammten Moment mal! Ich *habe* mit ihm gesprochen. Ich habe ihm gesagt ´Das ist mein Apfel` und ´Gib mir sofort mein Nestlé`. Wir haben uns berührt, als er mich weggedrückt hat. Ich habe mit einem anderen Ich gesprochen! Ich habe ein anderes Ich berührt! Ich kann es tun! Ich kann es!"

Renee machte einen Sternensprung. Dieses Mal aber schaute sie nicht auf der Suche nach ihren Bildschirmen nach oben. Sie erstarrte nicht oder stotterte oder drehte sich um und rannte fort. Sie machte sich keine Sorgen um die Reaktion des Mannes. Überkommen von großem Selbstvertrauen trat sie an den Mann heran, legte ihre Hand auf seine Schulter und sagte in einem bombastischen Tonfall:

„Hallo! Ich bin Renee. Ich bin superb."

Der Mann schubste Renee zur Seite, drehte den Kopf zur Seite, schnaubte und aß einen weiteren Apfel.

Renee trat an die Frau heran.

„Hallo", sagte sie. „Ich existiere! Ich war unter den ersten Zehn in der Am Kopf Kratzen Tabelle.

Die Frau reagierte nicht.

Renee drehte sich zu dem Mann und sagte „Hallo". Sie drehte sich zu der Frau und sagte „Hallo". Mann. Frau. Mann.

Sie reagierten nicht.

„Es ist nicht genug."

„Ich muss mehr tun."

„Sie müssen meine Existenz anerkennen."

„Sie müssen auf mich reagieren."

Sie rannte hierhin und dorthin und sagte „Beachtet mich", sagte „Ich bin die Beste", tippte die Frau an und kniff den Mann.

Sie hielt inne, legte sich den Finger auf die Unterlippe und erkannte, dass ihre Gefährten ihre Gasmaske nicht trugen. Sie versuchte Augenkontakt herzustellen, ließ auch nicht nach, als sie zurückzuckten. Sie zeigte auf ihre Gesichter, zeigte auf *ihr* Gesicht, nahm ihre Gasmaske ab, geriet in Panik, setzte sie fast wieder auf, riss sich zusammen, legte die Gasmaske auf den Boden und reckte ihren Daumen in die Höhe.

Die Luft war herrlich. Fern der Zivilisation war sie wieder rein geworden und zu ihrem natürlichen Zustand zurückgekehrt.

„So!", sagte sie zu der Frau. „Schau mich jetzt an. Ich sehe aus wie du!"

Die Frau schaute hoch.

Renee entdeckte etwas in ihrem Gesicht. Etwas Kleines: ein Zucken oder vielleicht leicht weicher werdende Gesichtszüge.

Renee wollte mehr:

„Wahrscheinlich trägt sie ihre Plalinsen. Was soll ich da auch erwarten?

Sie lächelte sanft, machte einen Schritt zurück und sprach die

Frau von etwas weiter entfernt an:

„Du und ich wir können Morgen reden. Also... Ich konnte zuerst nicht mit Ich-Anderen sprechen... Es ist schwer. Ich verstehe das. Es braucht Zeit. Am Morgen... Wir werden am Morgen reden."

Die Frau reagierte nicht.

Renee zuckte mit den Schultern, seufzte und ließ sich unter einem Baum nieder.

Von ihrer tief liegenden Position schaute sie zu den Vögeln in den obersten Zweigen empor. Sie beschützten die kleineren Vögel unter ihnen und schlugen mit den Flügeln, wann immer sich ein Eindringling näherte.

Renee schaute zu dem Mann und dann der Frau. Sie überzeugte sich davon, dass sie da waren, und sie überzeugte sich davon, dass sie echt waren. Sie fragte sich, ob sie *sie* beschützen würden, falls ein Eindringling sich näherte. Ein Hausspatz kehrte zurück und teilte sein Essen.

Zusammen erschufen die Vögel eine Symphonie des Klangs. Es war beinahe nicht auszuhalten. Aber je mehr Renee zuhörte, desto mehr passten sich ihre Ohren an. Sie bemerkte die Melodien, dann den Rhythmus und dann die pure Freude, die den Chor zusammenschweißte.

Er wiegte Renee in den Schlaf.

***

Sie schlief nicht lange.

Der Klang von starkem Hecheln weckte sie auf. Sie konnte den warmen, feuchten und fleischigen Atem riechen, der die Luft durchdrang. Sie konnte die Pfotenabdrücke spüren, die die den Boden berührten.

Acht Paar aus dämonischen Augen leuchteten wie Rubine in der Dunkelheit.

Renee war von Wölfen umringt.

Sie waren gewaltig.

Als die menschliche Bevölkerung in London eingepfercht worden war, waren die meisten Haustiere gestorben. Sie waren drinnen eingesperrt, ohne Zugang zu Essen oder die Fähigkeiten für sich selbst zu sorgen. Aber einigen Hunden war die Flucht gelungen. Einige hatten sich mit Wölfen gepaart und dadurch Rudel aus intelligenten Wolfshunden erschaffen, die nachts die Prärie durchstreiften.

Renee konnte sie jetzt erkennen. Sie konnte ihre irren und finstern Blicke sehen, ihre verdorbenen Augen, offene Kiefer, scharfe Zähne, ihren breitbeinigen Stand und ihre aufgerichteten Ohren.

Ihr Herz begann zu pochen:

Bah-bamm. Pause. Bah-bamm. Pause. Bah-bamm.

Sie setzte sich zitternd auf und versuchte einzuordnen, was sie sah:

„Ich hätte niemals von zuhause weggehen sollen."

„Kapselstadt war schlimm, aber wenigstens war ich dort sicher."

„Was soll ich tun?"

„Überleben!"

„Nun, was denn sonst!"

Renee schnalzte mit der Zunge, rollte ihre Augen und blickte sich nach ihren Gefährten um.

Der Mann stand unter dem Baum. Er bleckte die Zähne, die Hände ausgebreitet, und seine Jacke wehte wie ein Cape.

Er trat einige Steine fort und brüllte:

„Auuuuuah! Auuuuuah! Weg mit euch! Ich bin das stärkste Ich auf dem Planeten: der Beste der Besten. Ich fresse jedes Monster bei lebendigem Leib."

Die Stimme des Mannes ließ Renee zusammenfahren. Er schnaubte weiter wie ein Pferd, was seine Stimme hallen ließ, aber seine Tonlage verriet ihn. Er klang wie ein Chorknabe, der zu viel Helium inhaliert hatte:

„Arrgh! Kommt ruhig her. Versucht es doch! Ich bin der zwölfte in der Aggressionstabelle. Ich führe die Monster Töten Tabelle an!"

Renee versuchte krampfhaft nicht zu lachen.

Die Wölfe kamen näher.

Renee versuchte sich nicht in die Hose zu machen. Sie rollte sich zu einem Ball zusammen und versuchte still zu sein.

Aus dem Augenwinkel erhaschte sie im orangenen Mondlicht

einen Blick auf die Frau. Ihr Kopf fuhr zwischen dem Mann und den Wölfen hin und her. Ihr Atem kam in kurzen und abgehackten Zügen.

Furcht übermannte sie und sie dachte bloß an ihr eigenes Überleben. Sie wirbelte herum und rannte davon und ließ ihren Gefährten alleine zurück, um mit den Wölfen fertig zu werden.

Den Wölfen aber lag es im Blut, ihre Beute zu jagen. Sie sprangen los und stürzten sich auf die Frau. Sie vergruben ihre Zähne in ihrem Hals, der ohne Widerstand brach.

Renee unterdrückte einen Schrei.

Zwei Krähen krächzten.

Die dritte Krähe flog davon.

Blut quoll aus der Kehle und glitzerte dabei im Mondlicht, fast wie ein karmesinroter Regen. Die Beine der Frau gaben nach und ihr Torso fiel wie ein Stein zu Boden.

Die Wölfe rissen das Fleisch von den Knochen.

Renee zitterte:

„Was tun die pelzigen Biester? Wenn sie etwas essen wollen, sollten sie was bei Amazon bestellen. Es gibt keinen Grund, so fies zu sein."

Sie wusste nicht, wie sie reagieren sollte. Es hatte sie gefesselt, wie majestätisch der Angriff gewesen war. Die Blutfontäne hatte Laune gemacht. Aber der Anblick des Kopfes der Frau, wie er schlaff von ihren Schultern hing, hatte unserer Renee schreckliche Angst bereitet. Ihre Brust schnürte sich zu und sie hatte Probleme zu atmen:

„Das hätte ich sein können. Was ist, wenn ich die Nächste bin? Warum sind Ich-Andere nur so? Warum???"

Sie konnte den Blick nicht abwenden:

„Warum essen sie ein anders Ich? Warum essen sie kein Fleisch? Es macht keinen Sinn."

Ihre Lippen fühlten sich trocken an:

„Die pelzigen Biester sind schneller als ich, mit scharfen Zähnen und Klauen. Sie könnten dieses Spiel alleine spielen. Warum tun sie es also zusammen? Warum teilen sie ihre Mahlzeit? Warum???"

Sie zitterte, schlang ihre Arme um die Knie, führte eine imaginäre Unterhaltung mit Ich-Grün, machte sich Sorgen, geriet in Panik und wartete.

Sie wusste nicht, wie lange die Wölfe brauchten, um ihre Mahlzeit zu beenden. Vielleicht waren es Sekunden, vielleicht aber auch Minuten oder Stunden. Schließlich aber waren sie fertig und Renee erhob sich.

Sie wurde von den Überresten der Frau angezogen.

Die Krähen verstummten.

Renees Gedanken verstummen.

Eine einzelne Frage schob sich in ihren Gedanken nach vorne und verlangte ihre Aufmerksamkeit:

„Hätte ich helfen sollen?

Nein! Die Frau hätte persönliche Verantwortung übernehmen sollen.

Hätte ich helfen sollen?

Nein! Nur die Stärksten verdienen es zu überleben.

Hätte ich helfen sollen?

Nein! Sie hätte sich selbst helfen sollen.

Hätte ich helfen sollen?

Hätte ich helfen sollen?

Hätte ich helfen sollen?"

DER TAG NACH DER VORHERIGEN NACHT

„Lernen ergibt sich, wenn der Wettbewerbsgedanke verschwunden ist."
JIDDU KRISHNAMURTI

Es war schon Mittag, als Renee aufwachte.

Das Erste, was sie sah, war ein weißes Kaninchen, das genauso schnell wieder verschwunden war wie es auftauchte.

Das Zweite, was sie sah, war der Mann, wie er in einen Apfel biss.

Renee trat von hinten an ihn heran, wodurch er sich erschreckte und seine Mahlzeit fallen ließ.

Sie verstand nicht genau, was oder warum sie das tat, aber Renee ging in die Hocke, hob den Apfel auf und hielt ihn dem Mann hin.

Er erstarrte. Er atmete nicht, sein Herz schlug nicht, er zucke nicht zusammen oder schwankte oder zitterte. Dieser beinahe versteinerte Zustand hielt etwas weniger als eine Sekunde an, bevor er sich mit einem Griff, schneller als das Auge folgen konnte, den Apfel packte und Renee zu Boden stieß.

Renee tadelte sich selbst:

„Warum um alles in der Welt habe ich das getan?"

Sie hatte das Gefühl, als ob eine fremde Person sich in ihrem Körper eingenistet und die Kontrolle über ihre Glieder übernommen hätte. Sie zwang sie dazu Dinge zu tun, die sie niemals selbst getan hätte. Es ängstigte sie zu Tode. Sie fragte sich bang, was sie wohl als Nächstes tun würde.

Der Mann sah verärgert aus und Renee konnte es ihm nicht verübeln:

„Wenn ich in seiner Position wäre, hätte ich persönliche Verantwortung übernehmen wollen und mir meinen Apfel selbst wiedergeholt. Ich wäre außer mir gewesen, wenn ein anderes Ich mir in die Quere gekommen wäre. Fuchsteufelswild!

Oh, Renee, wie konnte ich nur so... Aaagh!"

Es schien ihr, dass ihr keine andere Wahl blieb, als ihre

Individualität auszudrücken.

Da der Mann sie weggedrückt hatte, sah sie sich dazu genötigt, ihn zu sich zu ziehen. Er schloss seine Augen, also öffnete Renee ihre. Sie drückte ihm einen Kuss auf die Wange. Gierig sog sie ihn in sich auf, wie ein Tier, das gerade eine Wasserquelle gefunden hatte.

Renee lächelte.

Der Mann runzelte die Stirn.

Renee sagte „Entschuldigung".

Der Mann schwieg weiter.

Renee warf sich in Schale. Sie beugte sich vorne über und zwinkerte verführerisch wie Marilyn Monroe.

Der Mann ignorierte sie.

Renee bedeutete ihm zu essen.

Der Mann hörte auf zu essen.

Renee knabberte an einem Apfel.

Der Mann verschlang einen.

Renee schlug ein höheres Tempo an. Auch der Mann schlug ein höheres Tempo an. Renee nahm sich einen zweiten Apfel. Der Mann griff sich einen Dritten.

Apfelsamen, Kerne und Stiele segelten wie natürliches Konfetti umher.

Renee stellte sich ihren Bildschirm über sich vor und sah zu, wie er Punkte zählte:

Drei zu zwei für den Mann. Fünf zu vier für Renee. Elf zu zehn. Sechzehn zu fünfzehn.

Sie sah, wie ihr Rang im Apfelessen in die Top-Eintausend stieg... Die Top-Einhundert... Die Top-Zehn.

Ihr Bauch wurde kugelrund und ihr Magen grummelte, aber Renee kümmerte es nicht. Sie reckte ihren Arm über ihren Kopf, verzog das Gesicht und pflückte einen weiteren Apfel. Sie schnaufte schwer und hob den Apfel an den Mund.

Sie fiel um, steckte sich den Apfel zwischen die Zähne und aß ihn freihändig.

Renee hatte achtzehn Äpfel gegessen. Der Mann aber hatte einundzwanzig geschafft.

Sie fand eine verborgene Energiereserve in sich und sprang auf die Füße. Sie packte sich drei Äpfel und schlang sie wie wild hinunter. Dann fiel sie auf die Knie und hielt sich den Bauch. Sie spuckte etwas Fruchtfleisch aus und dann etwas Schale. Keuchend schaute sie zu dem Mann hoch:

„Ich bin am Ende, Ich-verdammt. Gleichstand einundzwanzig!"

Der Mann hielt sich die Rippen, als er um den Baum herum stapfte. Ihm fehlte ein einziger Apfel, um zu gewinnen. Aber wütend wie er war, und unfähig seinen Kopf zu heben, konnte er die restlichen Äpfel nicht entdecken, die an den obersten Ästen hingen.

Er ließ sich zu Boden fallen.

Nachdem einige Momente vergangen waren, angefüllt mit Magengeräuschen, sich den Bauch halten, tief atmen, schnaufen, nach Luft schnappen und husten, schaute der Mann endlich zu Renee herüber. Er zögerte, wandte sich wieder ab und vergrub seine Finger in der Erde. Dann fasste er sich ein Herz, drehte sich zu Renee um, schaute ihr in die Augen und lächelte.

Renee lächelte.

Der Mann lachte.

Renee lachte.

Der Mann drehte sich weg.

**

Renee fuhr sich mit den Fingern durch die Haare. Sie kam gerade einmal zwei Zentimeter weit, bevor sie mit ihnen stecken blieb. Als sie ihre Nase berührte, fühlte sie sich krümelig an. Ihre Achseln rochen nach Essig und Fleischresten.

Sie trottete zu einem Bach hinüber, in dem sie sich wusch und etwas Wasser trank. Anschließend ging sie zu ihrem Baum zurück.

Ein leichter Dunst lag wie eine Schicht Moos über der Wiese, flüchtig und aufdringlich. Das Gras wogte in der Brise umher, aber die Büsche blieben davon unbeeindruckt. Ein einzelner Stern war am Taghimmel zu sehen, der dort alleine hing und dem das Ganze etwas peinlich zu sein schien. Das einsame Zirpen einer Grille war für einige Minuten zu hören.

Der Nachmittag dauerte noch mehrere Stunden an.

Ohne einen Job, ohne das Bedürfnis zu arbeiten, oder irgendwelche Bildschirme, die sie ablenkten, befand sich Renee in einem Zustand ungestörter Stille. Sie sah einem Fuchs dabei zu, wie er sein Fressen mit einem Gefährten teilte, und beobachtete eine Gruppe Ameisen. Sie wurde dabei von dem Wissen beruhigt, dass der Baum immer noch ein paar Äpfel trug, und dass der Mann schon bald ihr Freund sein würde.

Die Leere der ungenützten Zeit wich bald schon intensiver Selbstreflexion.

Renees Augen wurden immer wieder vom Schädel der Frau angezogen. Er lag mit dem Gesicht nach oben da, seines Fleisches beraubt, und schien geradezu zu schreien.

Die vorherige Nacht lief vor ihrem inneren Auge ab: Die Wölfe, wie sie fraßen, und ihr Herz, das in ihrer Brust hämmerte. Die Frau, wie sie schreiend weglief und hinfiel. Die Wölfe, wie sie sich auf sie stürzten, Fleisch aus ihr rissen und sie zerfetzten. Knochen brachen, Blut spritzte, ihr Lebenslicht flackerte und erlosch. Nichts war nach der letzten Nacht noch verblieben, nicht einmal ein flüchtiges Zeichen, um zu zeigen, dass dies einmal eine Person gewesen war.

Endlos spielten sich diese Bilder ab. Immer wenn sie fort waren, erklang der Ruf einer Krähe, der Renees Erinnerungen wieder wach rief und sie war gezwungen, die Tortur von Neuem zu durchleben.

Sie zweifelte an jedem kleinen Detail: Fiel der Kopf der Frau nach links oder nach rechts weg? Hat ein Wolf sie umgebracht oder waren es zwei? Waren es wirklich acht Wölfe gewesen? War sie sich sicher, dass es eine Frau gegeben hatte? Konnte sie ihren Sinnen in irgendeiner Form trauen?

Je größer ihre Zweifel an den Ereignissen der letzten Nacht wurden, desto größer wurden in ihr Furcht, Horror, Wut, Schuld und Scham. Sie war gefangen in einer Falle aus negativen Emotionen und konnte weder dankbar dafür sein, dass sie überlebt hatte, noch wollte sie glauben, dass die Dinge sich zum Guten wenden würden.

Sie lief purpurn im Gesicht an, trat ein Stück Gras weg und bekam einen Wutausbruch:

„Es ist nicht meine Schuld, dass die Frau gestorben ist… Ich könnte die Nächste sein! Das würde mir recht geschehen, weil ich nicht geholfen habe. Ich werde die Nächste sein! Ich bin langsam und schwach, mit stumpfen Zähnen und armseligen Nägeln. Wie soll ich in dieser Welt aus Fängen, Klauen, Hörnern und Hauern überleben? Ich werde sterben, alleine kann ich es nicht schaffen!"

Renee wollte sich in ihrer Kapsel zusammenrollen und mit ihren Avataren sprechen. Sie wollte Facebook checken, twittern, sich um ihre Schulden kümmern, ihre Platzierungen analysieren, nach einer Anstellung suchen und einen Job erledigen. Alles, um sich bloß von den Ereignissen der vorherigen Nacht abzulenken:

„Ich kann nichts davon tun. Alle meine Sachen sind in der Stadt."

Sie überlegte sich neue Dinge, um sich abzulenken: Sie verglich die Größe ihrer Finger, zählte die Haare an ihren Beinen und schritt zwischen den Bäumen hin und her. Dabei hob sie mit jedem Schritt die Knie ein wenig höher an bis sie schließlich auf der Stelle vor sich hin stapfte.

Sie murmelte:

„Ich verstehe es nicht. Nichts von alle dem. Ich muss nach Hause, wo alles sicher ist."

Sie rang um Atem:

„Oh, was für eine endlose Leere! Was für ein grenzenloses Meer aus Zweifeln!"

Sie fühlte sich, als wäre sie vom Leben getrennt. Sie träumte nicht länger davon, ihre Schulden abzubezahlen, eine Kapsel zu kaufen oder sich zur Ruhe zu setzen. Sie hatte die Hoffnung aufgegeben, ´Mum` zu finden.

„Ich bin, was ich besitze."

„Ich besitze nichts. Ich bin nichts!"

„Ich werde stets glücklich sein."

„Ich bin nicht glücklich. Das bin ich nicht."

„Ich bin das einzige Ich, besser als alle Ich-Anderen."

„Ich-Anderen ist das egal! Es spielt keine Rolle."

Sie machte sich wegen des Mannes, den Wölfen und den Äpfeln Sorgen; der Kälte, der Dunkelheit und dem Regen. Sie sorgte sich, dass ihre Existenz bedeutungslos wäre, wegen London, wegen ihrer Ich-Freunde, Avatare, Rangplätze, Arbeit und Kapsel:

„Ich will nach Hause gehen. Ich muss nach Hause gehen. Dann habe ich Internet! Ich werde Käse auf Toast haben!"

Sie hatte sich entschlossen.

Sie stand auf und schickte sich an zu gehen. Aber als sie aufstand, erhaschte sie einen Blick auf den Mann, der sich auch anschickte, aufzubrechen. Er atmete auch unregelmäßig, und trug einen mürrischen Gesichtsausdruck, der zeigte wie aufgewühlt er im Inneren war:

„Ich bin nicht die Einzige. Er leidet genauso sehr wie ich!"

Renee fielen seine Brustmuskeln auf. Sie sah, wie sie sich unter seinem Hemd abzeichneten, das sich spannte und seine attraktiven Konturen offenbarten.

Es schien, als ob er ihre Gedanken gelesen hätte, denn der Mann zog sich sein Hemd aus und legte seinen glänzenden Oberkörper frei. Renee zog ihr Hemd aus. Der Mann zog sich seine Hose und Unterhose aus. Renee tat es ihm gleich.

Sie standen beide da und starrte sich mit offenem Mund aus der Entfernung an.

„Er sieht Ich-Sex nicht im Geringsten ähnlich. Er sieht nicht so... künstlich aus. Sondern eher... Echt. Wesentlich... anziehender. Ich muss ihn haben! Ich muss ihn jetzt sofort haben!"

Sie fasste sich an ihre Vagina, griff sich ihre Klitoris und begann sie zu reiben. Sie begann schwer zu atmen und ließ dabei ihren Blick über den Mann schweifen. Sie folgte den Umrissen seiner Achseln, Hüfte und Beine, betrachtete seine Füße und ließ ihren Blick wieder nach oben zu seinem Penis wandern.

Sie standen beide mehrere Meter voneinander entfernt da und masturbierten und quietschten gemeinsam vor tantrischem Vergnügen:

„Ich muss ihn haben!"

„Ich muss kommen!"

„Ja!"

„Ja! Ja! Ja!"

Sie starrten und wichsten, schrien, und zuckten und blickten sich in die Augen. Sie schwangen sich in himmlische Höhen auf und kamen gemeinsam:

„Ja!"

„Ja! Ja! Ja!"

Sie schlafwandelten gemeinsam und ließen sich zu Boden fallen.

Renee strahlte vor Glück:

„Ist es das hier, wonach ich gesucht habe? Es könnte es vielleicht sein!

Hmm… Vielleicht warte ich noch bis morgen, bevor ich nach Hause gehe. Was kann eine weitere Nacht schon schaden?"

Ein zweiter Stern tauchte in dem schwindenden Zwielicht auf.

Der Mann gähnte.

Auch Renee gähnte ausgiebig, ohne zu begreifen, dass dazwischen eine Verbindung bestand.

***

Als die Wölfe sich in der Nacht näherten, lagen Renee und der Mann schlafend unter dem Apfelbaum. Ein leichtes, rötliches Leuchten betonte die Krater des Mondes. Der Wind pfiff in abgehackten Strophen ein Lied.

Die Wölfe rochen wie ein altes Schlachthaus, nach Blut auf Eis, rohem Fleisch und Petersilienzweigen. Ihr Atem war nicht mehr so klamm wie zuvor, aber bildete immer noch Wolken. Er ließ die Luft wie eine Brühe erscheinen.

Renee erwachte vor dem Mann. Sie packte einen Ast und schwang sich in den Baum hinauf.

Die Wölfe kamen näher.

Dem einen dort stand das Maul offen. Seine Zähne glitzerten und die Zunge hing ihm lose zwischen den Lippen hervor. Der hier machte einen nachdenklichen Eindruck. Die Augen waren zusammengekniffen und die Nase spitz, schien er die Szenerie vor ihm zu begutachten. Dieser sah hungrig aus. Und dieser bedrohlich und fies.

Der Mann war im Angesicht der heraufziehenden Gefahr aufgewacht und schoss hoch.

„Nein", schrie er in seiner piepsenden Stimme. Er hatte aber nicht die Geistesgegenwart, um Steine in Richtung der Wölfe zu treten, wie er es in der Nacht zuvorgetan hatte. Er stand bloß verschlafen da: unbeweglich, nackt und tatenlos.

Die Wölfe kamen näher.

Renee rüttelte an einem Ast. Seine Blätter fielen in einem grünen Regenschauer zu Boden.

Sie pflückte einen Apfel und warf damit nach einem der Wölfe. Sie sah, wie er sein Ziel verfehlte. Sie warf einen zweiten Apfel, der den größten der Wölfe traf.

Sein winsel rührte mehr von Schock als von Schmerzen her. Es war ein hoher Laut, der langsam verstummte.

Renee warf einen dritten Apfel, daneben, und dann einen vierten, der den Wolf traf.

Er machte zwei Schritte zurück.

„Ha!", schnaubte der Mann in einem sanften Tonfall, der Lügen strafte, was er vorhatte.

Renee kicherte, schüttelte den Ast und warf noch mehr Äpfel. Dann sprang sie herunter und landete mit ausgebreiteten Armen vor dem Mann:

„Ich werde euch zum Frühstück verspeisen!"

Die Wölfe machten einen kleinen Schritt zurück.

Renee sprang mit ausgebreiteten Händen und gebleckten Zähnen vor.

Erst wandte sich einer ab, dann die anderen und dann schlichen sie alle davon. Sie verschwanden in dem hohen Gras, das sich zur Seite bog und kleine Ströme und Wellen bildete.

Der Angriff hatte weniger als zwei Minuten gedauert.

Renee konnte nicht glauben, was sie getan hatte. Es kam ihr wieder so vor, als ob eine andere Person sich ihres Körpers bemächtigt hatte. Es ängstigte sie mehr als der Tod selbst.

Sie war vollkommen mit den Nerven fertig und reagierte auf jedes Geräusch und jede Bewegung. Sie fuhr zu dem Mann herum. Er war damit beschäftigt sich eilig anzuziehen und verfing sich dabei mit seinem Fuß in seinen Boxershorts. Fast stolpernd, fast hinfallend zwang er seine Beine in die Hose und griff sich sein Hemd.

Er sah mehr tot als lebendig aus:

„So etwas tun? Ich-Verschiedene beschützen? Aber warum? Was für eine Art von Wettbewerb soll das sein? Es macht keinen Sinn. Ich brauche meine Kapsel. Meine geliebten Avatare! Kapselstadt, ich komme!"

Er schnappte sich Renees Gasmaske und rannte davon.

Eine Krähe nahm die Verfolgung auf.

Renee nahm die Verfolgung auf. Sie kämpfte sich durch Sträucher hindurch, wobei ihr Dornen die Schienbeine zerkratzten und Pollen ihr in die Nase stiegen.

Sie blieb nach nicht einmal zwanzig Metern stehen und ließ den Mann entkommen:

„Lass ihn gehen, Renee. Nur weil er ein Versager ist, heißt das nicht, dass ich auch einer sein muss. Ich kann stärker sein. Ich kann die Beste sein! Ich werde nicht sein wie er. Auf keinen Fall! Ich werde bleiben, bloß um meine Individualität auszuleben. Ich werde anders sein. Ich – werde - das Leben - gewinnen!"

DAS ÜBERLEBEN DES STÄRKSTEN

„Denn jene Gemeinschaften, welche die größte Zahl der sympathischsten Mitglieder umfassen, werden am besten gedeihen."
CHARLES DARWIN

Renee sieht aus, als wäre sie aus einer Irrenanstalt entkommen.

Ihre Augen liegen tief in ihren Höhlen und die sie umgebene Haut ist geschwollen und hat die Farbe von Holzkohle. Es kostet sie fast schon lächerlich viel Mühe, um sie zu öffnen. Als sie es geschafft hat, ist ihr Blick vorwurfsvoll und grausam.

Ihr Körper ähnelt einem Kadaver. Er ist nicht wirklich abgemagert, aber er wirkt eher leblos.

Ihre Nägel starren vor Schmutz.

Ihre Haut ist zerkratzt.

Sie so zu sehen, weckt in mir den Drang zu gehen, mich ins Bett zu legen und die ganze jämmerliche Szene aus meinem Verstand zu tilgen. Aber, geliebter Freund, das kann ich einfach nicht tun. Und ich schätze, dass Sie es auch nicht sollten. Denn unsere Renee hat eine Offenbarung. Ein neues Kapitel wird bald aufgeschlagen werden...

***

Die Wiese war mit viel zu vielen Albträumen verbunden, als dass Renee es hätte ertragen können. Egal wohin sie auf der grasbewachsenen Fläche auch schaute, suchte die Frau ihre Gedanken heim, wie sie zerfetzt wurde, der Mann, wie er sie verlassen hatte, und wie sie in Zweifel versunken war.

Ihr Magen begann die Auswirkungen ihres Apfelesswettbewerbes zu spüren. Angefüllt mit Apfelsäure wie er war, rumorte er und grummelte er.

Ein Reh graste, ein Vogel aß einen Wurm und eine Reihe von Ameisen trug einen Zweig.

„Halte durch verdammt... Ich bin nicht krank. Die Vierbeiner überfressen sich nicht. Die Vierbeiner wissen genau, wie viel sie zu sich nehmen müssen! Die Geflügelten stellen keine Bilder online.

Die Geflügelten leben für den Moment. Jeder Käfer kennt seinen Platz im großen Ganzen. Die Käfer arbeiten zusammen!"

Sie sprang auf die Beine und schrie:

„Ich brauche ein Rudel pelziger Biester! Ich werde es finden. Mum! Ich werde sie finden.

Ich – werde – das Leben – gewinnen!"

Renee schaute sich um, sog schnuppernd die Luft ein und wartete darauf, dass die Inspiration sie traf.

Die letzte noch verbliebene Krähe flog nach Norden in Richtung der Autobahn davon.

„Ah ja, das muss irgendwohin führen."

Renee zog sich an, machte sich auf den Weg, krabbelte die Böschung hinauf und kletterte auf die weite Asphaltfläche hinauf. Sie war acht Fahrspuren weit und von Rissen durchzogen und überwachsen. An einigen Stellen schimmerte noch immer die weiße Farbe durch. Auf rostigen Schildern, deren Ecken sich nach innen bogen, fanden sich Linien, die mit „M25" und „A1" markiert worden waren.

Renee ging zu einem fensterlosen Auto hinüber. Sie setzte sich hinein, packte das Lenkrad, trat auf die Bremse und machte Geräusche:

„Brumm-brumm. Brumm-brumm. Kreisch! Ieeek!!!"

Das Ganze erinnerte sie an ein Spiel, dass sie in ihrer Kapsel gespielt, aber nie so richtig verstanden hatte:

„Ich bin hier drin die Beste! Kreisch! Ieeek! Zehn Punkte für Renee!"

Sie stieg aus dem Auto aus und ging weiter die Autobahn hinunter. Sie nahm eine Autobahnabfahrt und kam zu einem Hangar, an dem „Eine willkommene Pause: South Mimms" stand. Renee hatte noch nie etwas Vergleichbares gesehen. Er bestand nicht aus Glas wie das West End Industrial Estate. Ihm haftete nichts Fremdartiges an wie den Häusern, an denen sie in London vorbeigekommen war. Er fühlte sich seltsam an: seelenlos, leer und luftig. Aber trotzdem übte dieser Ort eine seltsame Anziehungskraft auf Renee aus. Sie konnte nicht anders, als ihn zu betreten.

Sie wanderte an einer Reihe von Stelleinheiten vorbei, die mit schiefen Regalen, Kühlschränken und Preisschildern gefüllt waren, und sah sich dabei mit offenem Mund um. Sie würden vielleicht „Laden" dazu sagen, aber Renee hatte noch nie einen Laden gesehen. Für sie war dieser Ort ein abgedrehtes Wunderland, wie aus einer Szene in einem Science Fiction Film entsprungen.

Sie wanderte hier hin und dort hin und ließ ihre Finger über metallene Geländer und gläserne Auslagen gleiten. Sie warf Magazine in die Luft und tanzte mit einem nackten Mannequin einen Tango.

Einige der Marken, die sie sah, erstaunten sie.

„Subway", flüsterte sie. „KFC. Waitrose."

Sie entdeckte etwas, das sie wieder erkannte.

„Have a break. Have a Kit Kat."

Das Poster brachte sie dazu zu summen:

„Nike. Just do it.

Ja! Ich kann ein Kit Kat essen. Ich kann Nike haben. Ich kann es einfach tun. Alles ist möglich, wenn ich fest genug daran glaube!"

Sie hüpfte von einem Laden zum nächsten, tanzte in den Gängen umher und huschte zwischen den Kassen hindurch. Sie blieb ganze zwei Stunden dort, bis sie sich endlich dazu zwang zu gehen:

„Rudel aus pelzigen Biestern. ´Mum`. Ich muss mich um meine anstehenden Aufgaben kümmern."

Sie überquerte eine Brücke und lief eine Landstraße entlang.

Die Bäume schienen sich zur Ruhe setzen zu wollen. Geradezu hochmütig tief hingen sie, aber sie hatten auch etwas an sich, was man „märchenhafte Qualitäten" nennen könnte. An dem hier liefen Blätter den Stamm hinunter, der hier sah wie eine tanzende Dame aus und in diesem hier spiegelte sich der Himmel.

Renee war wie vom Donner gerührt. Diese „braunen Poller mit grünen Hüten" ließen ihr vor Wunder den Kopf schwirren. Sie streichelte sie, fuhr mit ihrer Nase an ihrer Rinde entlang und atmete ihren harzigen Duft ein.

Sie kam an einer Abzweigung vorbei, an der sie vorbeiging, ohne einen zweiten Gedanken an sie zu verschwenden. Sie ging weiter, hielt inne und erkannte, dass etwas nicht stimmte. Sie schlich auf Zehenspitzen zurück, bog in die Straße ab und kratzte sich am Kopf.

„Die Mauern hier weisen keine Risse auf. Die Häuser sind nicht zugewachsen. Sie sehen beinahe… Beinahe… lebendig aus."

Doppelhaushälften standen auf beiden Seiten der Straße. Einige waren weiß getüncht und andere mit Efeu überwachsen. Sie hatten Charakter. Sie waren zwar etwas marode, aber gemütlich und geliebt. Auf dem hier liefen die Dachziegel in Zickzacklinien, die Dreiecke aus dem Himmel schnitten. Das hier hatte Fensterläden, die der Kiesstraße einen Rahmen gaben. Dieses hier war ein Bild, gewoben aus Originalbestandteilen und ungeplanten Anbauten. Eiserne Geländer, die so alt wie das Haus selbst waren und Mauern, die zu unterschiedlichen Zeiten gestrichen worden waren.

Renee sah die unsichtbaren Menschen im Inneren; wie sie kochten, redeten, Witze machten und lachten. Sie hörte ihrem hohen Gelächter zu und konnte das Essen riechen, das bei ihnen auf dem Herd stand.

Eine Tür öffnete sich und eine Frau mittleren Alters trat heraus. Sie trug bloß ein einziges Kleidungsstück: Ein Tierfell, das ihr von den Schultern bis zu ihren Knien ging. Sie hatte einen dicken Bauch, schwarze Zähne und eine fleckige Haut. Sie schien absolut keine plastische Operation gehabt zu haben.

Renee konnte nicht anders, als ein vernichtendes Urteil über sie zu fällen.

„He ha, Fremde!", sang die Frau. „Willkommen in unserem bescheidenen Zuhause. Warum kommst du nicht hinein und gesellst dich für eine Tasse Kamillentee zu uns?"

Das Ganze erschreckte Renee und sie musste sich sammeln und ihre Füße an Ort und Stelle halten, bevor sie auch nur daran denken konnte, zu antworten.

Eine zweite Frau, vom Bauchnabel aufwärts nackt, tauchte hinter der Schulter der ersten Frau auf. Renee gefielen die Feder an ihren Ohren und sie wusste die Mühe zu schätzen, die es sie gekostet hatte, ihre Haare zu flechten, aber ihr unanständiger

Aufzug erschütterte sie.

Sie zog eine Grimasse und bedeckte ihre Nase mit der Hand.

Die zweite Frau rief fröhlich:

„Hallo auch, Schwester! Du bist hier überaus willkommen."

Renee trat einen kleinen Schritt zurück.

Eine zweite Tür öffnete sich hinter ihr und ein älterer Mann trat heraus. Er hatte Leberflecken und graue Haare und lief gebeugt mithilfe eines Gehstocks:

„Hallo, meine Liebe. Du musst vollkommen erschöpft sein. Nun sei bloß nicht schüchtern, wir würden uns freuen, wenn du hereinkommen würdest."

Eine dritte Tür öffnete sich, in der ein weiterer Mann auftauchte. Er trug einen dreiteiligen Anzug, der von einer Sammlung verschiedener Flicken und Nadeln zusammengehalten wurde:

„Oh, was für eine angenehme Überraschung! Sei ein Engel und komm für ein nettes Stück Kuchen herein."

Die restlichen Türen öffneten sich stakkatoartig und zwölf weitere Menschen kamen heraus. Alle sahen sie anders aus. Alle füllten die Luft mit warmen Begrüßungen.

Renee hatte keine Ahnung, wie sie reagieren sollte.

Sie hatte keine Probleme damit gehabt, selber die Initiative zu übernehmen, als sie ihren Gefährten auf der Wiese menschlichen Kontakt aufgezwungen hatte. Jetzt aber, da andere Menschen die Handlung kontrollierten, fühlte sie sich hilflos und brachte kein Wort hervor. Sie war kurz davor gewesen der ersten Frau Hallo zu sagen und glaubte wirklich, dass sie es geschafft hätte und mit der Frau in ihr Haus gegangen wäre. Aber die schiere Anwesenheit von so vielen Menschen und solch eine Welle der Liebe waren zu viel für sie. Ja, sie wollte Gesellschaft, und ja, sie wollte Liebe, aber nicht so viel Gesellschaft und so viel Liebe. Es überwältigte sie, dass die Leute so seltsame Wörter wie „Wir", „Du", und „Uns" gebrauchten und wie seltsam sie aussahen und was für komische Kleidung sie trugen.

Ein Teil von ihr dachte, „Das ist mein Rudel pelziger Biester". Sie wünschte, dass es wahr wäre.

Aber ein größerer Teil von ihr dachte, „Es ist nicht real. Es kann nicht real sein. Individuen leben nicht so zusammen."

Sie dachte, sie hätte sich das alles bloß eingebildet. Sie konnte nicht glauben, dass die Menschen hier sie wirklich kennenlernen wollten, und ging davon aus, dass sie ihre Liebe bloß vortäuschten, ein verborgenes Motiv hatten und vielleicht sogar eine Bedrohung darstellten.

„Es ist nicht echt!", schrie sie. „Es ist nicht echt! Nicht von alledem!"

Sie machte einige Schritte zurück, fuhr herum und bog um die Ecke. Dort stoppte sie und beugte sich vorne über. Sie atmete schwer. Ihr Atem wurde weiß. Feuchtigkeit ließ ihren Blick verschwimmen.

***

Ein paar Minuten waren vergangen, als Renee der Geruch ihres eigenen Parfüms in die Nase stieg, obwohl sie es schon seit Tagen nicht mehr aufgetragen hatte.

Sie drehte sich verwirrt um und sah ein kleines Mädchen, das sie an Ich-Original erinnerte. Sie war außerdem klein, hatte Zöpfe und Sommersprossen. Sie war noch nicht in dem Alter, in dem unser Körper beginnt unsere Persönlichkeit widerzuspiegeln. Ihre Haut war noch glatt und ihr Gesicht symmetrisch. Sie hatte nicht einen einzigen Makel oder Narbe. Ihre Augen waren neugierig, aber nicht weise und ihre Stirn war frei von ablehnenden Falten.

Der Duft der Zimtschnecke, die das Mädchen hielt, spendete Renee großen Trost. Aber sie konnte bloß ihre Schultern heben und ihre Hände öffnen. Es war ihr unmöglich irgendeinen Gesichtsausdruck zu formen.

Das Mädchen hielt die Schnecke hoch:

„Nimm sie. Sie ist für dich."

Renee fasste sie an, um sich zu vergewissern, dass sie echt war.

Das Mädchen legte eine Hand auf Renees Arm.

Renee war das erste Mal in ihrem Leben so sanft berührt worden und es rief einen gewaltigen Schauer bei ihr hervor. Wärme durchströmte ihren Körper, ließ ihre Haut weicher werden, massierte ihre Organe und ließ ihr Gesicht erröten. Oxytocin flutete ihre Amygdala und spülte ihre Furcht und Sorgen davon. Endorphine linderten die Schmerzen in ihren Füßen.

Renee fand die nötige Kraft, um zu antworten:

„Was... Ähh... Was heißt ´Dich`?"

„Dass sie dir gehört."

„Dir?"

„Ja. Sie ist nicht für mich oder jemand anderes, sondern für dich, Dummkopf, sie gehört dir. Mampf, mampf, mampf."

„Sie gehört mir?"

„Ja. Nimm. Nimm dir den klitzekleinsten Krümel."

„Nein... Ich kann nicht."

„Du feiges Huhn! Angsthase! Hasenfuß! Warum kannst du sie nicht nehmen? Hmm? Warum?"

„Weil... Weil ich sie nicht verdiene. Ich habe nichts getan, um sie mir zu verdienen."

„´Verdienen`? Das ist doch kein echtes Wort!"

„Das ist es doch! Ich muss arbeiten, damit ich mir diese Schnecke kaufen kann."

„´Arbeiten`? Was ist ´Arbeiten`?"

„Alles Mögliche: Sachen durch die Gegend räumen, Sachen kaputt machen, Berichte schreiben, rennen, hüpfen, Sternsprünge machen. Was immer *du* willst, ich kann es tun. Ich bin die Beste!"

Das Mädchen kicherte. Es war ein flirtendes Kichern, zu gleichen Teilen kokett und zurückhaltend. Ihre Wangen plusterten sich auf und ihre Sommersprossen streckten sich und wurden mit jedem weiteren Kichern ein bisschen breiter aber auch blasser:

„Du kannst Sternensprüngchen machen, wenn du willst."

„Ja! Ich bin die Beste bei Sternsprüngen. Wie viele soll ich machen?"

Das Mädchen sagte mehrmals ühm und ähh, bevor sie antwortete:

„Zwölfzig!"

Renee machte einhundertundzwanzig Sternensprünge.

Das Mädchen hielt ihr kichernd die Schnecke hin und zog sie wieder weg:

„Nö, das war Pillepalle. Mach zehn Hüpfschritte in die

Richtung, berühr deinen Bauch, mach eine Rolle vorwärts, schnupper am Himmel, mach einen Knicks und setzt dich auf deinen Po."

Renee tat wie ihr geheißen.

Das Mädchen hielt ihr die Schnecke hin, kicherte und wollte sie gerade schon wieder wegziehen. Ihre Mutter aber, die gerade um die Ecke gebogen war, hielt sie davon ab.

Die Frau war von kleiner Statur, mit tief sitzenden Augenbrauen, einem Turban aus rotbraunen Haaren und vorstehenden Augen. Die Schnüre ihrer Schürze schnitten sich unnötig tief in die Cellulitis, die ihre Taille bedeckte. Der Duft von Kerzenwachs und Mehl klebte an ihren schlanken Knöcheln, die ihre Mühe hatten, ihre stämmige Statur zu halten:

„Curie, Schätzchen, ich glaube, unsere Freundin kann jetzt ihr Gebäck haben, findest du nicht?"

Renee wollte sie nach diesen seltsamen neuen Wörtern fragen:"Ihr" und „unsere". Aber sie hatte Hunger und die Schnecke roch vorzüglich, also nahm sie sie und begann zu essen.

Die Mutter lächelte:

„Wie fühlst du dich, meine Liebe?"

„Mein Magen ist voll, meine Geschmacksnerven kribbeln, aber ich fühle mich etwas aufgebläht und schätze, dass ich bald furzen werde. Von meinem Marsch habe ich ein dumpfes Gefühl in den Gliedern. Ja, da ist er, ich habe gefurzt... Hmm... Von dem ganzen Reden werde ich müde. Und... Und... Wird erwartet, dass ich frage, wie es ihr geht? Ich meine, wie es *dir* geht? Macht man das so? *Du* musst mich entschuldigen, ich mache das zum ersten Mal."

Die Mutter lächelte:

„Ja, mich zu fragen, wie es mir geht, ist ganz reizend. Danke sehr. Ich bin wirklich sehr glücklich."

„Warum?"

„Weil ich eine neue Freundin gefunden habe."

„Wirklich? Wen?"

„Dich, Dummerchen. Und jetzt komm mit rein. Wir haben dir ein schönes Bad eingelassen."

Renee lief rot an:

„Nein, nein, nein! Das hier ist nicht real! Das kann es nicht sein. Es ergibt keinen Sinn. Warum ist sie... Warum bist *du* so nett? So zuvorkommend? Du solltest selbstsüchtiger sein, natürlicher. Hör auf mich zu foppen, du schreckliches, selbstloses Individuum!"

Das Gesicht der Mutter wurde durchsichtig. Kapillare zeichneten ihr blaue Muster auf die Wangen und ihr Zähne waren durch ihre Haut zu sehen.

Renee bedeckte ihr Gesicht:

„Es tut mir leid. Es ist nur... Es ist... Nichts von alledem hier macht irgendwie Sinn."

Die Mutter nickte:

„Das macht es nicht, stimmt´s? Wenn ich in deiner Position wäre, würde es mir genauso gehen. Aber machen wir uns keinen Kopf darum, was Sinn ergibt und was nicht. Damit können wir uns auch noch ein anderes Mal befassen."

***

Nachdem Renee ein Bad genommen hatte, brachte man sie in ein Schlafzimmer in einem umgebauten Loft.

Sie konnte es nur schwer einschätzen.

Sie schnaubte angesichts der Tatsache, dass es keinen Aufzug gab, verächtlich. Die Menschen hier hatten keinen Internetzugang, Avatare oder Bildschirme. Rene wusste nicht, ob sie sie bemitleiden oder verspotten sollte.

Das Schlafzimmer selbst war doppelt so hoch wie Renees Kapsel und hatte das Zehnfache der Grundfläche. Renee konnte aufrecht stehen, ohne sich den Kopf anzustoßen. Sie konnte zwischen dem Bett, dem Pooltisch, dem Bücherregal und dem Schrank hin und her gehen. Sie hatte den Eindruck, dass sie zu sehr verwöhnt wurde:

„Aber... Nein... Irgendetwas stimmt hier nicht. Wie können sie sich so ein Haus leisten? Sie kennen noch nicht einmal Wörter wie ´Arbeit` und ´Verdienen`. Wie können sie ein solches Haus verdienen, ohne zu arbeiten? Ich habe mein ganzes Leben lang gearbeitet und habe mir noch nicht einmal eine Kapsel gekauft. Das ist nicht fair. Das ist nicht recht. Ich sollte diesen Individuen nicht über den Weg trauen."

Sie schaute aus dem Fenster hinaus:

„Wie kann ein Ich-Anderer... *Irgendjemand* einen solchen Ausblick verdienen? Er ist göttlich. Das ist einfach nicht recht!"

Sie war gleichzeitig verwirrt, wütend, schockiert, amüsiert, unsicher und unstetig. Sie hätte einen Wutanfall bekommen, wenn ein Mann sie nicht abgelenkt hätte, der die Straße entlang kroch.

Ich fürchte, dass ich eingestehen muss, dass mir die Worte fehlen, um zu beschreiben, wie vulgär dieser Mann war. Ich hasse ihn geradezu! Es dreht sich mir der Magen um und ich erschauere vor Ekel. Der Gedanke ist für mich unvorstellbar, dass ihn jemand mögen könnte.

Dieser Mann, dieses nackte Tier, benahm sich wie ein Hund. Er stolzierte auf allen vieren umher, so als ob er das Haus bewachen würde. Er aß mit dem Kopf voran rohes Fleisch aus einer Schale. Er hechelte, knurrte, bellte, heulte, sprang herum und kratzte über die Erde. Er sah sogar aus wie ein Hund. Sein Körper war mit Haar bedeckt und seine Gliedmaße waren verkürzt und krumm, da er sein Leben lang auf allen vieren umher gekrabbelt war. Selbst wenn er es versucht hätte, hätte er nicht aufrecht gehen können. Man sagte, dass seine Sinne unfehlbar wären, aber ich bin nicht geneigt Gerüchten Glauben zu schenken.

Renee fuhr mit der Hand über das Fenster, fast so, als ob sie den Hundemann streicheln würde. Ein Schleier schien sich über ihre Augen zu legen. Sie hatte das Gefühl, dass sie auf etwas unglaublich Wichtiges gestoßen wäre, aber sie war sich nicht sicher, was es war.

Sie stand wie angewurzelt da und sah dem Hundemann beim Kommen und Gehen zu, wie er bellte, sich hinhockte, das Bein hob und gegen eine Pflanze urinierte. Sie hätte die ganze Nacht dort gestanden, wenn Curies Mutter, Simone, nicht an der Tür geklopft und reingekommen wäre:

„Wir gehen zum Langhaus. Du musst nicht mitkommen, aber du bist uns herzlich willkommen..."

***

Das „Langhaus" war eine Kirche aus dem dreizehnten Jahrhundert, deren Wänden aus Kieseln und rotem Backstein erbaut worden waren und die man umgebaut hatte. Man hatte die Bänke nach vorne durchgeschoben und zwischen zwei Reihen aus weißen Säulen eine Feuergrube gegraben.

Über hundert Dorfbewohner waren auf dem Boden verteilt. Gekleidet waren sie in einem stark riechenden Sammelsurium aus Rehhäuten, Schafshäuten, Wollpullovern und geflickten Kleidern. Der Hundemann, diese schreckliche Verschwendung von Fleisch und Knochen, hatte es sich mit zwei richtigen Hunden gemütlich gemacht. Er hielt aber ein Auge auf Renee, die zwischen Curie und Simone saß.

Renee nahm die Dorfbewohner näher in Augenschein: Ein Mann namens Kipling, der einen buschigen Schnäuzer hatte, trug ein Gedicht mit dem Titel „Falls" vor. Eine Frau mit Namen Parkhurst, die eine jungenhafte Frisur hatte, erzählte eine Fabel über eine Schildkröte. Und ein Mädchen mit roten Locken namens Boudicca verteilte Plätzchen und Kuchen.

Soweit Renee das sehen konnte, schienen sie alle wahre Individuen zu sein. Sie trugen alle unterschiedliche Kleidung auf unterschiedliche Arten und sie hatten alle unterschiedliche Rollen.

Ein plötzlicher Schwall aus Lärm drang an Renees Ohren. Alle Männer hatten zu singen begonnen. Alle Frauen erwiderten. Trommeln wurden geschlagen, Lauten erklangen, Becken schmetterten. Renee standen die Haare auf ihren Armen zu Berge. Sie drückte ihre Handflächen gegen den Boden und stieß sich hoch in die Luft.

Die Musik verstumme.

Alle klatschten.

Ein junger Mann mit langen Haaren spielte ein Lied auf seiner Gitarre. Ein Barbershop-Quartett gab ein kurzes Liedchen zum Besten. Ein Chor sang „Freedom".

Ein alter Mann mit silbernem Haar erhob sich. Die tiefen Falten in seinem Gesicht hoben und senkten sich wie Wellen. Sein Bart schien zu pulsieren.

Die Anwesenden jubelten:

„Hallo, Sokrates!"

Renee brachte eine Sekunde nach allen anderen stotternd ein

„Hallo" hervor.

Die Gruppe sprach über den Getreidevorrat der Gemeinde und über das lecke Dach in Haus Nummer Sieben, aber Renee wurde sich mehr und mehr der Augen bewusst, die sie von überall her anstarrten. Einige Leute warfen ihr kurz einen Blick zu und drehten sich wieder weg. Ein Mann mittleren Alters starrte über seine krumme Nase hinweg. Ein kleiner Junge kniff Renee in ihr Bein. Ein junges Mädchen zog ihr an den Haaren.

Renee schrie auf.

Das Geräusch erschreckte den Hundemann, der aus seinem Korb hochschoss und durch den Raum auf unsere Renee zuschoss. Er hätte seine Zähne in ihrem Hals vergraben, wenn eine Gruppe heldenhafter Frauen ihn nicht fortgedrängt hätte.

Da! Ich habe Ihnen doch gesagt, dass er verachtungswürdig ist, und nun haben sie es selbst gesehen. Man kann nicht leugnen, wie vulgär er ist.

Renees Herz vollführte einen Trommelwirbel aus donnernden Schlägen. Sie war zurückgewichen und mit Parkhurst zusammengestoßen, die dabei ihren Tee hatte fallenlassen, und fächelte sich Luft zu.

Sokrates wandte sich Renee zu:

„Meine Liebe, du musst den armen Darwin entschuldigen. Er ist ein guter Junge. Nun, die meiste Zeit. Er ist nur so... Nun, er wurde in London als Baby verlassen und wäre gestorben, wenn wilde Hunde ihn nicht aufgezogen hätten. Dir ist vielleicht aufgefallen, dass er sich wie ein Hund verhält. Nun, er hat diesen unbändigen Instinkt uns, sein Rudel, vor allem zu beschützen, was er als Bedrohung oder Außenstehende betrachtet.

Oh nein, mein liebes Mädchen, denk von dir bitte nicht als eine Außenstehende oder eine Bedrohung! Du gehörst zu uns. Meiner treu, das tust du auf jeden Fall. Du kannst so lange bleiben, wie du willst."

Ein sanftes Brummen der Zustimmung ging durch den Raum. Einige sagten „Hört! Hört!", andere nickten. Ein kleiner Junge nickte. Ein kleines Mädchen machte ein Furzgeräusch.

„Nun, wir wollten dich nicht so ins Rampenlicht stellen. Aber da nun gerade unsere Aufmerksamkeit hast, gibt es etwas, das du uns fragen möchtest? Du musst aber nicht, es liegt ganz bei dir."

Renee sah hoch.

Die großväterliche Wärme dieses Mannes hatte sie beruhigt. Sie vergaß ihre Hemmungen und fragte das Erste, was ihr in den Sinn kam:

„Warum ist ihr... Warum ist *euer* Gras grün?"

Sokrates runzelte die Stirn:

„Unser Gras? Grün? Nun, meine Liebe, Gras ist immer grün."

Renee schüttelte den Kopf:

„Nein! Das kann nicht sein. Gras ist blau!"

Sokrates lächelte.

Es war ein sehr rüstiges Lächeln, an Stellen rot, ledern an den Rändern und mit einer ausgeprägten und mit dem Alter gereiften Heiterkeit:

„Ja, meine Liebe, Gras ist blau. Wir haben hier besonderes Gras, grünes Gras, weil wir es so lieber haben."

„Oh. Und sie sind... *Ihr* seid Individuen?"

„Nun, ja, meine liebes Mädchen, ich schätze das sind wir!"

Sokrates ließ Renee die Zeit, um sich eine neue Frage zu überlegen.

„Warum haben die pelzigen Biester die Frau gefressen, die ich auf der Wiese getroffen habe? Warum konnten sie kein Fleisch fressen?"

„Nun, Menschen bestehen aus Fleisch."

„Was? Nein! Fleisch entsteht in gewaltigen Bottichen. Ich habe sie mit meinen eigenen Plalinsen gesehen!"

Sokrates strahlte:

„Wird es das? Wie faszinierend! Du musst uns alles darüber erzählen."

Renee nickte. Ihre Fragen schossen nun immer schneller heraus:

„Welcher von ihnen... Welcher von *euch* ist ´Mum`?"

Die meisten Frauen hoben die Hand.

Renee runzelte die Stirn:

„Sie sind alle... *Ihr* seid alle ´Mum`? Aber... Es ist so... Ich bin auf einer Mission, um ´Mum` zu finden. Hmm. Vielleicht ist es mir gelungen. Schließlich habe nur nach einer ´Mum` gesucht und habe über dreißig gefunden, also... Ja! Ich habe die höchste Punktzahl!"

Anfängliches Stirnrunzelnd wandelte sich zu Lächeln und dann zu Gelächter. Simone klopfte Renee auf den Rücken und Curie drückte ihr Bein.

Sokrates erklärte ihr:

„Eine Mum, oder ´Mutter`, ist jemand, der ein Baby auf die Welt gebracht."

„Auf die Welt bringen?"

„Ein Baby produziert hat. Ein Kind erschaffen hat, eine Person. Bei uns kümmert sich eine Frau um ihr Baby, nachdem sie es erschaffen hat. Sie geben ihnen ein Dach über dem Kopf und füttern sie. Simone ist eine Mum. Schaut dir an, wie sie sich um Curie kümmert."

Renee fühlte, wie ihr der Kopf schwirrte. Ihr gingen tausend Fragen durch den Kopf, über Babytron-Roboter, Babys machen, Simone und Curie:

„Also, wer von ihnen... Wer von *euch* ist meine Mutter? Wer von euch hat mich gemacht?"

Köpfe wurden gesenkt und Schultern zuckten.

„Warum? Warum sollte ein Ich-Anderer... Warum sollte *irgendjemand* einem Kind helfen? Warum sollte irgendjemand irgendwem helfen? Warum tun sie... Warum tut *ihr* das? Warum helft ihr mir? Warum? Das ergibt keinen Sinn. Was ist bloß aus persönlicher Verantwortung geworden? Wünscht ihr euch nicht, ihr hättet selber was aus euch gemacht?"

Ein Raunen ging durch den Raum.

Sokrates lächelte:

„Würdest du gerne unsere Geschichte hören? Vielleicht hilft sie dir zu verstehen, warum wir so handeln..."

Renee nickte.

„Nun dann, mein liebes Mädchen, ich glaube, wir sollten dich an unsere beiden Dorfhistoriker verweisen: Chomsky und Klein."

Chomsky war alles, was Klein nicht war. Er war groß, sie

dagegen klein. Er hatte wilde Augenbrauen und einen struppigen Bart. Sie hatte überhaupt keine Haare. Chomsky war von Natur aus überheblich, neigte gleichzeitig aber auch zu gelegentlichen Ausbrüchen jungenhafter Unreife. Klein war zierlich und streng. Aber sie beide verband die Liebe zur Geschichte und eine Liebe für Soleier.

Klein begann zu erzählen:

„Unsere Vorväter und –mütter…" Sie deutete in Richtung eines älteren Paares. „Sind kurz nach der großen Konsolidierung nach South Mimms gezogen. Damals waren wir nur dreizehn. Wir waren die letzten Gewerkschafter des Landes."

Renee runzelte die Stirn:

„Gewerkschafter?"

„Ja", erklärte Chomsky. „Gewerkschaften waren Organisationen, in denen Arbeiter sich zusammenschlossen, um bessere Bezahlungen und Arbeitsbedingungen zu verlangen. Sie haben viel erreicht, musst du wissen. Sie haben bezahlten Urlaub, Mutterschaftsurlaub und das Zweitagewochenende erstritten. Aber sie hatten Verbindungen zum Sozialismus…"

Renee fiel die Kinnlade runter.

Klein lächelte:

„Sozialisten glaubten an die Gesellschaft. Ah… Ja… In einer Gesellschaft kommen zwei oder mehr Leute zusammen, um sozial zu sein… Umm… Zu interagieren, wie wir es jetzt gerade tun. Diese Gruppe ist eine Gesellschaft. Mit anderen Menschen in einer Gesellschaft zusammenzuleben, macht uns ´sozial`."

Renee stieß beinahe ihre Faust in die Luft:

„Ja! Ja, ja, ja! Das ist genau das, was ich glaubte auch zu wollen. Ich wollte mit Ich-Anderen… mit *Leuten*. Ich wollte ein *Soziales Dingens* sein. Ja, eine *Sozialistin*. Obwohl ich zugeben muss, dass es sich nun, da es wirklich passiert, komisch anfühlt."

Chomsky nickte:

„Es fühlt sich komisch an, weil es gegen alles geht, was du jemals erlebt hast. Du wurdest in ein individualistisches System geboren. Und im Individualismus gibt es so etwas wie eine Gesellschaft nicht. Die Leute interagieren nicht miteinander."

Klein fuhr fort:

„Als die Individualisten im Jahr 1979 an die Macht kamen, machte sie es sich zur Aufgabe, die Gesellschaft zu zerstören. Sie führten Krieg gegen die Gewerkschaften und nannten uns ´Den Feind im Inneren`... Sie haben gewonnen... Als die große Konsolidierung geschah, gab es nur noch dreizehn von uns."

„Die Großen Dreizehn!", sagte Chomsky.

„Die Großen Dreizehn", murmelten die anderen im Raum.

Klein zuckte mit den Schultern:

„Wir hatten den Kampf der Ideen verloren. Und obwohl wir bleiben und helfen wollten, ließen uns die Menschen nicht. Obwohl sie litten, wollten sie arbeiten und persönliche Verantwortung für sich übernehmen."

Chomsky fuhr fort:

„Wir standen unter ungeheurem Druck, dass wir uns anpassen sollten, musst du wissen. Wir hatten keinen Besitz, keine Arbeit und mussten uns vor dem Gefängnis oder noch Schlimmerem fürchten. Aber dann trafen wir unsere Retterin, Anita Podsicle, die Besitzerin von Podsicle Industries. Eine exzentrische Frau, der ein Viertel von Britannien gehörte.

Anita hatte ein großes Interesse an sozialer Anthropologie. Sie gab uns als Experiment ein Dorf und hat uns aus der Ferne beobachtet. Ich schätze, wir waren ihr Hobby. Ihr eigener kleiner Stamm aus Sozialisten.

Anfangs lud uns Anita noch in ihren Palast ein. Wir haben auf ihre Einladungen immer reagiert, denn wir hatten Angst, sie würde uns nach London schicken, falls wir ablehnen. Aber mit jedem Jahr wurden diese Treffen sporadischer. Und als Anita verstarb, brach der Kontakt mit ihrem Sohn und Erben ab."

Renee nickte:

„Ja... Aber... Das ist alles schön und gut und erklärt vieles, aber es beantwortet nicht wirklich meine Frage."

Chomsky und Klein runzelten gemeinsam die Stirn. Die Linien auf Chomskys Stirn schienen sich auf Kleins fortzusetzen.

„Nichts von alledem erklärt, warum sie... Warum *ihr* mich so behandelt. Warum helft ihr mir? Warum seid ihr so gütig???"

Renees Gesicht nahm härtere Züge an.

Kleins wurden sanfter:

„Als wir hier ankamen, haben wir eine Bibliothek aufgebaut und uns darüber informiert, wie die Leute gelebt haben, bevor es so etwas wie Nationen gab. Wie sich herausstellte, haben sie überlebt, indem sie als Team zusammengearbeitet haben. Kooperation. Also haben wir das auch: Wir haben unser Dorf auf dem Prinzip der Kooperation erbaut."

Chomsky führte weiter aus:

„Wir wollen dir helfen, weil wir gerne helfen, musst du wissen. Das machen wir halt so: Wir kooperieren. Wir arbeiten als ein Team. Wir teilen.

Wir haben Jahrzehnte darauf gewartet, dass wir jemanden aus London willkommen heißen können. Du bist die Erste, die es so weit geschafft hat, und wir sind unglaublich aufgeregt, dich kennenzulernen. Wir wollen mit dir teilen. Es liegt in unserer Natur zu teilen. Zu teilen ist die natürliche Ordnung der Dinge!"

Geliebter Freund: Es ist manchmal einfacher jemanden hinters Licht zu führen als dieselbe Person davon zu überzeugen, dass man sie hereingelegt hat. Auch wenn Renee ihr Bestes gegeben hatte, um die Geschichte der Gruppe zu verstehen, ging die letzte Aussage doch einen Schritt zu weit.

„Sie liegen falsch!", schrie sie und stand dabei auf.

„Sie liegen alle falsch!", brüllte sie, während sie mit den Händen wedelte, um den Raum um sich frei zu räumen. „Teilen? ´Die natürliche Ordnung der Dinge`? Was für ein Kokolores!

Ich sehe, wie sie sind, wie sie sich hier drinnen zusammendrängen, schnüffeln, stöbern und lauschen; mich einengen, über mich urteilen, mich veralbern und versuchen mich mit verrückten Reden in den Wahnsinn zu treiben.

Sie lügen! Lügen, sage ich, lügen! London ist nicht schlecht. Ich muss nicht gerettet werden. Ich *kann* persönliche Verantwortung übernehmen. Ich habe Avatare, die wissen, was ich will. Ich brauche keine Bücher. Ich habe das Internet! Ich habe Zugang zu allen Informationen der Welt! Ich habe Hunderte von Computerspielen, Tausende von virtuellen Accessoires, Millionen von Ich-Freunden und noch mehr. Ich habe Kalorienersatzpaste, Protein-Pâté und Zahnschmelzverstärker. Ich habe meinen eigenen Duft, meine eigene Kleidung, ich habe meine eigene Marke. Ich bin ein wahres Individuum. Ich bin glücklich! Ich habe so viel Glücksgas, wie ich nur brauche. Sie sollen irgendetwas nennen, ich habe es. Ich habe so viel mehr als alle Ich-Anderen hier. Sie sollten haben wollen, was *ich* habe, sie sollten *meine* Hilfe wollen. Ich bin Renee Ann Blanca. Ich bin die Beste!"

Renee gingen die Worte aus.

Sie hatte den Faden verloren und hatte nur weiter gesprochen, weil sie dachte, sie würde lächerlich aussehen, wenn sie aufhören würde.

Ihre Beine wurden wackelig, sie schwankte und fiel zu Boden.

Curie massierte ihre Schulter.

Sokrates kratze sich seinen Bart:

„Mein liebes Mädchen, es ist wirklich fesselnd, was du uns da erzählst. Ich bin sicher nicht allein, wenn ich sage, dass ich es faszinierend fände, mehr über deine Ich-Freunde und Protein-Pâté zu hören. Ich bin sicher, dass du uns viel beibringen kannst. Natürlich dann, wenn es dir genehm ist. Wenn du bereit bist."

Köpfe begannen zu nicken.

„Nun, ich glaube, was meine Freunde sagen wollten, ist, falls ich so forsch sein darf, es auszulegen, dass wir alle sehr aufgeregt sind, dich kennenzulernen. Du hast gesagt, dass du nicht bloß Erfolg hattest, sondern die höchste Punktzahl erreicht hast. Und weißt du was? Ich denke, du hast recht. Liebes Kind: Du hast die verflixte Punkteskala gesprengt!"

Renee schaute hoch.

Der Stolz, den sie empfand, den sie nicht verstand, geschweige denn beschreiben konnte, war mit nichts zu vergleichen, was sie bisher erlebt hatte.

„Liebes Kind: Wir haben Jahrzehnte darauf gewartet, dass ein Londoner es bis zu unserem bescheidenen Dorf schafft. Wir haben für deine Ankunft gebetet, wir haben von deiner Ankunft geträumt und hatten schon fast die Hoffnung aufgegeben. Aber du bist hier! So sicher wie die Nacht dem Tag folgt, du bist hier. In Fleisch und

Blut stehst du hier vor uns!

Entschuldige unsere Fehler. Wir haben bloß nicht mit dir *hier und jetzt* gerechnet. Wir hatten aufgehört daran zu glauben. Wir glaubten, dass alle in London gestorben seien.

Dass du so lange in der Individutopie überlebt hast, ohne menschliche Kontakte, ohne dich umzubringen, ohne zu verhungern... Nun... Wow! Einfach nur wow! Und dass du entkommen bist! Noch nie hat es jemand so weit geschafft. Renee: Du bist eine Heldin. Eine waschechte, überlebensgroße Heldin! Einzigartig! Das ultimative Individuum!

Du hast uns gefragt, warum wir dir geholfen haben. Nun, wir haben dir geholfen, weil du es verdient hast! Du bist besonders. Die einzige Person, die der Individutopie entkommen ist. Die einzige Person, die es soweit geschafft hat. Die Frau, die die Skala gesprengt hat!

Natürlich verdienst du unsere Hilfe. Du verdienst alles, was noch kommen wird!"

Die Dorfbewohner hatten sich auf ihre Füße erhoben. Sie klatschten mit den Händen, stampften, tanzten, lachten und jubelten:

„Renee! Renee! Renee!"

Angesteckt von der schieren Überschwänglichkeit schloss sich Renee ihnen an. Sie tanzte mitten im Gewühl und jubelte zusammen mit der Menge.

Auch als man sie nach Hause und die Treppe hoch in ihr Bett getragen hatte, um sie für die Nacht lang alleine zu lassen, echote der Jubel immer noch in ihrem Kopf. Ihr Verstand war noch immer voller Bilder der Dinge, die an diesem Tag geschehen waren. Zum ersten Mal, seit sie London verlassen hatte, machte Renee sich keine Sorgen um Essen, die Zukunft, Wolfshunde oder das Wetter. Sie vermisste weder ihre Kapsel noch ihre Avatare oder Arbeit. Sie stellte sich nicht vor, dass Ich-Grün an ihrer Seite wäre. Sie lächelte und fiel in einen seligen Schlaf, angefüllt mit hundert Träumen.

WANDEL IST DIE EINZIGE KONSTANTE

„Die Menschen ändern sich nicht. Sie zeigen bloß wer sie wirklich sind."
ANONYMUS

Die sieben Menschen, die mit Simone zusammenlebten, waren um den Frühstückstisch versammelt. Sie nahmen sich Brot, das Simone gebacken hatte, Eier, die Curie gesammelt hatte, und Honig aus den Bienenstöcken des Dorfes.

Renee stellte ihnen eine Frage, die sie umgetrieben hatte, seit sie hergekommen war:

„Wenn ihr nicht arbeitet, wie könnt ihr euch dann all die Dinge kaufen, die ihr zum Überleben braucht?"

Simone lächelte. Es war ein sehr intensives Lächeln, das in den Tiefen ihrer Augen begann, ihre Nase hinunter ging und brachte ihr gesamtes Gesicht zum Strahlen:

„Wir ´kaufen` nichts, wir machen die Dinge selber.

Wir haben auf sehr viele Arten Glück. Wir haben genug Häuser, also müssen wir keine bauen. Wir flicken unsere Kleidung und verwenden sie erneut. Der wichtigste Posten für uns ist Nahrung. Wir haben aber viel Land und Mutter Natur ist gut zu uns. Manche Leute haben Freude daran, sich um Tiere zu kümmern. Andere sind stolz darauf Pflanzen zu säen und zu ernten. Für sie ist es ein Hobby und keine Arbeit. Niemand ´arbeitet` hier per se. Für uns ist die Mentalität des hart Arbeitens die eines Sklaven. Wir *wollen* etwas beitragen, um *Kollektive Verantwortung* zu übernehmen, aber es liegt an uns selbst, was für eine Arbeit wir uns aussuchen. Wir verbringen bloß zwanzig Stunden in der Woche mit dem, was du als ´Arbeit` bezeichnen würdest, aber für uns ist es keine Last."

„Aber... Moment mal... Was passiert, wenn es für jemanden eine Last wird? Was ist, wenn sie nichts beitragen wollen?"

„Dann müssen sie das nicht."

„Und was passiert dann?"

„Wenn ihnen unsere Art zu leben nicht zusagt, steht es ihnen frei zu gehen."

„Ist das schon einmal vorgekommen?"

„Einmal. Ein Mann namens Tyler ist in den ersten Jahren nach London aufgebrochen."

„Was ist passiert?"

„Er kam nach vier Tagen zurück, vollkommen ausgelaugt, und ist ein paar Wochen später gestorben."

„Oh."

Renee tippte mit dem Finger auf den Tisch:

„Wie tragt ihr dann genau bei?"

„Wir sammeln wild wachsende Nahrungsmitteln. Um genau zu sein, wollten wir heute Morgen zu einer Wanderung in die Natur aufbrechen. Du bist herzlich willkommen, dich uns anzuschließen."

Renee nickte, hielt inne und runzelte die Stirn:

„Moment mal... Also, statt zu arbeiten, geht ihr wandern?"

Simone lachte:

„Ja! Wir schnappen uns unsere Beutel und Speere, wandern zu ein paar versteckt liegenden Orten, sammeln etwas zu Essen, vielleicht jagen wir ein Tier und dabei halten wir ein ordentliches Schwätzchen."

„Oh,"

„Ich denke, als Erstes machen wir uns zu unserem Lieblingsapfelbaum auf. Magst du Äpfel?"

„Ja. Oh ja. Aber..."

Schuldgefühle überkamen Renee mit einem Mal. Sie fühlte sich heiß in ihrem Inneren und der Rest ihres Köpers schien fast zu schmelzen. Mit großer Mühe und mehr als nur ein bisschen Mut, gestand sie, was sie getan hatte:

„Dieser Apfel-Poller... *Baum*... Steht er auf einer Wiese, in der Nähe von einer riesigen Straße?"

Sie alle nickten.

„Nun... Die Sache ist die... Ich glaube, ich habe vielleicht... Ihr wisst doch, dass es bloß Äpfel sind, nicht wahr? Nun vielleicht sind sie das nicht. Ich meine damit... Vielleicht... Vielleicht hat der Baum im Moment keine Äpfel..."

Simone lächelte:

„Du meinst damit... Oh, ich verstehe. Nun, das ist schon in

Ordnung. Wir kennen viele andere Apfelbäume. Mach dir keine Sorgen!"

***

Renee war aufgeregt, so viele Frauen auf einem Haufen zu sehen, als sie durch South Mimms schlenderten. Es gab eine Frau mit einem Habichtsgesicht, die mit fünf Hunden Gassi ging. Ihre Kleidung war mit Katzenhaaren bedeckt und ihre Taschen voll mit Frettchen. Dann gab es eine Dame mit einem rundlichen Hals, die einen Krug voller Milch trug. Dort drüben stand eine Gruppe schnatternder Freunde. Zu ihrer Rechten spielte eine Reihe von Mädchen Himmel-und-Hölle.

Renee ließ diese Szenen auf sich wirken.

Sie sah, dass ihre Straße durch einen kleinen Park und undeutlich zu sehenden Schrebergärten abgetrennt war. Ein kurzer Weg führte sie zu einem Pub, „Zum weißen Hirsch". Es war ein dem Tudor-Stil nachempfundenes Haus, das mit weißer Farbe und schwarzem Holz bedeckt war. Hinter dem Pub fand sich ein Sammelsurium aus leer stehenden Häusern mit schiefen Dächern und verwilderten Vorgärten.

Renee schlenderte mit großen Augen erst hierhin und dann dorthin und bestaunte alles, an dem sie vorbeikam. Sie ließ ihre Hand über die Ziegel und Rinden gleiten, lauschte dem Klang des Windes und atmete den Duft von geschnittenem Gras und brennendem Holz ein.

***

Als Simone ihre eine Tasche aus dem Dorflagerraum gab, einem Raum, der an das Langhaus angebaut worden war, machte Renee einen Schritt zurück und hob ihre Hände:

„Ich kann nicht... Ich... Ich... Ich habe nichts getan, um das zu verdienen."

Simone rollte ihre Augen und lachte:

„Nicht das schon wieder. Was bist du, Renee Ann?"

Oh. Ich weiß. Tut mir leid. Es ist bloß... Das hier ist alles neu für mich. Also, ich verstehe die Logik dahinter, aber die Anwendung... Es ist bloß... Es fühlt sich an, als ob ich Wasser atmen und Luft trinken würde."

Simone grinste:

„Versuch sie zu nehmen, ohne großes Aufsehen darum zu machen. Du kannst es, meine Liebe, ich weiß, dass du es kannst!"

Renee lächelte, nahm die Tasche von Simone entgegen, nahm Curies Hand und folgte ihr nach draußen.

***

Sie traten in eine Menschenmenge hinaus.

„Du scheinst beliebt zu sein", erklärte Simone. „Jeder will den Messias treffen!"

Renee versteckte ihren Kopf in ihrem Hemd.

„Aber, aber. Du bist etwas eingeschüchtert, nicht wahr? Keine Sorge, meine Liebe, es ist alles in Ordnung. Du musst nichts sagen, bis du nicht dazu bereit bist."

Ihre Gruppe schlenderte an windschiefen Häusern, Grünanlagen, Kühen und Windmühlen vorbei. Eine einsame Rauchsäule schlängelte sich in den Himmel empor und entschwand in der windstillen Luft.

Als sie das Dorf verließen, sprang der fiese kleine Hundemann an Renees Seite umher. Der gefrorene Matsch machte ihm nichts aus und er wackelte mit seinem Hinterteil in der Luft und heuchelte in ekelig feuchten Atemzügen.

In einer hochtrabenden Stimme sagte Renee:

„Ich bin bereit, um eine Frage zu beantworten!"

Niemand sagte ein Wort.

Die meisten der Dorfbewohner hatten Fragen, die sie stellen wollten, aber sie wollten nicht so vermessen sein, als erster zu sprechen.

Es sind in solchen Situationen oft die Jungen, denen es an der vorsichtigen Zurückhaltung des Alters mangelt, die bereit sind, in das Rampenlicht zu treten. Diese Situation stellte keine Ausnahme dar.

Ein Elfjähriger brach das Schweigen:

„Wie hast du es geschafft? Zu entkommen meine ich. Wie bist du entkommen?"

Renee lachte:

„Ich bin gegangen."

„Niemand hat dich aufgehalten?"

„Nein. Ich schätze, dass es mir die ganze Zeit frei stand zu gehen. Ich habe es nur nie getan."

„Warum hast du es dann getan? Warum bist du fortgegangen?"

„Ich wollte einen anderen Menschen treffen."

„Oh. Und konntest du in London niemanden treffen?"

„Die Londoner tragen Plalinsen, die verhindern, dass man jemand anderen sieht."

„Was ist passiert? Mit deinen Plalinsen meine ich?"

„Ich habe sie rausgenommen."

Die Gruppe schnappte kollektiv nach Luft.

Kuti hob seine Hände:

„Unglaublich! Wir haben von Leuten gehört, deren Plalinsen rausgefallen sind oder die vergessen haben, sie reinzutun, aber wir dachten, sie wären alle wahnsinnig geworden. Wir haben noch nie von jemandem gehört, der seine Plalinsen freiwillig rausgenommen hat. Das ist... Erstaunlich! Unglaublich! Einzigartig!"

Die Gruppe hielt neben einem Brombeerstrauch an.

Renee beantwortete eine Frage nach der anderen; sie beschrieb ihre Plalinsen und erklärte, was passiert war, als sie sie rausnahm. Sie beschrieb ihren Bildschirm, Schulden, Arbeit, Avatare, Ich-Freunde, Kapseln, Tabellenplatzierungen. Das Essen, das sie aß, die Accessoires, die sie trug, und die Stadt London selbst. Sie erzählte von ihrem Heureka-Moment, ihrer Flucht und ihrer Reise nach South Mimms.

Als sie fertig war, hatten die Dorfbewohner mehrere Behälter mit Brombeeren gefüllt, drei Säcke mit Äpfeln, sie hatten etwas Brennnesseln gesammelt, Holunderblüten, Brunnenkresse, Pilze und Sauerampfer. Sie hatten ihre Fallen aufgesucht und sieben Hasen eingesammelt.

Als sie sich auf den Heimweg machten, wurde Renee wieder von Schuldgefühlen überkommen. Ihr lag ein Stein im Magen und ihr war ein wenig schwindelig.

„Diese Menschen haben mir so viel gegeben", dachte sie. „Sie haben mir zu essen gegeben, ein Dach über dem Kopf und noch mehr. Sie haben mir zugehört, mich in die Welt mitgenommen und mir gezeigt, was ich essen kann. Und was hab ich ihnen im Gegenzug gegeben? Nichts! Absolut nichts! Das ist nicht recht. Es ist nicht fair."

Sie sah sich in der Natur nach Inspiration um.

Sie erblickte eine Wühlmaus, die aus einem Bach trank, und hatte das Bedürfnis Wasser für ihre Freunde zu holen, hatte aber keine Krüge oder Flaschen. Sie lauschte dem Gesang der Vögel und überlegte zu singen, aber sie sorgte sich, dass sie schief singen würde.

Als sie um eine Ecke bogen, sah sie eine Kuh, die ihr Kalb sauber leckte. Für Renee war es der wunderschönste Anblick auf der Welt. Natürlich, sich sorgend und gut. Sie drehte sich zu Simone um, nahm ihren Kopf in die Hände und fuhr ihr mit der Zunge über die Seite ihres Gesichts.

Simone wich instinktiv zurück und hatte einen Gesichtsausdruck, der eine Mischung aus Ärger und Verwirrung war. Der Hundemann aber reagierte instinktiv und sprang blitzschnell auf die Hinterbeine, legte seine Pfoten auf Renees Schultern und leckte ihr vollkommen unbekümmert die Wange.

Sie verloren sich beide in dem Moment und leckten sich sauber, ohne ihre Freunde wahrzunehmen. Sie leckten sich weiter ab, bis sie bemerkten, dass all sie anstarrten.

Renee wich augenblicklich zurück.

Stille senkte sich über die Gruppe.

Der Hundemann jagte sein eigenes Hinterteil und rollte sich zusammen.

Simone lächelte.

Ihre Kameraden lachten schallend.

***

Renee versuchte zu erklären:

„Ich will etwas beitragen. Ich will ein Teil der Gruppe sein."

Simone antwortete ihr mit sanftem Blick:

„Du hast nicht das Gefühl, als ob du dazugehören würdest, nicht wahr? Aber das tust du! Glaube mir: *Das tust du.*"

„Das tue ich?"

„Ja! Überleg nur, du hast aufgehört über uns in der dritten Person zu sprechen."

„Oh."

„Du schlägst dich toll."

Simone legte ihren Arm um Renees Schulter und führte sie in den Lagerraum:

„Okay, meine Liebe, reich mir bitte den Speer."

Renee konnte es nicht.

Sie hatte sich noch nie etwas in ihrem Leben geliehen, niemals etwas geteilt und niemals etwas umgetauscht, das ihr nicht gefiel. Sie fand das ganze Konzept überaus befremdlich. Sie zuckte zusammen. Sie wusste, dass sie die Waffe zurückgeben sollte, aber ihre Hände wollten ihr nicht gehorchen.

Sie hielt den Speer hin. Simone nahm ihn, aber Renee zog ihn zurück.

Simone schaute ihr in die Augen, die rot angelaufen waren, hielt inne und ließ den Speer los.

„Schon in Ordnung", sagte sie. "Es ist okay. Wenn ich an deiner Stelle wäre, würde ich ihn auch behalten wollen."

Simones sanfter Tonfall half Renee ihre Gedanken zu beruhigen. Ihre Muskeln entspannten sich, spannten sich wieder an, entspannten sich. Sie löste ihren Griff und der Speer fiel zu Boden.

Simone strahlte sie an:

„Gut gemacht! Komm jetzt rein, meine Liebe, komm rein."

Renee folgte Simone in das Langhaus, wo sie ihre Ausbeute auf einer Reihe von Holztischen ausbreiteten.

Sie waren kaum damit fertig, als eine gebeugt gehende alte Dame auftauchte, die nach Schnittlauch roch, und ihre Äpfel in ein Wägelchen legte.

Renee war außer sich und glaubte man hätte sie bestohlen. Sie griff sich drei Kartoffelsäcke und stopfte Mehl, geräuchertes Schwein, Brokkoli, Salat und Tomaten hinein. Sie griff sich eine Handvoll Hüttenkäse und stopfte sie sich in den Mund.

Keiner sagte ein Wort. Das mussten sie nicht. Sie hatte bereits einen Kreis um Renee gebildet. Sie deuteten mit ihren Zeigefingern und blinzelten in hohem Tempo mit den Augen.

Krümel fielen von Renees Lippen.

Sie war entschlossen sich ihren Weg durch den Kreis zu bahnen, griff sich ein paar Karotten, stopfte sie sich in die Tasche und bewegte sich entlang des Tisches.

Die Dorfbewohner kamen näher.

Renee sank das Herz in die Hose. Sie fühlte, wie sie ihre Kraft verließ. Ihre Glieder fühlten sie leicht an. Ihre Haare brannten.

Renee war sich nicht sicher, was gerade passierte, aber sie wollte, dass es aufhörte. Sie holte die Tomaten hervor und legte sie auf den Tisch.

Die Dorfbewohner traten zurück.

Renee legte auch das restliche Gemüse zurück.

Die Dorfbewohner senkten die Arme.

Sie legte auch das Schweinefleisch und das Mehl zurück.

Die Dorfbewohner verteilten sich wieder.

Curie klatsche mit Renee ab.

Simone lächelte:

„Das war toll. *Du* warst toll!"

„Äh... Äh... War ich das?"

„Ja!"

„Ich verstehe nicht. Ich... Ich... Was ist gerade passiert?"

„Scham! Die Autorität der öffentlichen Meinung! So erhalten wir die Ordnung. Wenn jemand sich zu viel nimmt, oder zu wenig gibt, beschämen wir ihn, um ihn dazu zu ermuntern, dass er sein Verhalten ändert."

„Oh."

„Und das ist genau, was du getan hast!"

„Das habe ich?"

„Ja, meine Liebe, ja. Du hast erkannt, dass du zu viel für dich genommen hast und deinen Fehler korrigiert."

„Oh."

„Du bist jetzt eine von uns."

„Das bin ich?"

„Ja! Wir freuen uns sehr, dass du hier bist."

„Aber… Aber… Ich verstehe nicht so ganz, was ich getan habe. Die alte Dame hat alle meine… Alle *unsere* Äpfel genommen. Ich habe es nur nachgemacht. Wieso wird sie nicht beschämt?"

Simone lachte:

„Oh, die alte Wollstonecraft ist eine meisterhafte Bäckerin, die beste im ganzen Dorf. Sie wird köstlichen Kuchen mit den Äpfeln machen, die sie dann morgen herbringen wird. Vertrau mir: Du hast noch nichts gegessen, was mit einem Wollstonecraft-Kuchen vergleichbar wäre."

Renee dachte einen Moment lang nach, schnipste mit den Fingern, griff sich einen Beutel und füllte ihn mit Mehl und Käse.

Simone kratzte sich am Kopf:

„Was machst du da?"

„Du meinst wohl ´Was machen *wir* da?` *Wir* machen Käsetoast für das ganze Dorf. Wenn die alte Frau das kann, dann können wir das auch. Simone: Wir werden die Besten sein!"

***

Nachdem sie zu Mittag gegessen und Brot für den Käsetoast gebacken hatten, wanderte Renee ein wenig auf eigene Faust umher. Solange mit so vielen Leuten zusammen zu sein, hatte sie ausgelaugt. Sie brauchte etwas Zeit für sich.

Sie beobachtete das Leben im Dorf aus der Ferne, fast wie eine Touristin, die in einem Museum lebt.

Dort sah sie eine junge Frau, die mit großer Hingabe und Kunstfertigkeit Leder massierte. Dort drüben erblickte sie zwei Männer, die Mehl mahlten. Dabei lachten und scherzten sie, warfen Mehl.

Renee erkannte ein Pärchen von der Wanderung am Morgen. Sie saßen unter einer Eiche, strickten dabei Pullover und redeten und lachten. Es schien Renee, als ob sie alle um Längen produktiver waren, als sie es jemals gewesen war, obwohl sie sich gar nicht anzustrengen schienen.

Es war aber der Anblick der vier jungen Mütter, der Renee am meisten inspirierte.

Seit Sokrates erklärt hatte, was das Wort ´Mum` bedeutet, hatte sie darüber nachdenken müssen. Es übte auf Renee eine geradezu fantastische Anziehungskraft aus.

„Mum", flüsterte sie leise und rollte das Wort auf der Zunge umher.

„Mutter... Muh terr... Mum. Mutter. Mum."

Die Mütter saßen auf einer Decke. Eine von ihnen kämmte ihrer Tochter die Haare. Sie entfernte Läuse, bevor sie sie zu Zöpfen flocht. Eine andere gab ihrem Baby die Brust.

Renee hatte noch nie so etwas gesehen. Sie zuckte zusammen, bedeckte ihre Augen und lugte zwischen ihren Fingern hindurch.

Die Frauen lachten.

Renee lachte.

Sie wandte sich den Kindern zu.

Ein kleiner Junge rief einem kleinen Mädchen zu und lud sie ein, bei ihrem Spiel mitzumachen. Sie einigten sich auf die Regeln und begannen zu spielen. Sie flochten Ketten aus Ranunkeln und Gänseblümchen, sie jagten sich und fingen sich und legten sich die Ketten gegenseitig um den Hals.

Ein Kleinkind zeigte auf ein paar Blumen, die außerhalb seiner Reichweite waren. Ein älterer Junge pflückte sie und reichte sie dem Kleinkind.

Als sie das sah, stand eine der Mütter auf, ging hinüber und belohnte den Jungen mit einem Keks. Er zerbrach ihn und teilte ihn mit seinen Freunden.

Dies erinnerte Renee an diese komische Sache, die Chomsky gesagt hatte:

„Teilen ist die natürliche Ordnung der Dinge."

Bloß hier schien das nicht mehr so seltsam zu sein. Es schien natürlich zu sein. Es war tatsächlich so natürlich, dass Renee ihr gesamtes Weltbild infrage zu stellen begann.

Um diese Zweifel aber so schnell wie möglich wieder begraben zu können, ging sie zu einer Gruppe von Erwachsenen herüber, die Fußball spielten. Vom Verhalten der Kinder inspiriert, fragte sie, ob sie mitspielen konnte.

Zwar hatte sie Mühe damit mitzuhalten, stolperte über ihre Füße und hatte Mühe den Ball zu kontrollieren, schaffte sie es trotzdem in Richtung Tor durchzukommen. Sie überraschte sich selbst, als sie abgab, anstatt selbst zu schießen. Ihre Teamkameraden überraschten sie noch mehr, als sie *ihr* gratulierten und nicht dem Torschützen.

Sie verbrachte den Rest des Abends damit mit den anderen Spielern zu reden, die Bibliothek zu besuchen und im Langhaus zu tanzen.

Als sie nach Hause kam, fragte sie, ob sie bei Curie und Simone schlafen könnte.

„Ich habe mein ganzes Leben lang alleine geschlafen. Heute Nacht würde ich gerne mein Bett teilen."

Curie nickte. Dann gähnte sie.

Renee gähnte herzhaft zurück. Dann schaute sie Simone in die Augen, trat auf sie zu und umarmte ihre Freundin.

Sämtliche Nervenenden in ihrem Körper kribbelten vor Freude.

Es war Renees erste Umarmung überhaupt und sie gab ihr ein natürliches Hochgefühl. Oxytocin und Dopamin rasten durch ihre Adern. Ihr Cortisolspiegel sank und ihr Stress und ihre Sorgen wurden fortgespült. Serotonin machte ihrer Einsamkeit den Garaus. Endorphine blockierten die Schmerzrezeptoren in ihren Füßen. Ihr Blutdruck sank und reduzierte die Last ihres Herzens.

Renee fühlte sich gewollt, gebraucht, geschätzt und geliebt.

DER LETZTE SCHNITT IST DER TIEFSTE

„Ein jeder Neuanfang rührt vom Ende eines anderen Anfangs her."
SENECA

Renee gewöhnte sich an das Leben in der Gemeinschaft.

Sie umarmte ihre Mitbewohner, schüttelte den Dorfbewohnern die Hand und klopfte Leuten auf den Rücken. Ihre Liebe zu Simone wurde nur noch stärker und erstreckte sich bald auch auf andere, bis sie zu fast jedem, den sie getroffen hatte, eine Bindung besaß.

Die Auswirkungen beschränkten sich allerdings nicht bloß auf das Psychologische. Renees Gesundheit wurde robuster und sie hatte mehr Energie. Zwei Wochen, nachdem sie in South Mimms angekommen war, hatte sie ihre erste Menstruation.

Ihre Sprache entwickelte sich weiter. Sie lernte die Namen von Tieren und Bäumen und begann Wörter wie „Wir", „Uns", „Du" und „Ihr" zu benutzen.

Sie setzte ihre Wanderungen in die Natur fort, um Nahrung zu sammeln, zu jagen und zu fischen. Sie genoss sie größtenteils, aber es war ein großer Schock für sie, als sie die halb gefressenen Überreste des Mannes fanden, den sie auf der Wiese getroffen hatte. Ihre Lippen liefen blau an und sie wäre beinahe zusammengebrochen. Ihre Freunde aber standen ihr bei. Sie legten sie hin, hoben ihre Beine an und flüsterten ihr unterstützende Worte zu.

Zu sehen, dass dieser Alpha-Mann nicht hatte überleben können, half Renee dabei ihren Verstand zu fokussieren. Sie machte es sich zur Aufgabe, bei jeder Tätigkeit zu helfen. Sie versuchte sich daran die Kühe zu melken, die Hühner zu füttern, Saat auszubringen, Pflanzen umzusetzen, Tomaten zu ernten und Rohre zu reparieren.

Aber es war Renees Einstellung dem Spielen gegenüber, die sich wirklich weiterentwickelt hatte. Sie schüttelte ihre Sucht nach Arbeit und schaffte es im Moment zu leben. Sie redete, scherzte und lachte mit den anderen Dorfbewohnern. Sie schminkte die anderen Mädchen, spielte Netzball, Schlagball, Dame und Dart.

Fast jeden Abend spielte sie mit Curie zusammen Brettspiele. Aber die Spiele selbst waren nicht, was wichtig war. Es war die Zeit, die mit Spielen verbracht wurde, die wirklich zählte. Die Zeit, in der man redete, Bande knüpfte und die kleinen Sonderlichkeiten von einander entdeckte.

Was das Alter anging, war Curie für Renee wie eine Tochter. Sie sah sich in der Verantwortung, auf ihre jüngste Mitbewohnerin aufzupassen. Jeden Morgen wuschelte sie ihr durch die Haare und wenn sie sich das Knie aufschlug, eilte sie zu ihrer Hilfe. Sie bekam nicht genug davon, wie sich Curies Sommersprossen dehnten und blasser wurden, wenn sie lachte, und sie verspürte eine große Zuneigung für sie. Curies Angewohnheit, sich die Nase am Ärmel abzuwischen, löste bei Renee ein wohliges Gefühl aus, das sie nicht erklären konnte.

Was allerdings die geistige Reife anging, waren Curie und Renee mehr wie Schwestern. Sie quatschten über Jungs, Haarfrisuren und die anderen Dorfbewohner. Wenn eine der beiden kicherte, löste es eine Kettenreaktion aus, bei der auch die andere kicherte und dann die erste noch mehr. Wenn eine von ihnen nieste, bekam die Andere für gewöhnlich Schluckauf, oder rülpste oder klatschte.

Renee und Simone stand sich weiterhin sehr nahe. Sie ahmte ihre Sprache nach, sprach sehr einfühlsam und nannte Leute „Mein Lieber".

Aber es war ihre Beziehung zu dem Hundemann, die vollkommen überraschend kam. Sie freundete sich mit der Töle an, ging mit ihm spazieren, spielte Stöcken holen und kraulte ihm den Bauch. Sie sah in ihm nicht länger einen Hund oder den niederen Schuft, der er war. Sie sah durch sein hundeartiges Äußeres hindurch, sie ignorierte seinen haarigen Torso, vergaß seine krummen Beine und sah das Menschliche in ihm.

Igitt! Ich kann nicht verstehen, wie sie das schaffte.

Sie fand heraus, dass der Hundemann wie jeder andere verschiedene Geschmäcker hatte. Er zog Rind und Hammel Lamm und Fisch vor. Und auch wenn er rohes Fleisch vom Boden aß, es war schließlich alles, was er bekam, probierte er doch bereitwillig ein Sandwich, als Renee ihm eins anbot. Er legte seinen Kopf schief, runzelte die Stirn und streckte langsam seine Pfote aus. Er nahm das Sandwich und führte es an den Mund.

Er lächelte, so wie es auch andere Menschen tun würden.

Und auch wenn er nicht sprach, so erkannte Renee doch, wie er fröhlich umhersprang, wenn er sie sah. Ihr fiel auf, wie er seinen Kopf hob, wenn er aufgeregt war und wie er zitterte, wenn er fror. In seinen Augen aber zeigten sich die menschlichsten aller Emotionen: Trauer und Freude, Hoffnung und Furcht, Überraschung und Ekel.

Nach einer Woche kam ihr endlich die Erleuchtung:

„Das ist es! Wir beide sind nicht wie die Einheimischen. Wir sind Außenseiter. Die einzigen Menschen, die jemals London entkommen sind. Die Einzigen, die anderswo aufgewachsen sind. Wir werden niemals wie die Ortsansässigen sein, mein Lieber, aber wir werden immer wie wir sein. Wir werden immer aus unseren gemeinsamen Abenteuern Trost schöpfen können. Ich weiß es. Ich weiß es einfach. Wir sind dazu bestimmt, ein Team zu sein!"

Der Hundemann wedelte mit seinem Hinterteil und nickte mit dem Kopf. Ich konnte den übel riechenden Duft seines Fells fast riechen. Dieser widerliche Gestank von Dung und verrottendem Schinken. Mir kam es fast hoch.

Aber ich fürchte, dass solche Bemerkungen nicht die Ausnahme blieben. Immer wenn Renee diese elendige Kreatur zu Gesicht bekam, blähten sich ihre Nüstern und sie sog seinen Duft ein. Ihr Herz machte einen Satz. Ihr Blick verschwamm, klärte sich und verschwamm erneut. Sie seufzte und lächelte einfältig von ganzem Herzen.

Igitt! Also wirklich, würg! Ich konnte es absolut nicht verstehen.

Ich entschied, dass es Zeit war zu handeln...

***

Eine Krähe landete auf dem Fenstersims.

Erst nach mehrmaligem Blinzeln sah Renee die Nachricht, die an ihrem Fuß befestigt war.

Sie öffnete das Fenster und nahm die Nachricht an sich:

Paul Podsicle der Zweite lädt Sie hiermit herzlich zum Tee im Knebworth House ein. Eine Drohne wird Sie um Mittag abholen.

Renee schnalzte mit der Zunge. Sie war erst vor kurzem in dem Dorf angekommen, hatte sich eingelebt und hatte nicht vor es zu verlassen. Sie trank etwas Kamillentee, kämmte sich die Haare und schnitt sich die Nägel.

Sie erinnert sich an das, was Chomsky erzählt hatte:

„Was hat er noch gesagt?... Hmm... Oh ja: ´Wir haben immer auf die Einladung des Oligarchen reagiert, weil wir Angst hatten, dass er uns nach London schicken würde, falls wir uns weigern.`"

Ein Gewicht von mehreren Tonnen legte sich auf Renees Schultern. Ihre Füße bohrten sich in den Boden, sie war nicht in der Lage ihre Beine zu heben und rechnete jeden Moment damit, dass ihr Stuhl zusammenbrechen würde:

„Wenn ich mich weigere zu gehen, vertreibt Paul Podsicle vielleicht das ganze Dorf. Und was dann? Die Menschen hier würden in London nicht überleben. Sie sind für das individualistische Leben nicht vorbereitet. Ich wäre... Oh... Oh... Oh..."

Renee legte ihren Kopf in die Hände und betete darum, dass der Tisch sie verschlucken möge.

Simone, die die Nachricht gerade gelesen hatte, massierte ihr die Schultern:

„Schrecklich, nicht wahr? Aber du musst wirklich nicht gehen, wenn du nicht willst. Schon in Ordnung, meine Liebe, schon in Ordnung."

Aber es war nicht in Ordnung. Selbst wenn sie nicht wollte, *musste* Renee gehen.

Es war die größte Herausforderung, der sie sich jemals gestellt hatte. Ja, von ihrem Gas runter zu kommen, ihre Plalinsen herauszunehmen und London zu verlassen war hart gewesen. Aber sie hatte das für sich selbst getan. Ihr Glaube hatte ihren Schmerz gelindert. Ihr Glaube, dass sie einer elendigen Existenz entkommen, ´Mum` und ihre Freiheit finden würde und eine neues Leben beginnen würde. Es war ein Fall von *Viel zu verlieren. Viel zu gewinnen.*

Die Situation jetzt war aber eine andere. Dies war ein Fall von *Viel zu verlieren. Nichts zu gewinnen.* Renee lief Gefahr alles zu verlieren: ihre Freunde, ihr Zuhause, ihr Glück. Sie selber aber hatte nichts zu gewinnen.

„Wir würden es verstehen", fuhr Simone fort. Ihre Augen aber verrieten sie. Ihre Augenlider waren in ihrem Kopf verschwunden und ihre Pupillen auf das Doppelte ihrer normalen Größe angewachsen.

Renee schüttelte den Kopf:

„Ich könnte nicht mit mir leben, wenn ich nicht gehen würde. Ich... Ich... Ich muss gehen. Was soll schon das Schlimmste sein, was passieren kann? Nicht wahr? Ihr seid schließlich auch schon gegangen. Ich bin mir sicher, dass es schon in Ordnung geht."

Curie rannte zu Renee herüber, sprang ihr auf den Schoß, küsste ihre Wange und drückte sie so fest sie nur konnte.

***

Das ganze Dorf hatte sich versammelt, um Renee zu verabschieden.

Sie sah zu, wie aus ihnen bloße Punkte wurden, als die Drohne sich in die Lüfte erhob und mit ihr davon raste.

Unter ihr rasten verwilderte Felder, junge Wälder und sich windende Bäche dahin und verschwammen zu einem Mischmasch aus Grün und Blau. Renee versuchte sich all die Straßen zu merken, die sie überquerten, aber es war leichter gesagt als getan.

Ihr war etwas schwindelig, als sie ankamen und sie fiel zu Boden, als sie die Drohne verließ.

Ein Roboter half ihr auf die Füße, klopfte sie ab und führte sie zum Knebworth House. Es war ein Herrenhaus aus dem fünfzehnten Jahrhundert, das sich erstreckte, so weit das Auge reichte. Allerlei Türme, Kuppel, Zinnen, Wasserspeier und Flaggen zierten das Gebäude. Es war von gelblichbeiger Farbe, mit hohen Fenstern, geschwungenen Türen und einer Würde, wie sie nur mit hohem Alter kommt.

Die Hauptpforte öffnete sich und Renee trat herein.

Ein Déjà-vu jagte ihr einen Schauer den Rücken hinunter.

Sie wurde den Eindruck nicht los, dass sie dieses riesige Bauwerk mit seinen ausladenden roten Teppichen und Kristallüstern schon einmal besucht hatte, aber sie konnte nicht sagen wann. Sie erkannte das mit Rubinen besetzte Sofa und das vergoldete Piano wieder, sowie die Figuren und die Fabergé-Eier, aber wusste nicht warum. Sie hatte das Gefühl, sie würde etwas zum zweiten Mal erleben. So als ob sie zurück in ein anderes Zeitalter getreten war, eine andere Welt, einen anderen Körper ein anderes Leben.

Hohe Spiegel warfen an beiden Enden des Raumes Bilder ihrer vergoldeten Rahmen zurück. Zwei glänzende, schwarze Türen öffneten sich zwischen ihnen.

Renee trat durch sie hindurch in den nächsten Raum und erblickte einen Mann, der es sich auf seinem Thron bequem gemacht hatte. Er trug einen Morgenmantel aus Satin und mit Smaragden besetzte Slipper. Renee war sich sicher, dass sie ihn schon einmal irgendwo gesehen hatte, konnte aber nicht sagen wo.

Der Mann war gut aussehend, oh so gut aussehend! Ein feineres Exemplar hatte die Menschheit niemals hervorgebracht. Er war aus den feinsten Muskeln geschaffen: mit flachem Bauch, breiten Schultern und langen Gliedern. Die harten Kanten seines Körpers waren abgeschliffen, geglättet und gemildert worden. Seine Haut strahlte: sie war terrakottafarben, seidig und glänzend. Er war geradezu erschreckend sauber, so als ob er stündlich verhätschelt, gekämmt, maniküurt und massiert werden würde.

Er hob sein Glas.

Renee machte einen Schritt auf ihn zu.

„Hah... Hah... Hallo?"

Eine Offenbarung! Bloß ihre Stimme zu hören! Sie in Fleisch und Blut zu sehen! Mein Herz machte einen Satz!

Ich schaute ihr in die Augen und grinste:

„Geliebte Renee: Steh nicht einfach da rum. Komm, setzt dich. Mach es dir bequem."

**

„Geliebt", dachte Renee. *„Ge... Lieb... T.* Wo habe ich das Wort schon einmal gehört?"

Sie saß in einem von Königin Victorias Stühlen und versuchte zu verstehen was hier passierte. Meine Lüster spiegelten sich in ihren Haaren. Sie glitzerten, wie Glühwürmchen und Feenlichter. Ich musste all meine Willenskraft aufbringen, um die Arme nicht nach ihr auszustrecken, sie zu packen und ihr einen Kuss aufzudrücken.

„Kenn... Umm... Kenne ich Sie?"

Dieser Ausdruck unglaublicher geistiger Anstrengung! Geliebter Freund: Sie strahlte förmlich!

Ich kniff mich ins Bein und versuchte einen kühlen Kopf zu behalten, aber es ist mir, glaube ich, nur bedingt gelungen:

„Ich glaube, meine Avatare hatten mit dir schon einmal das Vergnügen."

Renee öffnete ihren Mund, um etwas zu erwidern. Sie hielt inne. Ich zitterte.

„Mach schon", sagte ich zu mir selbst. „Du kannst es schaffen."

Ich atmete tief ein und ließ mich in meinen Stuhl zurücksinken, um Renee die Möglichkeit zu geben, sich zu sammeln:

„Podsicle?"

Ich nickte.

„Oxford Circus?"

Ich lächelte:

„Der Interviewer..."

Renee verstummte und ließ ihren Blick über meine Van Goghs, Picassos und Rembrandts wandern. Sie dachte einige Momente im Stillen nach und wandte sich dann mir zu.

Katsching! Mein Herz machte einen Sprung.

Renee biss sich auf ihre Unterlippe:

„Man sagt, dass Ihnen ein Viertel von Britannien gehört."

„Ein Viertel!", sagte ich spöttisch. „Nein. Ho, ho, ho! Die Leute übertreiben viel. Nein, meine Liebe, es ist kaum ein Fünftel."

„Oh."

„Mir gehört ein Viertel von Afrika."

„Oh. Wie ist es da so?"

„Das kann ich nicht mit Sicherheit sagen. Ich war noch nie da."

Renees Augenbrauen gingen hoch.

Ich reichte ihr ein Champagnerglas:

„Erzähl mir deine Geschichte. Ich brenne darauf, sie zu hören."

Sie lächelte! Sie strahlte geradezu! Ich wollte die Faust in die Luft recken und einen verrückten Tanz aufführen.

Es freut mich sagen zu können, dass ich es unterlassen habe.

Ich saß gebannt da und hörte zu, wie Renee über ihren Heureka-Moment erzählte, wie sie mit den Ratten geredet hatte, ihre Haarspange zertreten hatte und ihre Plalinsen herausgenommen hatte.

Sie verstummte, schaute hoch und blickte in die tiefsten Tiefen meiner Augen.

Ich weiß nicht, was ich getan habe, ich hatte nicht ein Wort gesagt, aber irgendetwas muss mich verraten haben. Renee packte die Lehnen ihres Stuhls, erhob sich ein Stückchen und sagte mit unerschütterlicher Gewissheit:

„Sie wissen das Alles schon!"

Ich war vollkommen überrascht, tat aber mein Bestes, um es zu verbergen.

Ich nickte.

Sie fuhr fort:

„Aber... Wie?"

Ich lächelte:

„Ich kümmere mich bereits seit einer langen Zeit um dich, meine Liebe. Erinnerst du dich nicht an die Jobs, die meine Avatare dir gegeben haben? Ich habe dir das Geld bezahlt, das du zum Überleben brauchtest. Ohne mich wären dir deine Schulden über den Kopf gewachsen, du hättest deine Kapsel verloren und man hatte dir deine Medizin abgestellt."

„Das ist passiert!"

„Aber erst, als du bereit warst."

„Bereit... Wie um alles in der Welt konnten Sie wissen, dass ich bereit war?"

Sie hatte mich erwischt. Für einen kurzen Moment verlosch meine Liebe und wich einem Gefühl der Sorge in der Magengegend.

Es hielt nicht lange an. Noch bevor ich mich ganz gesammelt hatte, bekam ich Respekt vor ihrem Schneid und liebt sie dafür umso mehr.

Ehrlich mit ihr zu sein, schien mir die beste Option:

„Du hattest dich bereits bewiesen. Beim Markt, das hast du wirklich!"

Renee bedeutete mir fortzufahren.

„Ich habe dich zum Podsicle Palast gebracht, um dir wahren Reichtum zu zeigen. Damit du erkennst, wie wenig du, trotz deiner harten Arbeit, hast. Und ich habe dir früh morgens Jobangebote zugeschickt, wenn deine Gasversorgung gering war, damit du mit klarem Verstand über alles nachdenken konntest. Ich habe dir geholfen zu erkennen, wie sinnlos deine Existenz ist."

„Aber... Aber... Woher haben Sie gewusst, dass das funktionieren würde?"

„Das wusste ich nicht! Ho, ho, ho. Liebe Renee: Bei den ersten fünfundsiebzig Mal hat es absolut nicht funktioniert. Ich wette du erinnerst dich nicht an diese Tage, oder? Du hast so viel von der Medizin eingeatmet, dass du deine Erinnerung vollkommen gelöscht hast."

Renee schüttelte den Kopf:

„Moment mal. Wenn es fünfundsiebzig Mal nicht funktioniert hat, wieso haben Sie es dann weiter versucht?"

„Weil du es immer weiter versucht hast!

Jedes Mal, wenn du früh morgens aufgewacht bist, hast du dieselben Bilder gesehen und hattest dieselben Gedanken. Du hast erkannt, dass du deine Schulden niemals zurückzahlen würdest, niemals deine eigene Kapsel besitzen, dich zur Ruhe setzen, glücklich oder frei sein würdest. Jemand anderes hätte sich auf der Stelle umgebracht. Du aber nicht! Oh nein. Du bist bei nicht weniger als sechsundsiebzig Gelegenheiten zu dieser Einsicht gekommen und hast dich jedes Mal selbst gerettet. Nicht nur einmal oder zweimal, sondern sechsundsiebzig Mal! Bravo! Das, meine Liebe, ist der Grund, warum du etwas Besonderes bist."

Renee schüttelte den Kopf:

„Nein! Nein, nein, nein! Das kann nicht stimmen. Wenn mir das schon einmal passiert wäre, hätte Ich-Grün sich daran erinnert und mir dadurch geholfen."

Ich zuckte mit den Schultern:

„Ich habe diesen Teil deiner Avatare gelöscht."

„Sie... Haben... sie... gelöscht?"

„Ja. Deine Avatare arbeiten für mich. Seit du deine Schulden nicht begleichen konntest, gehören sie mir."

Ich lächelte:

„Geliebte Renee: Ich habe dich seit Jahren durch die Augen deiner Avatare beobachtet. Ich bin immer an deiner Seite gewesen. Immer! Ich kenne dich wie mich selbst. Und ich muss dir sagen: Ich liebe dich *sogar noch mehr* als mich selbst."

„Sie... Sie... Sie können so etwas nicht tun. Das ist spionieren! Es ist eine Verletzung der Privatsphäre!"

Die Bemerkung traf mich ins Mark:

„Oh Renee! Du musst mir glauben: Ich wollte dir niemals wehtun."

Renee knirschte mit den Zähnen:

„Aber... Also... Also was war plötzlich anders?"

„Beim sechsundsiebzigsten Mal hast du deinen Teekessel zerbrochen. Seine Reste dienten als eine visuelle Brücke für dich, die dir half dich an deine Offenbarung zu erinnern. Dann war es nur eine Frage der Geduld. Als du deine Gaszufuhr gedrosselt hast, wusste ich, dass du auf dem richtigen Pfad bist. Ich musste dich bloß ins Herrenhaus bringen, um dir einige weitere Hinweise zu geben. Dann habe ich deine Gaszufuhr abgeschnitten. Ich wusste, dass du überleben würdest. Du warst bereit.

Danach war es ein leichtes. Auf das Meiste bist du allein gekommen, hast deine Plalinsen rausgenommen und Kapselstadt verlassen. Ich musste dir bloß meine Krähe, meine treue kleine Spionagedrohne schicken, die dich nach South Mimms geführt hat. Der Rest ist, wie man sagt, Geschichte."

Renee blickte verwirrt drein:

„Aber... Aber... Es gab doch sicherlich einen einfacheren Weg."

Ich lachte. Es geziemte sich nicht für mich und ich bereue es nun, aber ich habe schallend gelacht:

„Einen einfacheren Weg? Natürlich! Aber wenn die Dinge einfach gewesen wären, dann hätte es jeder tun können. Und ich wollte nicht irgendjemanden. Ich wollte jemand Besonderes finden. Ich wollte *dich* finden!"

Renee packte meine Armlehne:

„Also... Sie wollen damit sagen... Es gab Andere?"

Ich nickte.

„Und meine Mum. Was ist mit meiner Mum. War sie eine der Anderen?"

Mein Gesicht wurde ausdruckslos, ich senkte mein Haupt und nickte leicht.

„Sie... Sie wollen damit sagen... Was? Sie... Nein..."

Ich nickte.

„Sie hat sich umgebracht?"

Ich zuckte zusammen.

„Sie haben sie in den Selbstmord getrieben?"

Renee war auf die Füße gesprungen. Sie presste die Lippen zusammen, knirschte mit den Zähnen und fuhr sich mit den Nägeln über ihre Arme. Ihr Gesicht plusterte sich schrecklich auf. Es sah nicht gut aus. Und dennoch muss ich eingestehen, dass ich sie umso mehr liebte. Selbst in solch einem erbärmlichen Zustand fand ich sie attraktiv.

Was für eine vollkommen verrückte Liebe!

„Aber... Aber... Ich wollte doch bloß eine Mutter haben. Darum ging es doch bei alledem hier!"

Ich stand auf, trat auf Renee zu und legte meine Hand auf ihre Schulter. Dann sagte ich in einem beruhigenden Tonfall zu ihr:

„Nein geliebte Renee: Es ist bedauerlich, es ist wirklich schrecklich. Manchmal habe ich Probleme zu schlafen. Aber du warst nicht auf der Suche nach deiner Mutter. Es ging hierbei niemals um sie."

Renee war von der schieren Unverfrorenheit meiner Aussage überrumpelt worden und rang um Worte:

„Ich... war nicht... auf der... Suche... nach Mum?"

„Nein. Du wollest nicht *deine* Mum. Du wolltest eine Mum *sein*. Du willst ein Baby haben!"

Renee war wie vom Donner gerührt. Sie erholte sich nur langsam wieder davon. Ihre Augen verengten sich zu Schlitzen und öffneten sie Millimeter um Millimeter, bis ihr die Augen aus den Höhlen traten:

„Das stimmt! Aber... Aber wie konnten Sie... Es stimmt! Ich will ein Baby!"

„So ist es! Darum geht es hier!

Geliebte Renee: Die Menschheit ist in Ungnade gefallen. Ich musste ein reines Wesen finden, einen Engel, mit dem ich für unsere Rasse einen Neuanfang finden konnte. Ich habe überall gesucht und dich gefunden. Du bist die Eine! Die Liebe meines Lebens! Die Eva zu meinem Adam.

Meine Liebe: Ich habe mein gesamtes Leben mit der Suche nach dir verbracht und nun habe ich dich gefunden. Also Hurra würde ich meinen! Renee: Wir wurden für einander geboren. Wir *werden* für immer leben, uns für immer lieben und die perfekten Erben erschaffen. Die menschliche Rasse wird wieder rein sein!"

Ich ging auf die Knie, zog einen Diamantring aus meiner Tasche und hielt ihn meiner Liebe hin:

„Renee Ann Blanca: Werde meine Frau!"

Sie lächelte. Sie strahlte geradezu!

Sie streckte ihre Hand aus.

Mein Traum wurde wahr! Wir würden eins werde!

Klack! Es passierte innerhalb eines Wimpernschlags: Der Gesichtsausdruck unserer Renee wurde eisig.

Es lief mir kalt den Rücken runter.

Renee wich von mir zurück.

„Moment... Sie... Sie... Sie haben meine Mum in den Selbstmord getrieben?"

Ich nickte:

„Es tut mir leid, meine Liebe, aber das liegt nun alles hinter uns. Es ist jetzt nicht mehr wichtig."

„Für mich ist es wichtig!"

„Ich weiß."

„Wie viele haben Sie noch umgebracht?"

„Umgebracht? Aber Renee, ich haben niemanden umgebracht.

Nicht einen einzigen."

„Haarspaltereien! Nichts als Haarspaltereien! Sagen Sie es mir. Jetzt sofort! Wie viele Menschen haben Sie in den Selbstmord getrieben?"

„Die Meisten von ihnen schätze ich. Ho, ho, ho. Einige haben sich direkt umgebracht. Einige haben dafür ein paar Minuten gebraucht. Jeder von ihnen hat sich auf seine eigene individuelle Art umgebracht. Einige Leute sind sogar entkommen. Aber sie sind entweder in der Wildnis umgekommen oder nach Kapselstadt zurückgekehrt. Du warst die Einzige, die es bis nach South Mimms geschafft hat."

Renee schrie:

„Die Einzige? Alle anderen... Sind tot? Millionen von ihnen? Achtzig Millionen? Sie haben... Achtzig... Millionen... Menschen... umgebracht? Sie sind ein Monster. Sie sind... Aagh!!!"

Sie schleuderte ihren Champagner auf einen meiner Rembrandts, aber blieb nicht lange genug, um zu sehen, wie das Glas zersplitterte. Sie drehte sich um, warf den Stuhl von Königin Victoria um und stürmte hinaus.

Mein Herz raste.

Ich eilte ihr nach und rief in liebestoller Verzweiflung:

„Geliebte Renee: Du kannst nicht einfach gehen. Du schuldest mir einhundertundvierzehntausend Pfund. Man *muss* seine Schulden begleichen. Es ist eine Frage der Ehre. Renee! Renee! Man muss seine Schulden begleichen."

Sie entkam mir. Ich wurde müde, aber ich zwang mich weiterzugehen:

„Renee! Geliebte Renee! Denk an das Leben, das wir haben könnten. Denk an unsere wunderschönen Kinder."

Wir kamen an meinen Koikarpfen, meinen Brunnen und meinen Rasenanlagen vorbei:

„Renee! Geliebte Renee! Du hast davon geträumt, deine eigene Kapsel zu haben und dich zur Ruhe zu setzen. Das kannst du tun! Ich kann deinen Traum wahr werden lassen!"

Wir verließen mein Grundstück:

„Renee! Geliebte Renee! Wir können überall hingehen, wo

immer du auch hin willst. Du kannst haben, was du nur willst. Wir können zusammen alles tun, was du nur willst.

Renee! Geliebte Renee…"

Es hatte keinen Sinn.

Mein Liebling war verschwunden.

Der Himmel hatte sich verfinstert.

Der Wind höhnte leise:

„Ich liebe jemand anderen… Jemand anderen… Jemand anderen…"

HÖRE MICH AN

„Die größte Täuschung, an der die Menschen leiden, sind ihre eigenen Meinungen."
LEONARDO DA VINCI

Ich würde gerne glauben, dass ich Ihre Sympathie erlangt habe. Sie haben die großen Anstrengungen gesehen, die ich unternommen habe, um die Liebe zu finden, und Sie haben gesehen, wie grausam ich zurückgewiesen wurde. Niemals zuvor in der Geschichte der Menschheit hat jemand so viel gegeben, um so wenig zurückzuerhalten.

Ich würde gerne glauben, dass Sie auf meiner Seite sind, und mein gebrochenes Herz spüren, während ich Tränen der Liebe vergieße:

Meine Renee! Geliebte Renee! Warum hast du mich verlassen?

Wehe mir, ich kann mir nicht sicher sein. Ihre Generation unterscheidet sich ein wenig von meiner. Ich fürchte, Sie könnten hart über mich geurteilt haben.

Weil ich achtzig Millionen Menschen in den Selbstmord getrieben habe, nicht wahr? Deswegen verurteilen Sie mich.

TUN SIE ES NICHT! Das geziemt sich nicht für Sie.

Ich habe niemanden umgebracht. KEINE MENSCHENSEELE! Geht das in Ihren Schädel?

Jeder ist frei. Das ist halt die Sache beim Individualismus: Jeder ist frei zu tun, was immer er auch will. Es gibt keinen autoritären Staat, keinen *Großen Bruder* oder *Weltweitebürgerkontrolle*. Jeder ist frei! Jeder definiert sich selbst, über den Markt. Sie arbeiten so hart wie sie wollen in was immer für Jobs sie wollen und konsumieren Produkte, die sie einzigartig machen. Kein König oder Premierminister stellt sich ihnen in den Weg. Sie kontrollieren die Erzählung. SIE WÄHLEN!

Ich habe niemanden umgebracht. Keine Menschenseele. Wie könnte ich das? Diesen Menschen stand es offen, zu handeln, wie sie wollten. Was soll also damit sein, dass sie sich umgebracht haben? Es war *Ihre* Entscheidung, nicht meine?

Eins sage ich Ihnen: Ihr Verhalten war wirklich erbaulich. Der ultimative Akt der Freiheit. Sie haben nicht nur persönliche Verantwortung für ihr Leben übernommen, sondern auch für ihren Tod übernommen. Thatcher wäre so stolz auf sie gewesen. Diese Menschen *haben sich auf ihr Fahrrad geschwungen*.

Was? Glauben Sie mir etwas nicht? Sie geben mir die Schuld, sie in den Tod getrieben zu haben? Wirklich? Aaagh! Ihre Generation ist so pervers.

Oh ja, Sie glauben wahrscheinlich, Sie wären perfekt, so wie Sie da sitzen und diese Memoiren lesen? Aber mit welcher Begründung? Weil Sie noch nie jemanden in den Selbstmord getrieben haben? Ladida.

Schauen Sie: Ich habe mich immer bloß an die Spielregeln gehalten. *Ihre* Generation war es, die die Regeln geschrieben hat. Sie haben die Industrie privatisiert, die Gewerkschaften entmachtet, die Gesellschaft zerstört und jeden dazu gezwungen, miteinander zu konkurrieren. SIE haben die Individutopie geschaffen. SIE haben achtzig Millionen Menschen in den Tod getrieben.

Taten haben Konsequenzen. Wenn ein Feuerwehrmann ein brennendes Haus betritt, weiß er, dass er verbrennen könnte. Wenn Antilopen auf einer Wiese grasen, wissen sie, dass sie gefressen werden könnten.

Als Ihre Generation den Menschen sagte, sie sollten persönliche Verantwortung für ihr Leben übernehmen, haben Sie ihnen auch gesagt, dass sie persönliche Verantwortung für ihren Tod übernehmen sollen. Sie haben ihnen ein Messer in die Hand gedrückt und ihnen gesagt, sie sollen es benutzen.

Geben Sie mir nicht die Schuld. Wer bin ich schon, dass ich mich gegen die Welt auflehne, in die ich geboren wurde. Wir Oligarchen müssen uns wie alle anderen an die Regeln des Individualismus halten. Wir sind dazu gezwungen in unserem eigenen Interesse zu handeln, wie die echten Individuen, die wir nun mal sind.

Alles was ich wollte, war Liebe. Können Sie mich dafür wirklich verachten? Was für ein Monster sind Sie bloß?

Ich sage es Ihnen noch einmal: Ich wollte nur lieben und

geliebt werden.

Ist das so falsch? Ist das nicht, was *Sie* wollen? Ist es nicht, was *wir alle* wollen?

Aaagh!

Schauen Sie, was mit mir passiert ist. Sehen Sie, was geschehen ist!

Ich habe mein ganzes Leben damit verbracht Algorithmen laufen zu lassen, Avatare zu trainieren und habe Millionen von Menschen getestet. Ich habe jeden Tag den ganzen Tag damit verbracht, meine eine wahre Liebe zu suchen.

Ich habe stündlich Niederlagen erlitten. Es war die Hölle. Aber der Sieg war noch um Längen schlimmer.

Ich habe meine eine wahre Liebe gefunden: unsere Renee. Sie kam zu mir, saß in diesem Stuhl, trank diesen Champagner und atmete diese Luft. Wir waren dazu bestimmt glücklich zu sein, oh so glücklich.

Und was geschah dann? Dann hat sie mich verlassen! Es war vorbei, bevor es begonnen hatte.

Renee hat aufgrund meiner Taten über mich geurteilt, ohne aber dabei meine Beweggründe zu bedenken. Sie nahm meine Liebe und ersetzte sie durch Hass.

Denken Sie dabei an mich! Denken Sie bloß an mich!

Sie sollten um mich weinen und meinen Schmerz teilen. Ihr Herz sollte gebrochen sein, Ihre Rippen sollten Sie sich halten und sich auf dem Boden Ihres Schlafzimmers winden.

Geliebte Renee, meine Renee, meine Liebe!

Komm zurück. Höre mich an. Gib mir eine Chance und du würdest mich verstehen. Du würdest glücklich sein. Wir würden zusammen sein.

Renee, oh Renee, meine Liebe.

EPILOGE

„Was? Es gibt noch mehr?"
JOSS SHELDON

Liebes Tagebuch,

Nein. Das funktioniert absolut nicht.

Es ist fünf Jahre her, seit Renee in diesem Stuhl saß. Fünf Jahre voller Schmerz, Leiden und Reue. Fünf Jahre, in denen ich mein Möglichstes getan habe, um mich zu erholen.

Ich hatte die Hoffnung, dass ich weitere Kapitel würde schreiben können, dass Renee ihre Meinung ändern und in meine liebenden Arme zurückkehren würde.

Wehe, das Schicksal war mir nicht so gnädig.

Ich habe mich dazu gezwungen, meine Aufzeichnungen von Renee erneut anzuschauen, um sie aus einem neuen Blickwinkel zu betrachten. Mich mit Ihnen zu unterhalten, während ich diese Videos sehe, hat mir sehr geholfen zu heilen. Ob Sie es glauben oder nicht, Sie sind die einzige menschliche Gesellschaft, die ich habe.

Ich danke Ihnen! Ihre Gegenwart hat mir viel Trost gespendet.

Mit Ihrer Hilfe fühle ich mich bereit, diese Geschichte zu beenden und zu akzeptieren, dass es in ihr nicht um mich geht. Es ging nie um mich, es ging immer nur um Ihre Renee.

Einatmen. Ausatmen. Einatmen.

Schauen wir mal, was wir tun können...

***

Meine Krähe, meine getreue Spionagedrohne, folgte Renee von Knebworth House nach Hause. Sie hatte gut daran getan, sich die Strecke einzuprägen, und kehrte ohne Rast heim.

Ich wollte ihr nachsetzten. Ich wollte ihr gesamtes Dorf zerstören.

Aber ich konnte es nicht. Ich konnte niemandem etwas antun, der Ihre Renee glücklich macht.

Bei Gott, ich wollte sie alle umbringen!

Ich konnte es nicht. Ich fühlte mich dazu genötigt Renees Entscheidung zu respektieren.

Als sie in South Mimms ankam, ignorierte sie alle, an denen sie vorbeikam, und warf sich direkt in die Pfoten dieses widerlichen, schrecklichen Hundemannes. Ich hatte alles, er hatte nichts und trotzdem hat Renee ihn mir vorgezogen! Verstehen Sie jetzt, warum ich ihn so sehr hasse?

Aaagh!

Renee quietschte vor Freude, als sie den erbärmlichen Hund sah:

„Alles erscheint heller, wenn ich mit dir zusammen bin. Wir beiden sind die einzigen unserer Art: Verlassen und dann gefunden worden. Ich liebe dich Darwin. Wir gehören zusammen."

Sie umarmten sich und rangen miteinander und leckten sich gegenseitig ab. Dann geschah es. Lieber Freund: Falls Sie eine zartbesaitete Natur sind, würde ich Ihnen nahe- legen, nun wegzusehen.

Renee riss sich die Kleider vom Leib und entblößte ihren wunderschönen Körper, der von Jahren der harten Arbeit gestählt und noch von keinem Mann berührt worden war. Sie ließ sich auf ihre Hände und Knie nieder, reckte ihr Hinterteil in die Höhe und lächelte selig.

Die elendige Töle sprang auf die Hinterbeine, legte seine Pfoten auf ihren Rücken und drang in sie ein.

Meine Krähe flog davon.

Ich konnte nicht zusehen.

***

Eine über ein Jahrzehnt laufende Studie, die in den 1980ern zu Ende ging, fand heraus, dass Männer, die morgens ihre Frau küssten, fünf Jahre länger lebten als Männer, die dies nicht taten. Sie verdienten zwanzig Prozent mehr und die Wahrscheinlichkeit für sie in einem Autounfall zu sterben war um ein Drittel geringer. Es kam alles auf ihre Einstellung an: Ihr morgendlicher Kuss versetzte sie in einen positiven Gemütszustand, der ihnen dabei half, erfolgreich zu sein.

Renee küsste den Hundemann, sobald sie aufwachte. Sie hörten niemals mit dem Küssen auf. Es machte sie so glücklich, so positiv, so verdammt lebenslustig. Ich sage Ihnen: Sie strahlte.

Es drehte mir den Magen um.

Aber es gab einen Silberstreif am Horizont. Jedes Mal, wenn ich ihnen beim Küssen zusah, würgte ich und es schnitt mir die Luft ab. Getrieben von dem Wunsch, diese elendige Erinnerung aus meinem Gedächtnis zu tilgen, konnte ich nicht zu meinem Spionieren zurückkehren.

Je mehr sie sich küssten, desto weniger Zeit verbrachte ich damit, Ihre Renee zu beobachten. Es gelang mir mich von meinem Bildschirm zu lösen.

Ein Teil von mir glaubte, dass Renee es mit Absicht tat und mir jedes Mal, wenn sie meine Krähe sah, eine Botschaft zusandte:

„Ich liebe jemand anderen... Jemand anderen... Jemand anderen..."

Egal ob es mit Absicht geschah oder nicht, eine Sache stand ohne jeden Zweifel fest: Es funktionierte. Es half mir, meine Sucht zu überwinden.

Ich habe andere Wege gefunden, meine angestaute Energie loszuwerden. Ich nutzte die Zeit, die ich sonst mit spionieren verbracht habe, und benutzte sie, um zu wandern oder zu fischen. Ich habe eine Katze adoptiert, Cherry, die mir die Gesellschaft leistet, nach der ich mich so sehr verzehre. Ich habe sogar mit dem Gedanken gespielt, South Mimms einen Besuch abzustatten, aber ich konnte den Mut nicht aufbringen.

Heutzutage halte ich es wochenlang aus, ohne Renee nachzustellen. Ich denke noch immer jeden Tag an sie, aber die Erinnerungen schmerzen nicht mehr. Die Wunden sind fast verheilt.

**

Ich werde Ihnen das bisschen an Informationen mitteilen, das ich habe. Ich wünschte, ich könnte Ihnen mehr erzählen. Aber wie soll ich das, wenn ich Renee doch so gut wie gar nicht mehr hinterherspioniere? Dies ist, fürchte ich, alles, was ich weiß...

Renee ist glücklich. Ich hoffe es freut Sie, das zu hören.

Immer wenn eine Hochzeit stattfindet, strahlt sie so sehr, dass es wehtut. Sie tanzt wann immer es Musik gibt und nimmt an allen Gemeinschaftsaktivitäten teil. Sie feiert die Sonnenwenden, betet für Regen und organisiert die Erntefeierlichkeiten.

Sie ist im Dorfleben integriert, das noch immer der alten Routine folgt. Sicherlich hat es mal Schwierigkeiten gegeben: Kropotkin hat Kuit fälschlicherweise beschuldigt, seine Schafe vergiftet zu haben. Ein verheirateter Mann hat Ehebruch begangen. Ein junges Mädchen hat einen Speer gestohlen. Aber solche Dispute wurden schon bald im Langhaus beigelegt: Kropotkin hat sich selbst gegeißelt, die Frau des Ehebrechers bekam eine Scheidung und das Mädchen fertigte drei neue Speere an. Die Dinge kehrten zur Normalität zurück.

Wenn es aber eine Sache gab, die sich verändert hat, dann ist es die Einstellung der Dorfbewohner dem Hundemann gegenüber. Sie hatten schnell den Stab über Renee gebrochen, nachdem sie das erste Mal mit diesem Ding Liebe gemacht hatte: Sie warfen ihr „Sodomie" und „Öffentliche Anstößigkeiten" vor. Einige der Dorfbewohner brachten den Antrag ein, dass sie ausgestoßen werden sollten. Aber er wurde schnell verworfen, nachdem Curie den Hundemann verteidigt hatte. Sie wies darauf hin, dass er bei der Suche nach Pilzen und Trüffel half, dass er das Dorf beschützte und wie er mit jedem Tag etwas menschlicher wurde.

Renee brachte dem Hundemann an einem speziell angefertigten Tisch bei, wie man menschliches Essen, von einem Teller, aß. Und auch wenn er immer noch auf allen vieren umherkroch, so begann er doch sich freiwillig zu duschen und sich die Haare selbst zu kämmen. Er konnte zwar keinen ganzen Satz bilden, aber Renee brachte ihm einige Wörter bei: „Simone", „Schlafenszeit" und „Apfel". Er lernte die Zeichensprachen. Er stimmte bei Dorfdebatten ab, schälte Gemüse und kümmerte sich um das Hausfeuer.

Er wurde Vater!

Renee brachte Zwillinge zur Welt: einen Jungen und ein Mädchen. Sie nannte sie ihre „Welpen", legte sich auf die Seite, um ihnen die Brust zu geben, und sie brachte ihnen bei zu bellen und zu sprechen.

Ich hatte Recht damit: Renee *wollte* eine Mum werden. Sie wollte alle Kinder des Dorfes bemuttern. Sie wollte, wann immer sie konnte, auf sie aufpassen, mit ihnen spazieren gehen und mit ihnen spielen.

Sie begann an der Dorfschule zu unterrichten, einer Ansammlung von vier Klassenzimmern, die nach gewachsten Böden und Weißleim rochen. Nach einem Jahr als Assistentslehrer bekam sie ihre eigene Klasse. Innerhalb von drei Jahren hatte sie ihren eigenen Lehrplan entwickelt.

Genau, das ist richtig. Renee schrieb ein Lehrbuch: „Individutopie: Eine Warnung aus der Geschichte".

Sie hielt Vorträge im Langhaus und lehrte über die Gefahren des Individualismus, der persönlichen Verantwortung und harter Arbeit. Sie schockierte Kinder und Erwachsene gleichermaßen mit ihren Geschichten von arbeiten, um der Arbeit willen und davon unmöglichen Träumen nachzujagen und andere Menschen zu ignorieren.

Sie hatte endlich ihre kleine Nische gefunden.

***

Ich habe Renee das letzte Mal vor ein paar Monaten nachspioniert. Ich habe nicht vor, es noch einmal zu tun. Ich schätze es macht also Sinn, Ihnen zu erzählen, was an jenem sonnigen Herbsttag geschehen ist...

***

Aus Curie war ein neugieriger Teenager mit schrecklicher Akne und Haaren bis zur Hüfte geworden. Sie hatte ihre eigene kleine Gruppe aus Umherstreifern um sich geschart, die oft mehr Blätter und Beeren sammelten als Simones. Und sie mauserte sich zu so etwas wie einer Gelehrten. Sie besuchte jeden von Renees Vorträgen, las ihr Buch sieben Mal und wusste mehr über Individualismus als alle anderen in South Mimms.

Es kam daher nicht überraschend, dass es Curie war, die die Frage stellte:

„Renee: Gehst du mit uns nach London?"

Man zerriss sich die Mäuler. Und dennoch, trotz der rumorenden, ablehnenden Stimmung, schaffte es Curie, acht unerschrockene Forscher zu rekrutieren.

Sie trafen sich im Morgengrauen an der Tankstelle und trugen die strapazierfähigsten Stiefel des Dorfes und trugen Rucksäcke mit Kleidung, Decken, Essen, Fackeln und selbst gemachten Gasmasken.

Renee führte sie an und folgte dem Weg, den sie vor so vielen Jahren genommen hatte.

Sie waren kaum auf die Autobahn geklettert, als Renee eine der jungen Pilger umarmen musste und ihr sagte, dass alles gut werden würde. Als sie Barnet erreichten, wandte sie sich an die gesamte Gruppe:

„Keine hat gesagt, dass das hier einfach werden würde. Aber ihr könnt Helden werden: Die ersten Sozialisten in der Individutopie. Ihre werdet in South Mimms zu Legenden werden. Das ganze Dorf wird über euch sprechen! Und eins sage ich euch: Ich werdet nicht in Gefahr sein. Wenn ich alleine entkommen konnte, dann werdet ihr zusammen keine Probleme haben. Das Einzige, was ihr verlieren könnt, ist eure Furcht."

Für einen Moment herrschte Stille. Dann begann Curie den „Redemption Song" zu singen. Die anderen schlossen sich an und gemeinsam marschierten sie die Straße hinunter. Sie sangen ein Lied nach dem anderen und gingen dabei durch Whetstone Stray, den Highgate Golfklub und Hampstead Heath.

Renee erzählte in einem nostalgischen Tonfall:

„Hier habe ich meine erste Nacht in Freiheit verbracht."

Alle brüllten:

„Ein dreifach Hoch auf Renee! Hip-hip Hurra!"

Renee wurde rot.

Sie ließ sich neben dem Teich nieder, öffnete ihren Beutel und verteilte einige Sandwiches an ihre Gruppe.

Zweifel überkamen sie:

„Was ist, wenn ich nicht wieder gehen kann? Was ist, wenn ich nicht gehen will? Was ist, wenn ich gezwungen werde meine

Schulden zu begleichen?"

Aber schon bald verschwanden diese Gedanken.

Sie lächelte.

Sie hatte Curie gesehen, mit Mayonnaise quer über das Gesicht geschmiert, und den Hundemann, wie er in dem Teich schwamm. Sie holte ihre Karten hervor und begann zu spielen.

***

Es war mitten am Nachmittag, als sie die Tottenham Cour Road erreichten.

Es war keine Menschenseele zu sehen. Einzig der Wind war zu hören, wie er zwischen den leeren Gebäuden umher heulte, gegen die Fenster klopfte und an den Türen rüttelte. Die Ratten waren seltsam still.

Der Smog war dicht, beißend und bitter.

Renee holte ihre Gasmaske hervor und sah, dass ihre Gefährten ihre bereits trugen. Sie waren aus alten Flaschen und ein bisschen Wolle gefertigt, die Kropotkin im Sommer geschoren hatte. Sie sahen zwar etwas lächerlich aus, aber sie funktionierten einwandfrei.

„Dies ist das West End-Industriegebiet", erklärte Renee. „Und das hier ist Oxford Street. Früher war diese Straße voller ´Läden`: Orten, an denen die Menschen Kleidung, Spielzeug und Accessoires kauften."

Sie hörte das Murmeln: „Kaufen". „Läden". „Accessoires".

„Das hier ist der Visa-Turm und dies die Samsung-Säule. Vor uns könnt ihr gerade so den Oxford Circus erkennen. Dort habe ich den Podsicle-Interviewer getroffen. Er war es, der mich zum Podsicle Palast geschickt hat, wo ich begann mich zu befreien."

Curie sprang auf und ab:

„Renee! Bitte, Renee! Können wir zum Podsicle Palast gehen? Bitte, Renee, bitte!"

Renee lachte:

„Also gut, meine Liebe, folgt mir."

Sie gingen die Saint George Street, Bruton Lane und Berkley Street hinunter und versuchten dabei ihr Möglichstes, um nicht zu tief einzuatmen, und noch mehr, nicht über den Müll zu fallen.

Renees Freunde waren unsicher, wie sie auf die hohen, gläsernen Türme reagieren sollten, die sich um sie herum erhoben, und den Himmel verdeckten und ihn grün einfärbten. Sie hatten den Drang hinein zu rennen, aber einen noch größeren, sich fernzuhalten. Diese Welt war für sie so neu und so eitel, dass es ihnen kalt den Rücken hinunterlief.

Renee spürte ihr Unwohlsein.

„Es ist schon in Ordnung", sagte sie. „Es reicht aus, aus der Ferne zu beobachten."

Ihre Gruppe stieß gleichzeitig einen erleichterten Atemzug aus.

Der Podsicle Palast aber flößte ihnen bei weitem nicht dieselbe Ehrfurcht ein. Die Tatsache, dass er mit Stein aus einem natürlichen Baustoff gemacht war, schien sie zu beruhigen. Als Renee das Innere betrat, folgten ihre Begleiter ihr bereitwillig.

Sie blieben stundenlang in dem Palast und gaben vor Könige, Königinnen, Prinzen, Hofnarren, Kurtisanen, Diener und Sklaven zu sein. Sie rannten umher und hielten sich dabei Porträts vor ihre Gesichter. Sie saßen auf dem königlichen Thron, trugen die Kronjuwelen, spielten auf den Klavieren und nahmen zwei Souvenirs mit: eine nickende Figur und einen chinesischen Drachen.

Als Sie wieder ins Freie traten, war der Himmel bereits vollkommen dunkel geworden. Sie zündeten ihre Fackeln an und machten sich auf den Weg durch die Stadt.

„Ich habe euch eine Nacht in Kapselstadt versprochen", erklärte Renee. „Und ich halte immer meine Versprechen."

Curie jubelte:

„Renee: Können wir wirklich in unserer eigenen Kapsel schlafen?"

„Oh, ja."

„Und falls wir Angst bekommen, können wir dann bei dir schlafen?"

„Natürlich, meine Liebe, natürlich!"

***

Sie waren gerade am Denkmal der Unsichtbaren Hand vorbeigekommen, als sie dem Bettler begegneten. Seine Hose war verblichen. Es war falsch von mir zu sagen, dass sie braun seien, genau wie es falsch war, sie weiß zu nennen. Sie waren farblos. *Der Mann* war farblos. Sowohl er als auch seine Kleidung war mit dem Hintergrund verschmolzen.

Renees Gefährten liefen an ihm vorbei, ohne seine Anwesenheit wahrzunehmen. Renee aber blieb stehen. Sie hatte sich selbst gesehen, wie sie sich in den Schuhen des Bettlers spiegelte, und hatte seinen Zopf wiedererkannt. Auch wenn seine Haut schrumpelig wie eine Rosine geworden war; auch wenn seine Gesichtszüge zu hängen begonnen hatten, auch wenn er älter und gebrechlicher aussah, als alle, die Renee jemals gesehen hatte, erinnerte er sie dennoch an sie selbst und an das Leben, das sie geführt hatte.

Sie sah den Leberfleck in Form eines Sterns auf seiner Unterlippe.

„Oh ja", dachte sie. „Oh nein."

Sie hatte schon seit Jahren nicht mehr an diesen Mann gedacht. Vielleicht hatte ihr Verstand ihn ausgeblendet. Vielleicht. Aber hier stand sie vor ihm und konnte seine Existenz nicht leugnen. Sie war sich sicher, dass er lebte und sicher, dass er ihre Hilfe brauchte:

„Aber... Aber wie?... Wie hast du hier alleine überlebt?"

Schmutz und Staub verklebten die Augenlider des Mannes. Seine Lippen klebten von getrocknetem Speichel zusammen. Renee blieb nichts anderes übrig, als geduldig zu warten, während er sich mühte sie zu öffnen.

Eine kleine Lücke bildete sich nach einigen Minuten an der Seite seines Mundes. Der Spalt wuchs an und, ein Atom nach dem anderen, öffneten sich seine Lippen.

Der Mann flüsterte so leise und rang so sehr nach Luft, dass Renee ihr Ohr an seine Lippen legen musste:

„Reh... Reh... Ah... Bist du es?... Ah... Es ist so schön, eine andere

Stimme zu hören."

Renee wiederholte ihre Frage:

„Mein Lieber: Wie hast du so lange überlebt?"

Der Mann leckte sich die Lippen:

„Ich... Ah... Ich bin nie ein Teil hiervon gewesen... Ah... Ich hatte nie Avatare... Ah... Ich stöbere nach Essen... Wenn ich Glück habe, esse ich eine Ratte."

Renees Herz wurde ihr schwer.

„Warum habe ich ihn nicht gerettet?", fragte sie sich selbst. „Warum bin ich nicht zurückgekommen, um ihm zu helfen?"

Der Mann versuchte zu sprechen:

„Reh... Reh... Renee?... Ah... Bist du es?"

Renee war vom Donner gerührt:

„Woher... Woher kennst du meinen Namen?"

Der Mann versuchte zu Lächeln. Seine Wangen hoben sich ein wenig und sanken dann wieder:

„Du bist... Meine... Renee?... Ah... Mein Engel!"

Renee runzelte die Stirn.

Der Mann schaffte es zu lächeln:

„Meine Renee?... Ah... Meine Prinzessin?... Ah... Mein Mädchen!"

Er versuchte seine Augen zu öffnen.

„Ich wollte dich niemals verlassen... Ah... Niemals... Aber was sollte ich tun?... Ah... Deine Mutter hat dich ausgesetzt... Ah... Mein liebes Mädchen... Als ich dich gefunden hatte, konntest du mich nicht hören und nicht sehen... Ah... Aber ich habe niemals aufgegeben... Ich habe es mir zur Aufgabe gemacht, dir jeden Tag zuzurufen... Ah... Ich habe geschworen, bis zum Ende aller Zeiten hierzubleiben... Ah... Meine Prinzessin... Meine Renee... Mein Mädchen!"

Tränen rannen Renees Wangen hinunter:

„Da... Dad? Bist du es?"

Der Mann öffnete seine Augen:

„Renee!"

„Dad!"

„Renee!"

„Dad!"

Renee strahlte von ganzem Herzen und hielt ihrem Vater eine Zimtschnecke hin:

„Dad: Wir bringen dich nach Hause, okay? Wie haben ein wundervolles Dorf, mit viel Essen und jeder Menge Freunden. Mein Lieber: Wir werden dich wieder aufpäppeln."

Ihr Vater schloss seine Augen.

„Dad?"

Sein Kopf fiel ihm auf die Brust.

„Dad???"

Seine Oberkörper erschlaffte und er brach zusammen.

„Dad! Dad! Du kannst mich jetzt nicht verlassen! Nicht nach all den Jahren. Nicht, wenn ich so lange gebraucht habe, um dich zu finden!"

Renee schüttelte ihren Vater sanft und versuchte seine Augen zu öffnen. Sie sagte immer wieder „Dad! Dad!" Sie rüttelte und kniff ihn:

„Oh Dad! Wie konnte ich ihn nur so lange im Stich lassen?"

Sie suchte nach einem Puls, nach Atmung, nach irgendeinem Lebenszeichen.

Sie suchte mehr aus Verzweiflung als aus irgendeiner Hoffnung, etwas zu finden.

Sie erinnerte sich an den masturbierenden Mann und wie sie ihn jeden Tag verspottet hatte. Sie erinnerte sich an den Bettler und wie sie ihn ohne ein Wort hatte stehen lassen.

Sie rollte sich zusammen, raufte sich die Haare und weinte, bis sie nicht mehr konnte. Sie wartete minutenlang, stundenlang.

Curie zog sie fort.

„Er ist tot", sagte sie in einem traurigen Flüstern. „Ist schon gut, schon gut. Bringen wir dich ins Bett. Wir werden ihn morgen beerdigen. Meine Schwester: Es gibt nichts, was du tun kannst."

Renee wischte sich die Tränen von der Wange:

„Auf Wiedersehen, mein lieber Papa, lebe wohl. Es tut mir so leid, dass ich nicht früher gekommen bin. Aber wenn du mich hören kannst, wo immer du auch bist, will ich, dass du weißt, dass ich dich liebe. Ich habe dich immer geliebt. Du wirst immer mein Papa sein."

Sie kam unsicher auf die Füße und war sich nur zu sehr ihrer schmerzenden Kniescheiben bewusst.

Eine Ratte huschte vorbei.

Der Wind flüsterte.

Ein sanfter Laut drang an Renees Ohr:

„Reh... Reh... Renee... Ah... Meine Tochter... Ah... Mach dir keine Sorgen, es geht mir gut... Ah... Los, mein Mädchen, bring mich nach Hause..."

EBENFALLS VON JOSS SHELDON...

GELD MACHT UND LIEBE

"Eine ausgedehnte Allegorie... mit Witz und Humor."
THE TRIBUNE
"Die Abenteuer überschlagen sich... auf pikareske Weise"
SCOTTISH LEFT REVIEW
"Einer dieser 'unschlagbaren' Romane."
THE AVENGER

ALLE KRIEGE SIND KRIEGE DER BANKEN!

Geboren in den Betten dreier nebeneinanderstehenden Häuser, mit einem Zeitabstand von jeweils genau drei Sekunden, haben unsere drei Helden zwar den gleichen Charakter, werden aber durch ihre verschiedene Erziehung auseinandergerissen, was dazu führt, dass sie drei ganz verschiedenen Zielen nachjagen: Geld, Macht und Liebe.

Dies ist eine menschliche Geschichte. Eine Erzählung von Menschen wie wir, die durch die Widrigkeiten der Umstände sowohl auf die wunderbarste als auch auf die vulgärste Weise reagieren.

Es ist eine historische Geschichte, die sich im frühen neunzehnten Jahrhundert abspielt und Licht auf die Art und Weise wirft, wie Bankiers, mit der Macht, Geld aus dem Nichts zu erzeugen, die Welt geschaffen haben, in der wir heute leben.

Und es ist auch die Liebesgeschichte von drei Männer, die sich zu genau der gleichen Zeit in dieselbe Frau verlieben...

EBENFALLS VON JOSS SHELDON...

DIE KLEINE STIMME

"Radikal... Meisterwerk... Erstklassig"
THE CANARY
"Wunderbar"
GLOBAL EDUCATION NETWORK
"Eine ziemlich bemerkenswertes Werk"
BUZZFEED

Liebe Leser,

Meine Romanfigur wurde von zwei entgegengesetzten Kräften geformt; dem Druck, den sozialen Normen zu entsprechen und dem Druck, ehrlich zu mir selbst zu sein. Ich will ehrlich zu Ihnen sein. Diese Kräfte haben mich innerlich wirklich zerrissen. Sie haben mich erst in eine und dann in die andere Richtung gezogen. Es gab Zeiten, da haben sie mich dazu gebracht, meine gesamte Existenz in Frage zu stellen.

Aber bitte, ich finde nicht, dass ich wütend oder mürrisch bin. Das bin ich nicht, denn durch Ablehnung erlangt man Wissen. Ich habe gelitten, das stimmt. Aber ich habe von meinem Schmerz gelernt. Ich wurde zu einem besseren Menschen.

Ich bin jetzt zum ersten Mal bereit, meine Geschichte zu erzählen. Vielleicht wird sie Sie inspirieren. Vielleicht werden Sie dadurch ermutigt, auf völlig neue Weise zu denken. Vielleicht aber auch nicht. Es gibt nur eine Möglichkeit, das herauszufinden...

Viel Spaß beim Lesen,

Yew Shodkin